ちくま学芸文庫

世界の混乱

アミン・マアルーフ
小野正嗣 訳

筑摩書房

マルレーヌとサリム・ナスルのために
そして、パオロ・ヴィオラ（一九四八―二〇〇五）の思い出に

目次

世界の混乱

これまで人類が生き残れたのは
自分の願いをどう実現すればよいのか
わからないほど無知だったから。
それを実現できるいま
願いを変えるか
滅びるかだ。

ウィリアム・カーロス・ウィリアムズ

私たちは方位磁針を持たずに新しい世紀に入ってしまいました。始まって数カ月も経たないうちに、不安な出来事が立てつづけに起こり、世界は同時にいくつもの領域で——つまり知的にも、経済的にも、気候的にも、地政学的にも、倫理的にも——大きな混乱を経験している感があります。

たしかに、思いも寄らない有益な結果をもたらす変動もありますから、人間というものはたとえ袋小路に陥っても、奇蹟でも起こったかのように必ずやそこから抜け出す手段を見つけるのだと信じたくもなります。ところが、すぐにほかの混乱が生じて、人間の持つ、もっと暗く、もっと根深い他の衝動があらわになるものですから、自問せずにはいられないのです。私たち人類は、自分たちの道徳的な能力のいわば限界にまで達してしまったのではないか？　人類はなおも前に進めるのだろうか？　むしろ私たちは退行しているのではないか？　そして連綿と何世代にもわたる努力の末に達成してきたことを台無しにしようとしているのではないか？

ここで問題なのは、ひとつの千年紀から別の千年紀へという大きな変わり目にいかにも生じそうな非合理的な不安でもなければ、変化を恐れたり変化の速さに怯《おび》えたりする人たちがお決まりのようにくり返す呪詛の文句でもありません。私の心配はもっと別のところにあります。それは、啓蒙の思想を信奉しつつも、それが揺らぎ衰退し、国によっては消滅しつつあるのを目にしている者の不安です。自由を情熱的に愛し、自由が地球全体に広がりつつあると信じていたのに、自由にもはや場所がないような世界が生まれつつあるのを目にしている者の不安、調和のとれた多様性を支持しながらも、狂信や暴力や排除や絶望が高まりつつあるのを、手をこまねいて見ることしかできない者の不安です。そして何よりも、人生をこよなく愛し、先に待ち構えている破滅を甘んじて受け入れるつもりなどない者の抱く不安です。

誤解のないよう言っておきます。私は現代という時代に不平不満があるわけではありません。私たちの時代がもたらしてくれるものに魅了されている私は、最新の発明を待ち構え、すぐに日々の生活のなかにとり入れています。医療と情報技術の発達という点だけでも、私は自分が過去のどの世代と比べてもはるかに特権的な世代に属していると感じています。しかし、続く世代もまたこの恩恵を同じように受けられるという確信がなければ、これを心穏やかに味わうことはできません。

私は心配しすぎなのでしょうか？　残念ながら、そうは思いません。むしろ、この不安にはきわめて根拠があると思えるのです。そのことをこれからこの本のなかで示していくつもりです。ですが、それは、自説のための証拠を並べ立てたいからでも、自己愛に駆られて自説を擁護したいからでもなく、ただひたすら私の警告の叫びを聞いてもらいたいからなのです。私がまず望むのは、私の同時代人たち、私の「旅の道連れたち」を説得するにふさわしい言葉を見つけることです。私たちの乗った船はいまや、針路も目的地も見失い、視界の悪いなか方位磁針もないまま、荒れ狂う海を漂流しています。難破しないためには、ただちに思い切った措置を取らなければなりません。ともかく勢いに任せて、やみくもに航海を続け、障害があれば回避し、あとは運に任せよう、というのでは不十分なのです。時は私たちの仲間ではなく、私たちを裁くものです。私たちはすでに執行猶予の状態に置かれているのです。

ごく自然に航海の比喩が思い浮かんだのは、おそらく次のようなきわめて明白な事実によって、私の懸念をまず表明したかったからにちがいありません。発展を続けてきた人類はいま、歴史上類のない新たな危険に直面しており、これまでにはなかったグローバルな解決策を必要としています。もしもその解決策が近い将来見つからなければ、私たちの文明の偉大さと美しさをかたちづくっているものはすべて失われてしまうでしょう。ところがいまのところ、人類がたがいの相違を乗り越え、想像力に富んだ解決策を練り上げ、これを一致団結して実現しようとしているという希望を抱かせてくれる徴候はほとんど見当たりません。むしろ多くの徴候から、世界の混乱はすでに深刻な状態になっており、世界が衰退していくのを阻止するのは困難だろうと思われるくらいです。

これからこの本のなかで、異なるさまざまな混乱が論じられることになりますが、それらは個々別々に、あるいは体系的に取り扱われることはありません。私はむしろ、嵐の翌日に庭の見回りをする夜警のようなものです。嵐は去りました。しかし別の、もっと激しい嵐の到来が感じられます。ランプを携えて、男は慎重な足取りで歩いています。こちらの茂み、あちらの花壇に光を投げかけながら、小道の様子を探り、引き返しては、根こそぎにされた老木の上に身をかがめます。それから岬へと向かい、ランプを消して、眺望の全体を視界に収めようとします。

彼は植物学者でも農学者でも風景画家でもありません。そしてこの庭には彼の所有するものは何ひとつありません。しかし、ここで彼は大切な人々といっしょに暮らしています。そしてこの場所に影響を及ぼしうるすべてが、彼自身にも深く関わっているのです。

I

いつわりの勝利

1

一九八九年にベルリンの壁が崩壊したとき、世界中に希望の風が吹き渡りました。西洋とソヴィエト連邦との対立の終焉によって、四十年来私たちの頭上に重く垂れ込めていた核戦争の危機が解消したのです。以後は民主主義がだんだんと広がっていき、地球全体を覆い尽くすはずだと私たちは思っていました。地球上のさまざまな地域を隔てていた境界は解き開かれ、人、物、イメージ、アイデアの移動がますます自由になり、進歩と繁栄の時代を迎えることになるだろうと。初めのうちは、さまざまな分野の最前線ですばらしい進歩が達成されました。しかし前進すればするほど、私たちは道を見失ってしまったのです。

その点に関して象徴的な例があります。ヨーロッパ連合（EU）です。ヨーロッパにとって、ソヴィエト陣営の解体は勝利にほかなりませんでした。ヨーロッパ大陸の人々に提示されていた二つの道のうち、一方は行き止まりであることが判明し、他方はどこまでも続いていることがわかったのです。かつて東側に属していた国々は、こぞってヨーロッパ連合の門を叩きにやって来ました。受け入れてもらえなかった国々は、いまだに仲間に入れてもらうことを夢見ています。

しかし、まさにヨーロッパが勝利したそのとき、そして魅了され陶然となった多くの人々が、あたかもそこが地上の楽園であるかのようにヨーロッパに向かっていたのに、ヨーロッパ自身はその指針を失ってしまったのです。ヨーロッパはこれ以上誰を、そしてどんな目的で、自分たちのもとに結集させるべきなのか？ 誰を、そしていったいどんな理由で、排除すべきなのか？ 今日、ヨーロッパはかつて以上にみずからのアイデンティティについて、その国境について、その将来の諸制度について、世界におけるその位置について、明確な答えを得ることのないまま自問を続けています。

かりにヨーロッパが、みずからの起源について、そしていかなる悲劇ゆえにひとつにならねばならないと確信するに至ったかについて完璧に理解しているのだとしても、もはや行き先がわからなくなっているのです。ヨーロッパはアメリカ合衆国のような連邦として樹立されるべきなのでしょうか？ つまり、みずからを構成する諸国家の愛国心を超越し、吸収するような「大陸的愛国心」を原動力とする、経済と外交ばかりでなく政治と軍事においても世界的な超大国となるべきなのでしょうか？ いや、むしろ、おのれの主権をかたく守ろうとする諸国家をつなぐ柔軟なパートナーシップとして、グローバルな補完的勢力であり続けるべきなのでしょうか？

大陸が対立する二つの陣営に分かれているかぎり、こうしたジレンマは問題になりませんでしたが、いまではこれが悩みの種なのです。もちろん、総力戦の時代や「鉄のカーテン」の時代に後戻りはできません。しかし、これが政治家や政治学者だけに関わる論争だと考えるのは間違いです。問題になっているのは、ヨーロッパ大陸の運命そのものなのです。

この問題についてはのちにじっくりと論じたいと思います。これは私の見るところ、ヨーロッパ以外の人々にとっても重要な問題です。ただここでは、まずひとつの例としてヨーロッパのことに触れておきたかったのです。なぜならこの問題は、人類全体にもそれを構成する個々の人にも影響を与えている錯乱、当惑、混乱がどのようなものであるかを徴候的に示しているからです。

とはいえ、地球上のさまざまな地域を見渡すとき、いちばん不安要因が少ないのはやっぱりヨーロッパです。他の地域にもましてヨーロッパは、人類が直面している試練の大きさを理解しているように思われるからです。ヨーロッパには、そうした試練と有効に戦い、解決策を見出していくために必要な人材がおり、組織があるからです。ヨーロッパには、人々を結集させる計画があり、倫理的な意識も高いからです。たしかに、ときにヨーロッパがあまりに無頓着にそうしたものを引き受けているように見えることもあるのですが……。

残念ながら、他の場所にこれと比肩しうるようなものは何もありません。アラブ・イスラム世界はますます歴史の「井戸」に沈んでいき、そこから上がってきそうな気配はありません。アラブ・イスラム世界は、地球全体——西洋人、ロシア人、中国人、インド人、ユダヤ人……——を、そして何よりも自分自身を恨んでいます。アフリカ諸国は、ごく少数の例外を除けば、内戦、疫病、卑劣な密売、汚職の蔓延、制度の腐敗、社会的紐帯《ちゅうたい》の解体、高い失業率、絶望に苛《さいな》まれています。ロシアは六十年間の共産主義と、その終焉《しゅうえん》の際の混乱から立ち直るのに苦労しています。指導者たちはロシアにかつての力を回復させることを夢見ていますが、民衆のほうはそんな幻想は抱いていません。アメリカ合衆国は、世界最大の敵を倒したあと、途方もなく巨大な企てに乗り出し、それによって疲弊し、道に迷っています。ただ一国で、あるいはほとんど一国だけで、屈服させられるはずのない地球を屈服させようとしているのです。

目を見張る成長を遂げている中国ですが、不安な要素はいくつもあります。なぜなら、もしこの二十一世紀の初めに、中国の進むべき道——社会的、国民的統合の維持に努めながら、たえず経済発展を追求すること——がはっきり示されているように見えるとしても、政治的かつ軍事的超大国というその将来の役割は、中国自身にとっても、周辺諸国、そしてその他の世界の地域にとっても、深刻な不確定要素に満ちているからです。アジアの巨人はいまのところはかろうじて信頼できる方位磁針を手にしていますが、すぐにそれが役に立たなくなる地帯に入っていくことになるでしょう。

要するに、地球上のすべての人々が苦悩のなかにいるのです。裕福であろうが貧しかろうが、傲慢であろうが従順であろうが、占領者であろうが被占領者であろうが、人々は――つまり私たちは――同じひとつの危うい筏《いかだ》に乗り合わせており、いっしょに沈みつつあるのです。にもかかわらず、私たちはたがいに罵りあい、言い争いを続けて、波が高くなりつつあることに注意を払ってもいないのです。

それどころか、波が私たちに襲いかかっても、まず私たちの敵を呑み込んでくれるのであれば、この恐ろしい波に喝采を送りかねないのです。

2

しかし私がまずヨーロッパ連合を例として挙げたのには、また別の理由があります。ヨーロッパ連合の例は、歴史家にはおなじみの、そして生きていれば誰しも経験する、あの「禍福は糾《あざな》える縄の如し」という現象を体現しているからです。冷戦の終結はまさしく、そうした禍福の判断をつけがたい出来事のひとつだと思われます。

ヨーロッパが勝利することでその道標を失ってしまったこと。私たちの時代の逆説はこれだけにはとどまりません。同じようにこうも言えるでしょう――西洋の戦略的な勝利は、その覇権を強化するはずだったのに、逆に衰退を加速させた。資本主義の勝利は、資本主義をその歴史上最悪の危機に陥れた。「恐怖による均衡」の終焉が、「恐怖」に取り憑かれた世界を生み出した。そして、あの悪名高い、抑圧的で反民主主義なソヴィエト型システムの敗北が、地球全体から民主主義的な議論を後退させることになった……。

この最後の点について、まず考えてみましょう。東西両陣営の対立の終結とともに、私たちは、イデオロギーが対立の主要因となって、たえず議論が戦わされていた時代から、アイデンティティが対立の主要因となり、議論というものが意味をなさない時代へと移行することになったのです。各人が他者に対しておのれの帰属を主張し、呪詛《じゅそ》を投げかけ、仲間を動員して、敵を悪魔呼ばわりしています――でもほかに何が言えるでしょう? 今日では敵とあまりにも共通点がなさすぎるのです!

だからといって、冷戦時代に支配的だった知的風土を懐かしむべきではありません。冷戦は冷たいどころではなく、逆に至るところで、副次的に無数の紛争を勃発させ、韓国、アフガニスタン、ハンガリー、インドネシア、ベトナム、チリ、アルゼンチンで、数十万の命が失われました。とはいえ、世界がそうした状況を「下向きに」抜け出したことを――普遍主義や合理性や世俗主義に向かうのではなく、むしろこれまで獲得されてきた良識を犠牲にして古くからの帰属を強化する方向で、つまり自由な議論が行なわれにくい方向で切り抜けたことを嘆くのは当然だと思うのです。

マルクス主義の信奉者とその敵とのあいだでイデオロギー的対立が続いていたあいだは、地球全体がひとつの巨大な講堂のようなものでした。新聞で、大学で、会社で、工場で、カフェで、家庭で、人間社会の大部分が、個々の経済モデルや哲学的思考や社会組織の長所と短所について、尽きることなく真剣に論じあっていたものです。ところが、共産主義が敗北し、信に足る代案を提示できなくなってしまうと、こんなふうに議論を重ねることに何の意味もなくなってしまったのです。それゆえに、多くの人々が失敗に終わった彼らのユートピアを捨てて、コミュニティという安心をもたらしてくれる屋根の下に庇護を求めたのでしょうか？　徹底的に無宗教であったマルクス主義の政治的および道徳的な失敗が、マルクス主義が根絶しようとした信仰と連帯に再び栄誉をもたらしたとも言えます。ベルリンの壁の崩壊以来、私たちの世界は、自分が何に帰属しているかが、とりわけ宗教的な帰属が過剰に強調される世界になっています。実際、さまざまな異なるコミュニティ間の共存が、日々少しずつ困難になっています。そして民主主義はたえず、激化するアイデンティティの主張に翻弄されています。

イデオロギーからアイデンティティに力点が移動したことは、地球全体に不幸な結果をもたらすことになりましたが、他のどの領域にましてアラブ・イスラム文化の領域での被害は大きなものでした。長いあいだ少数派であり迫害されてきた宗教的急進派が、国外に離散したコミュニティにおいてばかりか、実に多くの社会において圧倒的な知的影響力を持つに至ったのです。そしてこの急進的な動きは、発展していくうちに、きわめて反西洋的なものになっていきました。

一九七九年にホメイニ師が権力を掌握したときに始まるこの動きは、冷戦の終結とともに激化します。東西両陣営の対立が続いているあいだは、イスラム主義運動は全体として明らかに、資本主義よりも共産主義を敵視していました。おそらく、イスラム主義運動が西洋に対して、その政治や生活様式や価値観に対して好意を抱いたことは一度もなかったでしょう。しかしマルクス主義者たちの戦闘的な無神論こそが、まず倒すべき敵だったのです。同様に、イスラム主義者たちの国内における敵、とりわけアラブ・ナショナリストたちと左派政党は、イスラム主義運動とは正反対の道を選びました。ソヴィエト連邦と同盟するか、その庇護を受けたのです。これは、彼らにとって悲惨な結果を招くわけですが、それはいわば歴史の必然だったのです。

アラブ・イスラム世界の近代的エリートたちは、何世代にもわたって解決不能な問題の答えを見つけ出そうとむなしい努力を続けていました。ジャワからモロッコに至るまで、彼らの国を支配し、彼らの資源を掌握するヨーロッパ列強の覇権に屈することなく、どうすれば国をヨーロッパ化できるのか？　彼らは独立を目指して、イギリス人、フランス人、オランダ人と戦いました。そして彼らの国が経済の主要部門を掌握しようとするたびに、西洋の石油会社——あるいはエジプトの場合は、仏英の出資したスエズ運河会社——と衝突しました。だからこそ、ヨーロッパ大陸の東側に、工業化を加速させ、「諸人民の友愛」というスローガンを掲げ、植民地主義者の列強と断固として対決する強力な陣営が出現したことは、多くの者にとって、このジレンマの解決策だと思えたのです。

独立闘争のさなかには、このような方針は理にかなっており将来性があるように見えたのですが、現時点から見れば、災いをもたらすものであったと言わざるをえません。アラブ・イスラム世界のエリートたちは、発展も民族解放も民主主義も社会の近代化も手にすることはありませんでした。それぞれの地域で民族主義的なスターリン主義の亜流が生まれただけで、しかもソヴィエト体制に世界的な栄光をもたらしたもの——国際主義的な主張、一九四一年から一九四五年にかけてナチズムを打倒するために果たした大きな功績、第一級の軍事能力——は何ひとつ手にすることなく、ただソヴィエトの最悪の部分——過剰な排外主義、警察の横暴、きわめて非効率的な経済政策、そして党、一族、長による権力の私物化——を忠実に模倣してしまったのでした。サダム・フセインによる「世俗的」体制は、まさにこのことを例示するものでした。

アラブ社会の数世紀に及ぶ蒙昧《もうまい》を責めるべきなのか、それとも西洋列強の数世紀に及ぶ貪欲さを責めるべきなのかは、いまとなってはあまり重要ではありません。この点についてはあとで触れますが、どちらの説も間違いだとは言えません。確実なのは、そして今日の世界に重くのしかかっているのは、何十年ものあいだ、アラブ・イスラム世界の潜在的には近代主義的で世俗主義的な勢力が、西洋と戦ってきたという事実です。戦いながら、彼らは物質的にも道徳的にも袋小路に迷い込んでしまったのです。そして西洋は、しばしば恐ろしいほど効率的に、ときには宗教勢力と手を結んで、彼らと戦ってきたのです。

それは真の意味での同盟ではなく、共通の強力な敵と戦うための戦術的な協力関係でしかありませんでした。しかしその結果、冷戦が終結してみると、イスラム主義者が勝利者の側に立つことになったのです。彼らの日常生活への影響は、あらゆる領域で目に見えて根深いものとなりました。伝統的に左翼や独立闘争から生まれた運動勢力が担ってきた、社会的かつ民族的な主張をイスラム主義者たちが掲げたために、住民の大多数がますます彼らを支持するようになったのです。あくまでも宗教の教えを――保守的に解釈されることがしばしばですが――はっきり目に見えるかたちで適用しようとするイスラム主義的な言説は、政治的には急進的に――より平等主義的、より第三世界主義的、より革命的、より民族主義的に――なっていき、二十世紀の終わりが近づいたころからは、西洋とその保護下にある者たちを断固として敵視するようになったのです。

この最後の点については、ある比較が念頭に浮かびます。ヨーロッパにおいては、第二次世界大戦時、ナチスに対抗して手を結んだ右派の民主主義者たちと共産主義者たちが、一九四五年以降は敵対しました。それと同様に、冷戦終結時に西洋諸国とイスラム主義者たちが容赦なく対立することになるのは目に見えていたのです。導火線に点火するにふさわしい場所をひとつ選ばなければならなかったとしたら、それはアフガニスタンでした。そこで、西洋諸国とイスラム主義者たちは共同してソヴィエトと戦ったのです。勝利のあと、両者の分裂が二十世紀の最後の十年のうちに決定的になったのもアフガニスタンでした。そしてそのアフガニスタンから、二〇〇一年九月十一日、アメリカ合衆国に対して真っ向から殺人的な挑戦状が叩きつけられたのです。そのあとの連鎖反応については誰もが知っています――侵略、蜂起、処刑、大量殺戮、内戦。そしてその他、数えきれないほどのテロ……。

3

西洋と戦っているのは、間違ったイスラムを標榜するほんの一握りのテロリストなのであって、その策謀をイスラム信者の大部分が非難していると考えるのは、必ずしも現実を反映していません。二〇〇四年三月のマドリードで起こったようなおぞましい殺戮行為が、イスラム世界において嫌悪や困惑、そして誠実な非難を引き起こしたのは事実です。しかし、今日の人類がかたちづくる「地球規模の部族」をつぶさに見てみると、軍事紛争や政治抗争に対してと同様、テロに対する反応もまた一枚岩ではないのです。テロに憤慨する者もいれば、これを正当化し、許容し、ときには拍手喝采しさえする者もいるのです。

明らかに、「敵」に対する二つの見方にもとづく、二種類の〈歴史〉解釈があるわけです。一方の側は、イスラムには西洋の説く普遍的諸価値を受け入れる能力がないと考えています。他方にとっては、西洋はとりわけ普遍的支配の意志に突き動かされており、イスラム教徒は残されたわずかな手段を用いて、その支配に必死で抵抗しているということになります。

それぞれの「部族」にその言語で耳を傾けること——長年私がやってきたことでもありますが——のできる人にとっては、いま起こっていることは、教訓に富み、魅惑に満ちていますが、痛ましいものでもあります。というのも、ある特定の前提を設定してしまえば、どんな出来事であっても、「他者」の意見に耳を傾ける必要もなく、整合的に解釈できるからです。

たとえば、われわれの時代の災いは「イスラム世界の野蛮さ」なのだという前提を受け入れれば、イラクを見たとき、その印象は強まるばかりでしょう。血塗られた独裁者が、恐怖によって四分の三世紀にわたって君臨し、人民の血を流し、軍事や奢侈《しゃし》に石油で得た金を乱費してきた。その男は隣国を侵略し、列強を挑発し、アラブ人群衆の拍手喝采を浴びながら大言壮語を繰り返していたものの、結局、本当に戦うことはなく打倒された。この男が倒れるや、国は混沌に陥り、異なるコミュニティがたがいに殺しあいを始めたではないか。「ほら見ろ、こんな人民をひとつにするためには独裁が必要だったんだよ！」というわけです。

反対に、「西洋の二枚舌」という説をとる場合も、すべてのことに整合的に説明がつきます。発端は禁輸措置だ。これは人々を貧困に陥れ、何十万もの子供の命を奪ったが、独裁者から葉巻を取り上げることはできなかった。それから侵略がなされた。その理由には根拠がなく、国際機関や世論を無視し、少なくとも部分的には、石油資源を手中に収めたいという動機にもとづいていた。アメリカが勝利すると、イラク軍と国家の骨組みはアメリカの意のままに解体され、さまざまな組織は宗派や民族ごとに分配された。あたかもこの国を絶対に安定させまいとするかのように。それだけではない。アブグレイブ刑務所における虐待、拷問の横行、絶えざる侮辱行為、「付随的損害」、処罰されない無数の失態、掠奪、混乱……。

一方にとっては、イラクのケースはイスラム世界が民主主義に向いていないことを証明するものです。他方にとっては、これは西洋的な「民主化」なるものの正体を暴露するものです。サダム・フセインの撮影された死に、アメリカ人の残虐さを見ることもできればアラブ人の凶暴さを見ることもできるのです。

これら二つの説はともに正しく、ともに間違っていると思います。それぞれの説が、自説をたちまち理解し、敵対する説には耳を傾けようとしない聴衆だけに向けてたえずくり返されています。生まれと経歴からして、私のような人間はこの二つの説の両方に共感していると思われるかもしれませんが、日々、その両方に距離を感じるばかりです。

この距離感――むかし風に「違和感」と書いてもよかったのですが――は、私のアイデンティティを構成する要素のどちらにもいい顔をしようとして生じたものではないと思います。新しい世紀の始まりを台無しにし、しかも私の生まれた国をバラバラにしかねない、これら二つの極端な文化観に対して私が苛立ちを感じているからだけでもありません。私が批判しているのは、これらの二つの「文化圏」がこれまで何世紀にもわたって行なってきたことです。残念ながら私はこれらの文化圏の存在理由すらも批判せざるをえません。私はこう考えています。敬意に値するこの二つの文明は限界に達してしまった。もはや世界に壊滅的な停滞しかもたらせなくなっており、ともに――人類を分断する個々の文明のすべてがそうであるように――道徳的に退廃してしまったのだと。次の段階に進むべきときが来たのです。個々の人間がみずからのアイデンティティの拠りどころを見出し、同じ普遍的な価値によって連帯し、人類の未来をかたく信じながら、この世界のありとあらゆる文化的多様性によって豊かになっていく文明。それをこの二十一世紀のうちに作り上げられるのか、それとも世界全体が蛮行の泥沼に沈み込んでいくのか、そのどちらかなのです。

アラブ世界に関して私が問題だと思うのは、その道徳意識の貧しさです。西洋に関しては、道徳意識をすぐに支配の道具に変えるその態度です。私にとっては二重の意味でつらいことですが、この二つの批判は深刻なものです。いまその兆しが見えている後退の原因を明らかにしようとする本書において、それらを見過ごすわけにはいきません。前者への批判においては、倫理的な関心や普遍的な価値が見出されない点が問題にされます。後者への批判では、倫理的な関心や普遍的価値はつねに存在するものの、それがたえず都合よく政治的な目的に奉仕させられている点が問題にされます。結果として、西洋は道徳的な信用を失いつづけ、西洋を批判する側もまた何の道徳的な信用も勝ち得ていないわけです。

だからといって私は、「私の」二つの文化的世界の危機を同じように扱うつもりはありません。いまから千年前、あるいは三千年前、それどころか五千年前に比べれば、西洋は瞠目すべき発展を遂げました。それは否定しがたいし、いくつかの分野においては発展はなおも続き、加速してさえいます。ところが、アラブ世界のほうは大きく立ち遅れていまず。そのことは、アラブ世界に暮らす人々にとって、アラブ世界を大切に思う者たちにとって、そしてアラブの歴史そのものにとって、恥辱の種となっています。

例はいくつもありますが、とりわけ示唆的なのは、共存を組織する能力に関する例です。私が若いころはまだ、中東の異なる共同体同士の関係は、かりに対等で友好的なものではなかったとしても、少なくともそこには礼儀と敬意が感じられました。イスラム教のシーア派とスンニ派は時としてたがいに不信感を抱くこともあったかもしれませんが、それでも両派のあいだの結婚は当たり前でしたので、イラク戦争の悲劇によって両派の殺し合いがこんなふうに日常化してしまうなど、とうてい考えられませんでした。

キリスト教を信仰する少数派に関して言えば、たしかにその置かれた状況は牧歌的なものからはほど遠かったとはいえ、どのような政治体制のもとでも存続していましたし、繁栄さえしていました。イスラム教の誕生以来、これらキリスト教少数派が、今日イラクやその他のいくつかの国々において目撃されているように、これほどまで迫害・弾圧され、国外への脱出を余儀なくされているような状況を経験したことは一度としてありませんでした。自分たちの土地でよそ者にされてしまった――しかしそこに幾世紀も、ときには数千年も暮らしてきたのです――いくつかのコミュニティは、イスラム教徒の同国人からも西洋のキリスト教信者からも見捨てられたまま、二十年後には消滅しているかもしれません。

アラブ世界のユダヤ人コミュニティに関しては、その壊滅は周知の事実です。ところどころにかろうじて残存していますが、政府や住民からいまだに侮辱され、迫害を受けつづけています。

こんなことになってしまったのはアメリカとイスラエルのせいじゃないか、と言う人もいるでしょう。たしかにそうかもしれません。しかし、それはアラブ世界に都合のいい言い訳です。あらためて、いま私たちの目の前にあるわかりやすい例、つまりイラクの例を考えてみましょう。アメリカの一貫性のないイラク占領政策のせいで、この国において複数の部族間の暴力が猖獗《しょうけつ》を極めているのは間違いありません。また、こういう皮相なものの見方にはゾッとするのですが、それでもたしかにワシントンには、このような流血の事態によって得をしている輩《やから》がいるのだと信じたくもなります。しかし、スンニ派の戦闘員が爆弾を仕掛けたトラックを運転して、シーア派の家族たちがよく足を運ぶ市場で自爆テロを行ない、この殺人者を狂信的な説教師が「抵抗の闘士」とか「英雄」とか「殉教者」と呼ぶとき、もはや「他者たち」を非難しても何の意味もありません。アラブ世界そのものが、みずからの良心に問いかけるべきなのです。いったい何のための戦いなのか？ それでどんな価値を守ろうとしているのか？ いったい何を信者たちに与えたいのか？

預言者ムハンマドはこう言ったそうです。「最良の人間とは、誰よりも人々のためになっている者である」。力強い格言です。これを聞いていま、どんな個人であれ指導者であれ民族であれ、痛みとともにみずからに問いかけたくなるはずです。私たちは、他の人々に、そして自分自身に、いったい何をもたらそうとしているのか？　どのような点で私たちは「人々のためになっている」のだろうか？　私たちは不信心のなかでも最悪のものである自殺的な絶望に突き動かされてはいないだろうか？

4

やはり私の文明であるもうひとつの文明、すなわち西洋文明は、同じ混乱を経験することはありませんでした。西洋文明は人類全体にとって、モデルというか、少なくとも主要な参照対象であり続けているからです。しかし今日、西洋文明もまた歴史的な隘路《あいろ》に陥っており、それが西洋文明の行ないに影響を与え、世界の混乱に拍車をかけているのです。解決からほど遠い厄介な「東方問題」が、この二十一世紀の初めになおも存在しているとしたら、「西方問題」というものが存在することもまた否定できません。アラブ人の悲劇が、この世界のなかでしかるべき地位を失い、それを取り戻せないという無力感にあるとしたら、西洋人の悲劇とは、地球規模の途方もない役割を手に入れたにもかかわらず、それをもはや十全に果たすこともできなければ、手放すこともできない点にあります。

言うまでもなく、西洋は他のいかなる文明よりも多くのものを人類にもたらしました。

いまから二千五百年前のアテネの「奇蹟」以来、とりわけこの六世紀のあいだ、知、創造、生産あるいは社会組織などの領域で、ヨーロッパとその延長である北アメリカの影響を受けていないものなどありません。それは最良のものについても最悪のものについても言えます。西洋の科学が文字どおり〈科学〉となり、西洋の医学が〈医学〉となり、西洋の哲学が〈哲学〉となったのです。西洋のさまざまな教義が、もっとも解放的なものからもっとも全体主義的なものまで、遠く隔たったありとあらゆる場所にまで広がり変化を遂げてきました。西洋の支配と戦っている者たちでさえ、まずは、西洋が発明して世界全体に広めた物理的および知的な道具を用いて戦ったのです。

冷戦の終結とともに、西洋列強の優越は、新しい段階に入ったように見えました。西洋の経済、政治、社会のシステムはその優位を証明するに至り、地球全体を覆いつつあるように見えたのです。すでに「歴史の終わり」を語っていた者たちもいました。今後は世界全体が平和裡に、勝者である西洋のひな形にしたがって作られていきそうだったからです。

しかし歴史は、イデオローグたちが夢見るような従順で賢い乙女ではありません。

こうして経済においては、西洋モデルの勝利が逆説的にも西洋の衰退を招いたのです。計画経済の桎梏《しっこく》から解放されて、中国、ついでインドは急速な発展を遂げました。控えめな人物たちによって平和裡に成し遂げられたこの二つの静かな革命は、長期的に世界のバランスを変えつつあります。

一九七八年、毛沢東の死去から二年後、権力を掌握したのは、文化大革命による粛清を奇蹟的に生き延びた七十三歳の小柄な男――鄧小平でした。鄧小平は即座に、それ以前は共有のものであった土地を一定数の農民たちに分配し、収穫の一部の販売を許可するよう指示しました。結果は疑いようのないものでした。村によっては生産量が二倍、三倍、四倍になったのです。そこからさらに一歩踏み出して、この中国の指導者は、今後は農民たちがみずから望むものを栽培してもよいと決めたのでした。それまでは、何を植えるかを決めるのは各地方の指導部だったのです。生産量はさらに増加しました。それがすべての始まりでした。仰々しい宣言や大規模な動員を行なうことなく、少しずつ手を加えることで、生産性の低い古いシステムが次第に、しかし恐るべき速さで解体されていったのです。おそらく、この国の人口の規模が効果を加速させたのでしょう。こうして当局が農村における小さな家族経営企業――雑貨屋、露店、修理工場など――の禁止を解くと、二千二百万もの企業が生まれ、一億三千五百万人もの雇用を生んだのです。中国を見ていると、ギネスブックのページをめくっているような気がします。たとえば、上海の超高層ビルの数は、一九九八年には十五だったのですが、二十年後には五千近くにもなるとも言われており、これはニューヨークとロサンゼルスの超高層ビルを足した数よりも多いのです。

とはいえ、病的なほど巨大ではないにせよ、巨大さゆえに困難になってもまったく不思議ではなかった現象もあります。たとえば、国内総生産の増大です。中国の国内総生産はここ三十年のあいだ、年率で十パーセント前後の成長を続け、そのおかげで二十一世紀の最初の十年のうちに、フランス、イギリス、そしてドイツを追い越したのでした。

インドでも、計画経済の解体が穏やかに行なわれ、やはり驚くべき結果がもたらされました。一九九一年の七月、インド政府は破綻しかねないほどの非常に大きな財政危機に直面します。これに対処するため、マンモハン・シン首相は、企業を縛りつけていたいくつかの規制を緩和する決定をします。それまでインドには、あらゆる経済活動に関してライセンス（輸入ライセンス、両替ライセンス、投資ライセンス、生産量増加ライセンス等々）の取得を要求する、きわめて制約の強い法律がありました。そうした足かせから解放されると、経済は停滞を脱しはじめたのです。

ざっと素描しただけですが、これは人類全体にとって、想定外の巨大な発展であり、歴史上あまり類例のない心奪われる出来事のひとつでもあります。地球でもっとも人口が多く、いわゆる「第三世界」の人口の半分を占める二つの国が、低開発から抜け出そうとしているのです。アジアとラテンアメリカのほかの国々も同じように発展しようとしています。産業国の多い北半球と貧しい南半球という伝統的な区分が少しずつ曖昧になりつつあるのです。

時が経てば、これらの東洋の大国たちの経済的な覚醒は、官僚主義的な社会主義の失敗のもたらしたもっともめざましい結果として振り返られることになるでしょう。人類の冒険という観点からすれば、実に喜ぶべきことです。しかし、西洋の立場からすれば、手放しで喜んでばかりもいられません。なぜなら、中国とインドというこれら新しい巨大な産業国家は単に経済的なパートナーであるばかりではなく、恐るべきライバルであり、潜在的な敵でもあるからです。

安いが効率のよくない労働力の供給源である発展途上国という従来の見方はもはや当てはまりません。中国やインドの労働者の賃金はまだしばらくのあいだは安く抑えられるかもしれませんが、彼らはだんだん高い能力を身につけていますし、非常に意欲も高いのです。西洋でよく言われているように、そしてときにはそこには文化的、人種的な偏見がひどく感じられるのですが、彼らは本当に創意に乏しいのでしょうか？　かりに現在はまだそうなのだとしても、男女を問わず中国やインドの人たちがさらに自信を深め、より大きな自由を獲得し、社会的な身分制度や知的に従属的な態度から解放されるにつれて、必ず変化は起こります。そうすれば、一、二世代のうちに、模倣の段階から適応の段階、そして創造の段階に達するはずです。そして、こうした偉大な国の歴史が示しているように、彼らにはそれが可能なのです。陶器、火薬、紙、舵、羅針盤、ワクチン［人痘法］、そしてゼロの発明がそれを物語っています。中国もインドも、自分たちに欠けていたものについては、いまや西洋に学んですでに獲得したか、獲得しつつあります。専制からも停滞からも抜け出し、敗北や屈辱、貧困をくぐり抜け、これらの二国はついに未来に向かって突き進もうとしているように見えます。

西洋は勝利し、みずからのモデルを押しつけました。しかしこの勝利自体によって敗北してしまったのです。

ここで二つの西洋をはっきり区別すべきかもしれません。ひとつは、漠然と暗黙のうちに感じられるものですが、地球上のすべての民族の魂を豊かにした普遍的な西洋です。もうひとつは、地理的、政治的、民族的に具体的に規定される西洋です。これは、ヨーロッパと北米にある白人の国々です。いま、この後者が行き詰まっているのです。その文明が他の文明に追い越されてしまったからではありません。他の文明が西洋の文明をわがものとし、これまで西洋の独自性と優越をかたち作っていたものを西洋から奪ったからです。

将来的には、私たちはこう思うのかもしれません――ソヴィエトのシステムが発展途上国を魅了したがゆえに、それは逆説的にも西洋の没落の始まりを遅らせた、と。中国やインドをはじめとする第三世界の計画経済の国々が、この効率の悪い経済モデルに囚われているかぎり、西洋の経済的優位は揺るぎのないものでした。それでも彼らはそうやって西洋と戦っているつもりだったのですが……。ところが、そうした幻想から目覚め、決然と資本主義というダイナミックな選択をしたおかげで、「白人」の玉座を激しく揺さぶることになったのです。

結局、西洋諸国はそれと意識せずに黄金時代――西洋だけが効率のよい経済システムを独占していた時代――を生きていたのです。西洋は自分たちがあらゆる手を尽くして作り上げたグローバルな競争環境のせいで、自国の経済のかなり部分――製造業のほぼすべてとサービス産業のかなり部分――に打撃を与える羽目に陥ったのです。

とくにヨーロッパは微妙な状況に陥りました。いわば二つの炎、要するにアジアとアメリカ――新興国の経済的競争力と、航空産業や軍事的に応用可能な産業などの最先端部門に強いアメリカの戦略的競争力――のあいだに挟まれてしまったのです。そこにさらに、資源供給をコントロールできないという大きなハンディも加わります。ヨーロッパにとって、石油と天然ガスの供給源の大部分は中東とロシアに集中しているからです。

これらのアジアの巨大国家の経済発展のまた別の重要な帰結は、何億もの人たちがそれまでは手の届かなかった消費生活を送れるようになったことです。

過度の消費に対してほほえんだり憤慨したりするのは勝手ですが、こうした人々に対して、豊かな国々の人々が所有しているもの――冷蔵庫、洗濯機、皿洗い機などの電化製品、自家用車、パソコン、温水、清潔な水、ふんだんな食事、医療、学問、余暇、旅行など

――を所有する権利を否定することは誰にもできません。

今日、誰にもそんな道徳的な権利はありませんし、将来にわたっても、こうしたものを人々から奪う実質的な力は、誰にも――彼らの政府にも、超大国にも、ほかのいかなるものにも――ないでしょう。地球全体に血塗られた愚かしい独裁政治を課して、彼らを再び貧困と隷従の状態に連れ戻したいのなら話は別ですが、何十年ものあいだそうしてほしい人々に訴えてきたこと――よりよく働き、より多く稼ぎ、生活環境を改善し、ひたすら消費すること――をついに彼らが実現しようとしているのに、どうしてその邪魔ができるでしょうか？

私もそこに含まれますが、とりわけ発展途上国に生まれた者たちにとっては何世代にもわたって、低開発との戦いは独立闘争の論理的な帰結でもありました。そして、独立のための戦いのほうがずっと容易だと思えたのです。貧困、無知、怠慢、社会全体の無気力、疫病との苛酷な戦いは、何世紀も続くように思われたものです。ですから、これほど多くの国々が低迷から抜け出すのを見るとき、まるで奇蹟を目の当たりしているかのようで、私としては深い感動を覚えずにはいられません。

そう言いつつも、もう少し客観的にこう付け加える必要も感じています。すなわち、中国、インド、ロシア、ブラジルにおいて、そして地球全体で、中間層が恐ろしいほど増大したという現実に、少なくとも現在の世界はまだうまく対応できていないようだ、と。もし三十億とか四十億の人口の一人ひとりが消費を始めたら、それに加えてヨーロッパの人々や日本の人々、そして言うまでもなくアメリカの人々も同じように消費しているのですから、地球環境的にも経済的にも大きな混乱が生じるのは間違いありません。それは遠い未来の話ではなく、間近に迫った、というか、ほとんどいま現在の話なのです。天然資源――石油、真水、原材料、肉、魚、穀物など――にかかる負担は大きくなり、そうした資源の産出地帯をめぐる争いが起きるかもしれません。みずからの天然資源をひたすら守ろうとする国もあれば、なにがなんでもそれを手に入れようとする国もあるでしょう。紛争が頻発し、多くの命が失われる可能性があります。

地球規模で不景気が続けば、こうした緊張は緩和されるはずです。消費は減速し、生産量は減りますから、資源の枯渇をあまり心配せずに済みます。しかし、こうした小康状態の「代償」は大きく、そこからは大きな緊張が生まれるでしょう。念願だった経済成長が突然失速したら、その国はどのように振る舞うでしょうか? 不満は募り、社会的な動揺、イデオロギーや政治の混乱、軍事的行動が生じないと誰に言えるでしょうか? これに比較しうるものがあるとしたら、それは一九二九年の世界大恐慌です。これは社会的な大変動、狂信的行為の激発、地域的な衝突、世界規模の紛争へと至りました。

最悪のシナリオがくり返されないよう祈るほかありません。しかし、衝撃や混乱はきっと起こるでしょうし、それを経験した人類は無傷ではいられないでしょう。青ざめ、傷つき、トラウマを負うかもしれません。しかし、頼りない筏に乗って共通の冒険に乗り出す前に比べれば、より成熟した大人となり、より注意深くなっているかもしれません。

5

冷戦の終焉期に起こったように、世界経済において西洋の果たす役割が減じたことは、現時点では全体像をつかめないほどの重大な帰結をもたらすことになりました。もっとも深刻なもののひとつは、西洋の列強、とりわけアメリカが、経済的優位や道徳的な権威によってはもはや維持できなくなったものを、軍事的優位によって維持しようという誘惑に強く駆られているように見えることです。

それこそ、おそらく冷戦の終結のもっとも逆説的でもっともねじれた結果なのです。平和と和解をもたらすと思われていた出来事が、次から次へと衝突をもたらし、アメリカはたえず戦争を続けています。あたかも戦争が、最後の手段というよりは「統治の方法」になってしまったかのようです。

二〇〇一年九月十一日の大量殺人テロだけがこのような逸脱の原因ではありません。あのテロが事態を悪化させたというのは部分的には正しいのですが、逸脱はすでにかなり前から始まっていたのです。

一九八九年の十二月、ベルリンの壁崩壊の六週間後に、アメリカ合衆国はノリエガ将軍のパナマに対して軍事介入を行ないます。警察の手入れさながらのこの軍事派遣は一種の宣言のようなものでした。つまり、以後この地球上で命令するのは誰で、それに従わなければどうなるか、各自肝に銘じておけ、というわけです。一九九一年に湾岸戦争、一九九二年から一九九三年にかけてのソマリアへの不幸な軍事介入、一九九四年には、軍事クーデターで職を遂われたジャン゠ベルトラン・アリスティド大統領を再度権力に据えるためにハイチに介入、一九九五年にはボスニア紛争、一九九八年十二月には、「砂漠の狐作戦」と名づけられたイラクへの大規模な空爆作戦、一九九九年にはコソボ紛争、二〇〇一年からはアフガニスタン戦争、二〇〇三年からはイラク戦争、二〇〇四年には、今度はアリスティド大統領を失墜させるためにハイチへ再び軍事派遣……。それに加えて、コロンビア、スーダン、フィリピン、パキスタンその他の地域での、より小規模の懲罰的な空爆や軍事作戦もあります。

冷静な観察者でありたいと望む者であれば、こうした介入のそれぞれに、もっともな動機と、口実でしかない動機を見出すことでしょう。しかしここまでくり返されていること自体がゆゆしきことです。地球の「統治の方法」と私は言いましたが、じじつ、この新しい世紀が始まって数年もしないうちに、私は一度ならず思ったのです。本当はもっとずっとひどいことなのではないか、こうした作戦は「見せしめのために」行なわれたのではないか、と。植民地主義の帝国がかつて、支配下の現地人の心に恐怖を植えつけて、反抗の意図を挫《くじ》こうとしていたように。

きわめて異論の余地のある軍事的派遣のいくつかは、ジョージ・W・ブッシュ大統領の名と結びついています。イラク戦争があったがゆえに、アメリカの有権者は、バラク・オバマと民主党に権力を与えたと言っても過言ではないでしょう。この過度の介入主義が、どの程度、ある政権の政治的な選択なのか、どの程度、アメリカ合衆国が世界において占める位置によって左右されているのかは見極める必要があります。アメリカの世界経済に占める割合は確実に減少し、貿易赤字は増える一方で、この国の経済には明らかに無理があるわけですが、それでも圧倒的な軍事的優位を保持しつづけています。他の領域での影響力の低下を補うために、軍事力という大きな切り札を使いたいという誘惑に駆られたとしても不思議ではありません。

個々の大統領の感性や信念がいかなるものであれ、アメリカはもはや世界に対する支配を手放すつもりはないのです。自分たちの経済に不可欠な天然資源、とりわけ石油の支配権を失うつもりもなければ、アメリカの邪魔をしようとする勢力を自由にさせておくつもりもありません。いつかアメリカの優位に挑戦してくるかもしれない強敵の出現を、手をこまねいてただ眺めているつもりもありません。世界で起きているさまざまな問題に対して、これまでのような厳しく強面な態度でのぞむのをやめてしまえば、おそらくアメリカは終わりのない弱体化と疲弊の危機にさらされるでしょう。

だからといって、何かあればすぐに介入するというのは、影響力の衰退を回避するための賢明な対処法とは言えません。この二十一世紀の最初の数年に起きた出来事から判断するに、介入政策によって衰退はむしろ加速しています。では他の政策を取れば、反対の結果がもたらされるでしょうか？　試してみる価値はあります。しかし、ある権力がその支配をゆるめると、敵対する勢力は感謝するどころか、ここぞとばかりに攻撃してくるのが世の常です。西洋諸国はブレジネフのソヴィエト連邦には敬意を表していましたが、ゴルバチョフのソヴィエト連邦にはどうだったでしょうか？　侮辱し、奪い尽くし、ばらばらにして、ロシアの人々の深い恨みを買ったではありませんか。イランの革命派がカーター大統領に対して容赦なかったのは、カーターがイランに対して攻撃的な政策を取るのをためらったからです。

要するに、アメリカ政府が国際舞台において態度を急に変えたところで、西洋が他の世界とのあいだに抱えたジレンマが奇蹟的に解消されたりはしないと言いたいのです。それでも思い切った解決策を望むのなら、そうした変化は不可欠だとは思いますが、だからといって事態が決定的に変わるとは断言はできません。

ある種の分析によれば、「ハードパワー」と「ソフトパワー」は区別されます。つまり、ある国が影響力を及ぼすには、軍事力を行使せずとも、さまざまなやり方があるのです。スターリンにはそれが理解できなかったがゆえに、教皇は「いくつ師団」を持っているのかなどと尋ねたのです。しかも、ソヴィエト連邦が崩壊した際、純粋に軍事的な観点からすれば、ソヴィエトは敵を壊滅させるに余りある手段を持っていたのです。しかし、勝利か敗北かを決めるのは、装甲師団でも、爆弾のメガトン数でも、核弾頭の数でもありません。そういうものは一要因に過ぎないのであって、大きな力を有するには必要かもしれませんが、決して十分ではないのです。個人間、集団間、国家間を問わず、あらゆる対決には実に多くの要因が作用しており、それらは物理的な力であったり、経済力であったり、道徳的な強さであったりします。ソヴィエト連邦に関して言えば、道徳的には見下され、経済的には立ち後れ、そのせいでせっかくの素晴らしい軍事力もまったく役に立ちませんでした。

反対に、冷戦が終結したとき、西洋は三つの領域で圧倒的な優越を手にしていました。とりわけアメリカの力によるところの大きい軍事面での優越。ヨーロッパとアメリカの技術的、工業的、金融的な先進性による経済面での優越。そして、もっとも危険なライバルである共産主義を打ち倒した社会のあり方が示す道徳面での優越。この多元的な優越によって、西洋は世界を巧みに導くこともできたはずなのです——言うことを聞かない国に対しては、ときにはビンタを張り、ときには棍棒をちらつかせて改心させる一方で、ほかの国々には低開発と専制から脱出できるよう実質的な援助を与えるなどして……。

したがって、軍事力の行使は非常に例外的な場合にとどめ、優れた経済システムと社会システムを前面に押し出すだけで、西洋は十分に優越性を維持できるとわかっていたはずなのです。ところが、実際にはむしろ反対のことが起きてしまったわけです。西洋の経済的優位が、アジアの二つの大国の躍進によって徐々に切り崩されていき、軍事力の行使が常態化してしまったのです。


道徳的な優越もまた徐々に失われていきました。これは少なくとも逆説的です。西洋モデルにはライバルはいなかったからです。ヨーロッパと北米の生活様式が、ワルシャワやマニラばかりか、テヘラン、モスクワ、カイロ、上海、チェンナイ、ハバナや世界の至るところで、かつてないほどの大きな魅力を放っていたからです。とはいえ、「中心」と「周辺」のあいだに真の信頼関係が醸成されていないのは問題です。

この不信の根底には、西洋の列強と残りの世界とがここ数世紀来取り結んできた不健全な関係が見出せます。そのせいで今日、私たち人類は多様性を生かし切れずにいます。共通の価値をつくり出し、一丸となって未来を思い描くことができずにいます。近づきつつある危険に立ち向かえないでいるのです。

6

共産主義に対する勝利を西洋が生かしきれなかったのは、その文化的な境界の彼方にまで繁栄を広げることができなかったからでもあります。

たとえば、ヨーロッパ連合の構築がもたらしたほとんど奇蹟的経済効果は、短期間でアイルランドやスペインやポルトガルやギリシアを建て直し、さらに中東欧にまで波及しましたが、あの狭いジブラルタル海峡を越えて、地中海の対岸にまで及ぶことはありませんでした。そこにはいま、物理的には存在しなくとも、それでも残酷で危険な高い壁が、かつてヨーロッパを二分していた壁のようにそびえ立っているのです。

たぶん責任の一端は、イスラム世界の千年来の危機にあります。おそらく、それがいちばん決定的な要因なのかもしれません。しかしそれだけが原因ではないのは確かです。なぜなら、イスラムが根づかなかった広大な領域である「新大陸」に目を向ければ、そこでも同じ現象が観察されるからです。つまりアメリカ合衆国はその繁栄を、リオ・グランデの南側、隣国のメキシコにもたらすことができないのです。それどころか、自分たちを守る壁――こちらは手で触れることができる現実の壁です――を作る必要すら感じており、そのために、言うまでもなく、ヨーロッパや北アメリカと同じキリスト教を信仰するラテンアメリカ全体からの不信と恨みを買っているのです。

それゆえ、イスラム世界のさまざまな欠陥は、たしかに否定しがたく悲劇的なものではあるが、すべてを説明してくれるものではない、と私は考えるようになりました。西洋世界にも固有の歴史的な盲点があり、倫理的な欠陥があるのです。そしてそうした欠陥と盲点を通して、支配されてきた諸国民はこの数世紀のあいだ西洋と出会ってきたのです。チリやニカラグアでアメリカ合衆国が、アルジェリアやマダガスカルでフランスが、イランや中国や中東でイギリスが、インドネシアでオランダが話題になるとき、まず人々の念頭に浮かぶのは、ベンジャミン・フランクリンやコンドルセやヒュームやエラスムスといった人物では断じてありません。

西洋にはいま、苛立ちまじりに次のように言う動きが見られます。「罪の意識を感じるのをやめよう！　自虐的になるのをやめよう！　世界の不幸のすべてが植民者が犯したものじゃないんだから！」。理解できる反応でありますし、これは、私と同じように南側の国で生まれ、同胞たちが不幸に見舞われるたびに植民地統治のせいにするのを耳にして苦々しい思いをしている多くの者が示す反応でもあります。植民地統治が、とくにアフリカで長びくトラウマを残したことは否定できません。しかし独立後の時代がそれ以上に悲惨なものになることもたびたびあったのです。だから何かにつけて都合よく植民地主義を持ち出してくる、無能で腐敗した独裁的な指導者連中に対しては何の共感も覚えません。

私の故郷レバノンに関して言えば、一九一八年から一九四三年までのフランス統治の時期と、一八六四年から一九一四年までのオスマン帝国支配の末期のほうが、独立後のさまざまな体制よりもずっとましであったことは間違いありません。こんなふうに断言するのは政治的には正しくないかもしれませんが、私の見方だとそうなるのです。同じことは、ほかのいくつかの国にも当てはまると思うのですが、失礼のないように自分の国の話だけにとどめておきます。

しかし、第三世界の失敗を植民地主義のせいにして正当化することはもうできないのだとしても、西洋とその元植民地との不健全な関係は依然として深刻な問題です。不機嫌になったり、腹立ちまぎれにぶつくさ言ったり、肩をすくめてみたところで解決できるはずもありません。

私は、西洋文明は他のどんな文明にもまして普遍的な諸価値を創造してきたと確信しています。しかし、そうした価値をしかるべきかたちで伝えていくことができなかったのです。その失敗のつけを人類全体がいま払わされているわけです。

西洋からの「移植」を他の諸国民は受け入れる準備ができていなかった、とよく言われます。しかしそれこそ、幾世代、幾世紀にわたって、まったく議論されることなく受け継がれてきた間違った説明なのです。その最新版がイラクに関するものです。「アメリカ人の誤りは、民主主義を欲してもいない国民に押しつけたことだ！」。このような言葉が最終判決のように発せられ、アメリカを批判する者も、これを擁護する者も、誰もがその通りだと納得するわけです。前者はこうした試みの愚かさをあざ笑い、後者はその純粋な高貴さをたたえます。そこに、この紋切り型的な説明の気味の悪さがあります。どんな感受性にもどんな思想的な流行にも訴えかけるものがあるからです。他国民を尊重している人々にとっては、この説明は敬聴に値するものです。ところが他国民を見下し、人種差別的ですらある人々もまた、この説明を聞いてみずからの偏見の正しさを確信するのです。

このような説明は、現実を忠実に反映していると思われています。しかし私に言わせれば、これは単純に間違っています。イラクで本当に起こったこと、それはアメリカ合衆国が、民主主義をこれを心から夢見ている国民にもたらすすべを知らなかったということなのです。

投票の機会があるたびごとに、命の危険をものともせず何百万人ものイラク人が投票所に向かいました。自爆テロや爆弾を仕掛けられた自動車があるとわかっていながら、投票所の前に列を作って並ぶ国民がこの世界のどこにいるでしょうか？　それでもこの人たちが民主主義を欲していないなどと言えるでしょうか？　新聞でもラジオやテレビの討論番組でも、そうくり返し言われているのに、誰もちゃんと現実を見ようとしないのです。

アメリカ合衆国がイラクに民主主義を押しつけようとした、という説明の前半部分にも、議論の余地があると思います。二〇〇三年のアメリカのイラク侵攻の決定にほぼ確実に影響を与えたと思われる理由はさまざまです。テロとそれを支援している疑いのある体制との戦い、「ならず者国家」が大量破壊兵器を開発しているのではないかという懸念、湾岸諸国を脅かし、イスラエルを不安にさせる指導者をお払い箱にしたいという欲望、油田地帯をコントロールしようという思惑……。ブッシュ大統領は、父親が未完のまま残した仕事を完成させたかったのだという、精神分析的な含みを持つ説を提示している者さえいます。しかし真剣な観察者たち、開戦が決定された諸会議の報告書をつぶさに検討し、ここ数年のあいだに大量の関連文献を刊行してきた数多くの証人や研究者の誰ひとりとして、「侵攻の真の目的はイラクに民主主義を根づかせることだった」とわずかにでも示唆しているような文章をいまだ見つけられていないのです。

侵攻の真意を探ったところで何の役にも立たないでしょうが、確認しておかなければならないのは、占領から数週間のうちにアメリカ当局が、宗教的あるいは民族的な帰属にもとづく代議制を導入したことです。そのために、この国の歴史において前例のない激しい暴力がたちまちに引き起こされることになったのです。レバノンや他の地域の例を近くから見てきた経験から、コミュニタリアニズムは民主主義の発展には向いていない、と私は知っています。いや、向いていない、どころではなく、実のところコミュニタリアニズムは市民性の概念自体を否定するものであって、そのような土台の上に文明的な政治システムを築くことはできません。それだけに、あるひとつの国を構成する異なる様々な要素を考慮する、それも市民のそれぞれが自分の声が届いていると感じられるよう、細心にかつ柔軟に、さりげなく考慮することが何よりも大切です。それだけに、ひとつの国を敵対する諸部族のあいだで永続的に分けあうことになる割り当て《クオータ》のシステムを導入することは危険かつ破壊的ですらあります。

アメリカの素晴らしき民主主義がイラクの人民に、コミュニタリアニズムという毒入りの贈り物をもたらしたというのは、恥辱と不名誉以外のなにものでもありません。無知からそうしたのであれば、心が痛みますが、冷めた計算からそうしたのであれば、それは犯罪です。

たしかに侵攻の前夜、そして紛争のあいだ、自由と民主主義が盛んに語られました。そういうことは、時代と場所を問わず戦争が起きるたびに、お題目のように語られてきたものです。軍事作戦の目的がどのようなものであれ、それはつねに正義のため、進歩のため、文明のため、神とその預言者たちのため、未亡人と孤児のために、そしてもちろん、正当防衛と平和を求める愛を理由にしてなされるのです。復讐、貪欲、狂信、不寛容、支配への意志、敵を黙らせたいという欲望が真の動機なのだと言う指導者などどこにもいません。この上なくご立派な理由をこしらえて真の目的を隠蔽するのが煽動者たちの役割だとしたら、行為のひとつひとつを精査して隠された嘘を暴き出すのが自由な市民の役割なのです。

とはいえ、アメリカ合衆国では二〇〇一年の九月十一日のテロの直後、「民主主義の普及」への熱狂が見られました。自爆テロ作戦を行なった者たちの国籍を見て、アメリカの政治的責任者のなかには、アラブ世界が近代化を目指す民主的な体制によって統治されていれば、アメリカがこれほど脅威にさらされることはなかったはずだ、ワシントンの言いなりになるくらいしか取り柄のない反啓蒙主義者と独裁者の連中をこれまで支えてきたのは間違いだった、と意見を表明した者もいたのです。こうした「顧客」にも彼らの庇護者が大切にしている価値のいくつかは共有させておくべきだったのではないのか、と。

この熱狂――「大中東」、次いで「新中東」といった響きのよいスローガンで表わされましたが――は長続きしませんでした。この件について長々と語るつもりはありませんが、せっかくなのでこのような光景を目の前にした私自身の驚きを語ることを許していただきたいのです。つまり、西洋の民主主義国家群の長たるものが、なんと二十一世紀の初めになってようやく、エジプトやサウジアラビアやパキスタンやその他のイスラム諸国にもやはり民主的な体制あったほうがいいのではないかと自問しはじめたのです！　それまでは、とにかく「安定」が第一で、どんな手法で安定がもたらされているのかを問うことなく、権力者たちを支援してきたのです。きわめて保守的な支配者たちを、その保守主義の根底にあるイデオロギーは一顧だにせず支えてきたのです。とくにアジアとラテンアメリカでは、きわめて抑圧的な警察および治安組織を養成してきたのです。それがいま、アメリカの素晴らしき民主主義がようやく、やはり民主主義という手札を切るべきではないかと自問しはじめたのです。

しかし妙案というものはすぐに忘れ去られるものです。堂々巡りの議論の果てにエイブラハム・リンカーンの国が達した結論は、そうした手法はリスクが大きすぎるというものでした。アメリカに対する恨みはいまやあまりに根深いので、自由選挙でもやろうものなら、至るところでもっとも急進的な勢力が権力の座につきかねない。だから昔ながらのやり方に頼るのがよいだろう。民主主義は時期尚早だ……。

7

イラク侵攻前の数カ月間、コリン・パウエル国務長官はきわめて居心地悪い状況に陥っていました。この戦争の必要性を世界全体に納得させなければならないのに、舞台裏では戦争だけは避けるよう大統領を懸命に説得していたのです。

二〇〇三年一月十三日のホワイトハウスでの一対一での話し合いの際、長官は「壊したら責任を取ってください」と大統領に警告したと言われています。これは、かつて商店によく見られた警告の文句で、商品を壊したお客は、買うときと同じように代金を払わなくてはならないという意味です。「壊したら責任を取ってください」。それをパウエルはブッシュ大統領に次のようにはっきり説明したわけです。「二千三百万もの人間があなたのものになるのですからさぞかしご満足でしょうね。そうした人々の希望、あこがれ、問題のすべてがあなたのものになるんです。そうしたすべてがあなた次第なんですよ！」

コリン・パウエルの警告は、イラクを倒そうとしていた者たちだけに妥当だったわけではありません。衝撃的な発言をすることで、アメリカ軍、そしてアメリカ外交の長となった、このジャマイカ移民の息子は、勝者の歴史的責任を明確にし、西洋列強の積年のジレンマを指摘したのです。地球全体に覇権を確立し、それまで支配的だった政治的、社会的、文化的構造を破壊してしまった以上、西洋列強には支配された人々の未来を預かる道義的な責任がある。支配された人々に対してどのように振る舞うべきか真剣に考えてみるべきだったのだと。そうした人々にも本国と同じ法律を適用して、養子のように彼らを少しずつ受け入れるべきなのか、あるいは単に彼らを征服し、屈従させ、叩き潰すべきなのか。

子供には優しい養母と意地悪な継母のちがいがわかります。民衆には解放者と占領者のちがいがわかるものです。

よく言われているのとはちがって、ヨーロッパの強国の積年にわたる失敗は、自分たちの諸価値を世界の他地域に押しつけようと望んだことではなくて、そのまったく反対のことをしたことなのです。つまり、支配された人民との関係において、西洋に固有の価値を尊重するのを諦めてしまったことなのです。この曖昧な態度を解消しない限り、同じ失敗を再び犯すことになります。

そうしたきわめて西洋的な価値の最たるものが、普遍性です。つまり人類はひとつだということです。多様ではあるがひとつなのです。そう考えると、他の諸民はまだ受け入れる用意ができていないと、いつもの言い訳をくり返して、根本的な諸原則について妥協するのは許しがたい誤りです。ヨーロッパ用の人権などありませんし、それとは異なるアフリカやアジア用の、イスラム諸国用の人権などないのです。地上のいかなる人民も、奴隷制、専制、恣意、無知、蒙昧、女性の隷属化の犠牲者となってはなりません。この基本的な真実がないがしろにされるたびに、人類は裏切られ、私たち自身が裏切られているのです。

一九八九年、チャウシェスクに反対するデモがブカレストで始まったとき、私はプラハにいました。「ビロード革命」によって解放されたばかりのチェコの首都でも、ルーマニア国民に対する連帯の運動が自然に始まりました。大聖堂近くの看板に、手書きの英語でこう書かれていました。「チャウシェスク、ヨーロッパにはおまえの場所はない！」。これを書いた人の怒りはもっともなのですが、この表現に私はとてもショックを受けました。ではいったいどの大陸に独裁者のための場所があるのか、と尋ねてみたい思いに駆られたのです。

この人がナイーヴに表明したことは、残念ながら実に一般的に見られる態度なのです。ヨーロッパでは絶対に受け入れられない独裁者が、地中海の対岸では好き勝手に振る舞うことが許容されるのです。これで他の人民に対して敬意を持っていると言えるでしょうか？　なるほど独裁者には敬意を示しているのかもしれません……。ただし独裁者に苦しめられている人民と、民主主義が称揚しているとされる諸価値とが軽視されているのは一目瞭然です。

これこそ唯一取りうる現実的な態度ではないか、と反論する人もいるかもしれませんが、私はそうは思わないのです。こんなひどいことをやっていていいわけがありません。西洋にとって、その道義的な信頼を損ねてしまうことは、世界におけるその立場を傷つけ、結果的にみずからの安全と安定と繁栄を損ねることにつながるのです。かつてはそういうことをしても何の不都合もないと誰もが思っていました。今日では、そういう振る舞いに及べば、それがひどく昔のことであっても代償を支払うことになると誰もが知っています。時効なるものは法律家の発明にすぎません。民衆の記憶に時効はありません。あるいは、もっと正確な言い方をすれば、窮地から抜け出せた人民——貧困や衰退や従属化を逃れることができた者たち——は許しを与えるに至るのですが、それでも完全には不安を払拭できないのです。そして窮状から抜け出せない者たちは永遠に恨みを抱きつづけるのです。

それゆえに私は改めて本質的な問いを投げかけてみたいのです。西洋の列強は自分たちの諸価値をかつて所有していた場所に本気で根づかせようとしたことがあったのでしょうか？ 残念ながらそうではなかったのです。インドであれ、アルジェリアであれ、他の場所であれ、西洋の列強は、彼らに支配された「現地人」が、自由、平等、民主主義、企業精神、あるいは法治国家の理念を掲げることを決して認めず、それどころか現地人がそれらを要求しようものならたえず弾圧していたのです。

その結果、植民地のエリートたちには、植民者の意志に抗してそうした諸価値をみずからの手で奪い取り、それを植民者に突き返すという選択しかなかったのです。

植民地時代を冷静にかつ仔細に眺めてみれば、ヨーロッパ人のなかにも例外的な存在がいたことは明らかです——行政官、軍人、宣教師、知識人、サヴォルニャン・ド・ブラザ［一八五二—一九〇五。イタリアに生まれフランスに帰化した探検家］のような探検家など、寛大で、公明正大で、ときには英雄的で、自分たちの信仰の教えにも自分たちの文明の理想にもふさわしい振る舞いをした者たちがいたのです。被植民者たちがそのことを大切に記憶していることもあります。おそらくコンゴの人たちがブラザヴィル［コンゴ共和国の首都。ブラザの名にちなんで命名された］の名前を変えようとしないのはそのせいです。

しかしそれはあくまでも例外です。一般的に、列強の政治を動かしていたのは、貪欲な植民地会社であり、その特権を手放すまいとする植民者たちなのであって、彼らにとっては「現地人」の発展ほど恐ろしいことはないのです。首都からやって来た行政官がそれまでとちがう政治を行なおうものなら、まわりの者たちは影響を及ぼそうとしたり、買収しようとしたり、尻込みさせようとしたのです。もしもこの行政官がそれでも意志を曲げなければ、彼が解任されるように手を回したのです。理想主義者と目された官僚が謎の死を遂げることすらありました。それがおそらくブラザの身に起こったことでした……。

西洋は南側の国々において、もっとも近代主義的なエリートまでも疎外してしまった、とよく言われます。これは言い方としては不十分で、間違った理解を与えかねません。むしろ西洋は、近代主義的なエリートをとりわけ疎外し、その一方で前近代的な勢力とはつねに妥協や合意に至り、利害の一致するところを見つけてきたのでした。

西洋の悲劇は、今も昔も、それこそもう何世紀も前からずっと、和解しがたい二つの欲求——世界を文明化したいという欲望と、世界を支配したいという意志——のあいだで引き裂かれていることです。至るところで、きわめて高貴な原理原則を唱えていながらも、それを支配した土地に適用することは注意深く避けてきたのです。

これは、政治的な原理原則とその現実的な実践とのあいだによく見られる不均衡ではなく、みずからの提唱する理想の全面的な放棄なのです。その結果、アジア、アフリカ、アラブ、ラテンアメリカのエリートたちに、それどころか西洋の諸価値を誰よりも信じ、法のもとでの平等、言論や集会の自由といった原則を支持してきた人々にさえ、根深い不信感が生じてしまったのです。こうした近代的なエリート層は、もっとも大胆な要求を掲げながらも決まって失望と怨恨にとらわれることになりました。ところが伝統主義者たちのほうは、植民地主義権力とさしたる困難もなく折り合いをつけることができたのです。

この出会いの失敗が今日では非常に高くついているのです。西洋にとって痛手は大きいものでした。南側の国々との自然なつながりを失ってしまったからです。東洋の人々にとっての痛手もまた大きなものでした。自由と民主主義の社会を作ることができたかもしれない近代化志向の者たちを失ってしまったからです。そして誰よりも痛手を受けたのは、まさにこうした近代主義者たちであり、こうした境界を生きる人々であり、文化的混淆を経験した国々であり、南側の国々で西洋から受けた傷を抱えて生きるすべての者たちであり、北側に移住しながらも南側の傷を抱えて生きつづけている人々なのです。もっとよい時代であれば橋渡しの役を見事に果たしてくれたにちがいない、こうした人々こそがまさにいちばんの犠牲者なのです。

8

私の言葉に、東洋出身のひとりのマイノリティの怒りを感じ取った人がいるとしたら、当たらずと言えども遠からずといったところでしょうか。たしかに私はそのような絶滅危惧種に属しているのですが、千年の長きにわたって人類最古の文明のひとつを守ってきたコミュニティが、遠い土地に避難場所を求め、荷物をまとめて先祖伝来の土地を捨てなければならないような世界が到来して当然だなどとは絶対に信じたくありません。

犠牲者が動揺するのは自然ですが、動揺しているのが犠牲者だけだというのは心配です。マイノリティの問題は、マイノリティだけの問題ではありません。あえて申し上げれば、何百万もの人間の運命が問題になっているのです。私たちの文明の存在理由と目的が問題になっているのです。かりに物質的かつ道徳的な進化の果てに、文明がそのような民族的、宗教的「純化」に至るとしたら、文明が明らかに道を誤ったのです。

社会全体、人類全体にとって、マイノリティの運命はありきたりな問題のひとつなどではありません。それは女性の運命と同じく、道徳的な進歩を、あるいはその後退を何よりも確実に示すものなのです。日々少しずつ、人類の多様性が尊重され、誰もが自分の選んだ言語で表現でき、なんの問題もなくみずからの信仰を表明でき、当局からであれ周囲の人々からであれ、憎まれたり否認されることなくみずからの出自を心穏やかに受け入れることのできる世界、それこそが、前進し、進歩し、おのれを高めていく世界なのです。反対に、北半球であれ南半球であれ、大多数の国々でそうなっているように、アイデンティティをめぐる緊張が高まり、心穏やかにおのれであることや、自由にみずからの言語を話したり信仰を実践するのが日々少しずつ困難になっていくとき、どうして後退について語らずにいられるでしょうか？

二〇〇七年のことですが、騒乱に巻き込まれ、近いうちに消滅するかもしれないという危機にさらされたごく小さなマイノリティのことが心配でなりませんでした。それは、まだサバ人と呼ばれていたマンダ教徒たちのことです。非常に少数で、目立たず、慎ましいコミュニティであるがゆえに、イラクの外でその存在を知る人の数はごく限られています。

私自身、その名前を初めて聞いたのは一九九八年のことです。当時私は、マニ教の創始者であるマニ、紀元三世紀にメソポタミア地方に生きたこの驚くべき人物について調べているところでした。この男の若い頃と彼の教義の誕生についての資料を集めているときに、マニが最初の数年間を父親といっしょに過ごしたのが、チグリス川沿いの、現在のバグダッドの南方に位置するヤシ園にあった、洗礼者ヨハネを崇拝し、その例にならって洗礼の儀式を行なうグノーシス派のコミュニティだったことを知ったのです。そして私は、この特異な、何世紀も前に消滅したと思われていたコミュニティが、なおもかつてとほぼ同じ場所に存続しており、同じ川でいまも昔ながらの洗礼儀式を行なっていることを発見して大いに喜んだのです。いったいどのような奇蹟があったのでしょうか？　私にはわかりません。ユダヤ教徒、キリスト教徒、ゾロアスター教徒のような「啓典の民」に特別な地位を認めるコーランの一節が、部分的にはその理由の説明になっています。そこには、サバ人――アラビア語では、al-sabi'aという、まさしく洗礼の概念を示すセム語の語根から派生したとおぼしき名で呼ばれています――についても言及されているのです。こうした事実だけを頼りに、このコミュニティは十五世紀ものあいだなんとか存続してきたわけです。それは決して容易ではありませんでした。単に容認されているというだけですから、たえず慎重に振る舞わなければなりませんでした。しかしそれでも時おり迫害を受けたり、日常的に蔑まれたりしてきたのです。

その間ずっとこの人々は、イスラム教徒の隣人たちにコーランの一節を想起させる「サバ人」という名と、「知恵」という概念を示す、セム語の別の語根――ギリシア人たちの〈グノーシス〉に対応するものです――から派生した「マンダ教徒」という名を同時に使ってきました。この二重の呼び名のもと、彼らはその信仰とコミュニティの結束を維持してきたのです。しかも、アラビア語で話し読み書きしなければならなかったにもかかわらず、自分たちに固有の言語を保ってもきたのです。この言語は専門家たちからは「マンダ語」と呼ばれていますが、アルメニア語系統のもので、シュメール語起源の単語もいくつか残っているようです。ついでに言えば、あまり知られていない文学的伝統を持つ言語でもあります。

このグノーシス派の究極のコミュニティがわれわれの時代にまで存続してきたという事実に、この二十年間ずっと私は魅了され、心を動かされてきました。それはちょうど、今日なおもフランス南部の近づくのが困難な谷間に、宗教戦争と恒常的な迫害を奇蹟的に生き抜いたカタリ派のコミュニティがあって、いまだにオック語でその儀式を執り行なっているようなものです。

なにも適当にこのような例を挙げたわけではありません。カタリ派や、十世紀から十三世紀にかけてヨーロッパに広まった、ブルガリアとボスニアのボゴミル派やイタリアのパタリ派といった他のマニ教的な運動の起源を探ろうとすれば、三世紀のメソポタミア地方、マニの教義が練り上げられたチグリス河畔のあのヤシ園にたどり着くのです。

二〇〇七年三月の初めに、マンダ教徒が壊滅の危機に瀕していることを知ったとき、私がどれほど憤りを覚えたかは容易に察していただけるでしょう。すべてのイラク人と同じように彼らもまた、この国を襲った殺人的な狂気を耐え忍ばなければなりませんでした。そしてまた、未曾有《みぞう》の宗教的狂信の嵐のなかでは、「コーランにおける特別な地位」でさえ、もはや彼らを守ってくれませんでした。熱狂に駆られた説教師たちはいまや、イスラムの聖典がこの人々にはっきりと認めた地位を否認しています。ファルージャでは、数多くの哀れな家族が刃を喉元に突きつけられて改宗させられているのです。バクダッドでもこの国のほかの地域と同じく、マンダ教徒は職と家を奪われ、彼らの商店は略奪されました。「私たちは数えきれぬほどの試練を経験してきました」と彼らの代表者のひとりが私への手紙に書いていました。「しかし今回ばかりは致命的です。私たちはじきに滅亡するかもしれません」。彼らの人口はすでにわずかなものでしたが、さらに激減しました。二〇〇二年には、イラク全土で三万人ほどだったはずですが、四年後には六千人にほどになってしまいました。彼らのコミュニティは散り散りになり、ひどい混乱に陥りました。集まるところもなければ信仰を行なう場所もなく、もはやどこに死者を埋葬したらよいのかもわからないほどだったのです。

最終的には彼らを助けようと動いてくれた人たちがいて、目立たぬかたちで行動が取られ、多くの家族がおもにスウェーデンに避難場所を見出すことができました。しかしこのコミュニティが、そっくりそのまま生き残れるチャンスはほとんどありません。数年後にはその言語は話されなくなり、儀式も形ばかりのものになるでしょう。長い歴史をもつ文化が私たちの目の前で、無関心にさらされ、消えていこうとしています。

ここでマンダ教徒の例を挙げたのは、彼らの悲劇が私たちの文明が陥った混乱を如実に示していると思われたからです。何世紀にもわたって存続してきたコミュニティが、私たちの前で消滅しようとしているという事実を見れば、私たちの時代の野蛮さ、とりわけ私が属している二つの文化的世界、すなわちアラブ世界と西洋の野蛮さがどれほどのものかよくわかるというものです。

アラブ世界は、五十年前、百年前、それどころか千年前でさえ、寛容に接していたものに対していまでは寛容になれなくなっているようなのです。一九三〇年代にカイロで出版された本のなかには、現在は不信心な書物とされて禁止されているものもあります。九世紀にアッバース朝のカリフの前で、コーランの本質をめぐって展開されていた議論のなかには、今日ではイスラム圏のいかなる町においても、それどころか大学のなかでさえ、口にできないようなものがあります。アラビア語のもっとも古典的な詩人のひとりは、アル・ムタナビー、文字通りには「預言者を自称する者」というあだ名で誰からも知られていたのですが、それは若いころにイラクとアラビア地方を、なんとみずからそのように名乗りながら旅していたからなのです！　その当時、十世紀ですが、そんなことを言っても、せいぜい、やれやれと肩をすくめられるか、馬鹿にされるか、眉をひそめられるくらいのもので、だからといって信者たちが詩人に耳を傾け、その才能を讃える妨げにはならなかったのです。今日では、リンチされるか、裁判なしに首を切り落とされてしまうでしょう。

他方、西洋の野蛮さは、不寛容と反啓蒙主義の所産ではなくて、傲慢さと鈍感さから生じています。アメリカ軍は古い歴史を持つメソポタミア地方を、チューリップ畑を進むカバのように踏み散らしていきました。自由、民主主義、人権の名のもとに、横暴に振る舞い、破壊し、殺していきます。そして七十万もの死者を出したのに、謝罪らしい謝罪もせず手を引くことになるのでしょう。一兆ドルもの大金――その二倍、三倍にもなるという試算もあります――を費やしたのに、占領した国は以前よりも貧しくなっているのです。テロと戦うつもりだったのに、テロはますます猖獗を極めています。ブッシュ大統領がキリスト教信仰を前面に押し出したがゆえに、あらゆる教会がアメリカに協力しているのではないかと疑いの目で見られています。民主主義をもたらすつもりだったのに、民主主義の概念そのものが長きにわたってその信用を失うことになってしまったのです。

アメリカはイラクのトラウマから回復するでしょうが、イラクはアメリカのトラウマから回復することはないでしょう。イラクのもっとも人口の多いコミュニティからはさらに何十万もの死者が出るでしょう。もっとも脆弱なコミュニティは二度と元の地位を回復できないでしょう。マンダ教徒やヤジディ教徒［イスラム教やゾロアスター教などの要素が混じった独自のヤジディ教を信仰し、イラク北西部山岳地帯に暮らす］ばかりではなく、アッシリア・カルデア人［セム系の遊牧民のひとつで、紀元前七世紀に新バビロニア帝国を建国］――その名を聞くだけで、人類の偉大な冒険の素晴らしい瞬間の数々が呼び覚まされます――も同様です。目下、こうしたコミュニティすべての運命が閉ざされています。運がよければ、どこか遠い土地に避難して、そこでその辿ってきた歴史を完遂させることになるでしょう。最悪の場合、たがいに異なる二つの野蛮さの顎に嚙み砕かれて、その場で露と消えてしまうでしょう。

9

今日の観点からすると容認されないような尊大な態度で、私たちは過去の時代を見つめがちです。終わったばかりの二十世紀は目を見張るような進歩を経験しました。より多くの者がより長く、そしてよりよく生きるようになりました。まったく想像できなかったわけではないにせよ、まだまだSFの世界のものだと思われていたさまざまな道具――そして治療法――を私たちは手にしています。しかしその同じ世紀が、かつての専制よりもはるかに恐ろしい全体主義的な企てを経験し、歴史上初めて地球上の文明を跡形もなく破壊できる兵器を作り出してしまったのです。

人類は物質的には進歩したけれど、道徳的には進歩しなかったのでしょうか？　正確にはそうとは言えないでしょう。もちろん二十世紀を通して、あらゆる領域で進歩が見られたのは否定しがたい事実です。しかしそのリズムは領域によって違いました。知識の獲得、科学の発展、科学技術の平和的あるいは軍事的利用、富の生産と分配においては、進歩は加速度的に増大しましたが、人間の精神と行動の進歩は不安定で、全体としては不適切、それも悲劇的なほど不適切でした。

この不適切という形容句ほど、私たちの経験している試練を見事に物語るものはありません。問われるべきは、私たちの精神と行動が先祖たちのものと比して進歩したかどうかではなく、それらが、こんにちの世界に突きつけられた巨大な試練に私たちが正面から取り組むことを可能にしてくれるほど十分に発展してきたかどうかなのです。

数ある例のひとつが、環境問題、大気汚染と気候変動です。かつては等閑視されていたこの広大な領域に対する関心の高まりは顕著で、国によって温度差はありますが、きわめて切実で、目ざましいものだとさえ言えるでしょう。数十年間のうちに効果的な措置が取れて、昔から続く習慣が変わりました。一九五二年の十二月の初め、ロンドンでは、スモッグ(smog)――煙(smoke)と霧(fog)をひとつにしたものですが――のために五日間で一万二千人の死者が出たことを思えば、どれほどの進歩が成し遂げられたかわかるというものです。いまでは大部分の工業国で、政府は工場からの汚染物質が減るよう努力していますし、大きな人口密集地のそばに工場を設置することを禁止しています。冷戦の終結以降こうした政策は、この点に関して壊滅的な状況にあった旧「東側諸国」にも広がっています。

これは喜ぶべき進歩ですが、私たちが現在感じている懸念を取り払ってくれるほどのものではありません。二酸化炭素の排出によって、地球が温暖化を蒙り、温暖化が加速して、将来の世代にとって災いとなるのが明らかである以上、「この領域で私たちの振る舞いは、父母や祖父母たちの時代に比べて改善されているだろうか?」というのは、適切な問いではありません。答えがイエスなのはわかりきっているのですから。そうではなく、「この領域での私たちの振る舞いは、私たちの子供や孫たちに重くのしかかる致命的な脅威を取り除くことに貢献しているだろうか?」でなければなりません。

言うまでもなく、もし二つ目の問いの答えがノー――私がこの文章を書いているいまこの瞬間もやはりノーのままです――だったら、ひとつ目の問いの答えを聞いたところでとても安心はできません。大気中への二酸化炭素放出量を確実に減らしたいのなら、もっとも豊かな大国に住む者たち、とりわけアメリカ、ヨーロッパ、日本の人たちは、自分たちの消費の習慣を根底から変更することを受け入れなければならないでしょうし、経済発展を遂げつつある南側の大国の人々、とくに中国とインドの人たちは成長の速度を緩めることを受け入れなければならないでしょう。

このようなきわめて制約の大きい、個々の国、個々の市民に重い犠牲を強いる措置が取られるためには、地球規模で連帯の気運がいっきに高まる必要がありますが、近い将来にそのようなことが起きそうな気配はどこにも感じられません。

人類の多様性がもたらすさまざまな挑戦に立ち向かおうとするときに、こうした不適切な態度が見受けられます。

私たちが生きている時代——個々の文化が日常的に他の文化と出会い、個々のアイデンティティが強固にみずからを表明する必要を感じ、個々の国や町がその内部で微妙な共生を組織しなければならない時代において、問題は、私たちの宗教的、民族的、文化的な偏見が、以前の世代よりも強まったとか弱まったとかということではなく、みずからの社会が暴力や狂信や混沌へと逸脱するのを私たちが防げるかどうかなのです。

世界の多くの地域でそうした逸脱が生じています。イラクと中近東の少数派に起きたことだけがその限りではないのですが、それらが二十一世紀の最初の数年において、もっとも示唆的な例であることは間違いありません。このような何世紀にもわたって続いてきたコミュニティの生存を保障できないとすれば、人類の多様性を守ろうとする私たちの取り組みは明らかに不十分で不適切だと言わざるをえません。

ということは、かつての人々はもっと賢明で注意深く、もっと寛容で寛大だった、あるいはもっと如才なかったということなのでしょうか？　歴史の本を何冊かひもとけば、いつの世でも血に飢えた専制君主、略奪を好む暴君がおり、破壊的な侵略や集団的迫害《ポグロム》、虐殺、そして絶滅をもくろむおぞましい企てがあったことが確認できます。

かつてはある村で深刻な事件が起こると、国全体がそれを知るまでに何週間もかかるのはざらで、その反響はなかなか広がりませんでした。今日では反対のことが起こります。正午に下手なことを言おうものなら、それがその晩にはもう、一万キロも離れたところでの殺戮の引き金になりかねないのです。ときには悪意から、あるいは誤解のせいで広がった間違った噂によって、敵意がむき出しになります。真実を知ったときには、ときすでに遅しで、街中が死体で埋め尽くされているのです。この数年来、イラクばかりではなく、インドネシア、エジプト、レバノン、インド、ナイジェリア、ルワンダ、同様に旧ユーゴスラヴィアで起こった出来事の数々が念頭に浮かんできます。

それは世界の進歩の当然の帰結ではないか？　とおっしゃる人もいるでしょう。そうだとも言えるし、そうではないとも言えます。人間の行動範囲と対立の拡大は、たしかに情報伝達手段の進歩の当然の帰結です。嘆くべき、そして非難すべきなのは、この技術的な発展が、意に反して歴史の喧噪のなかに放り込まれた人々を守ることにつながる意識の目覚めを伴っていないことなのです。

問題は、日々私たちの生活を便利にしていく急速な物質的な進化と、私たちの道徳的な進化――あまりに緩慢で、このままでは私たちは物質的な進化の悲劇的結果にとても立ち向かえません――とのあいだのスピードの差なのです。もちろん、物質的進化の速度を緩めることはできないし、そうすべきでもありません。大きく加速させなければならないのは、私たちの道徳的な進化のほうなのです。これをすぐにでも技術的進化の水準にまで高めなければなりません。そのためには私たちの振る舞いを本当の意味で変革させなければなりません。

気候変動と同様、多様性をどのように維持するかについて、そしてこうしたきわめて重要な領域において私たちの抱えるジレンマについては、あとでじっくり議論するつもりです。ここではしばし、経済と金融の分野における混乱について論じてみたいのです。そこでも私たちの直面する問題の大きさと、私たちの解決能力の脆弱さとのあいだに、同じような不均衡が見受けられます。

私たちは過去の時代よりも、たがいに協力し、ともに対策を練っているか、緊急時に対する備えはできているか――そう訊かれれば、答えがイエスであることは間違いないでしょう。危機が起こればただちに必要な措置がとられ、効率が悪いとか方向性が悪いとか言われたりもしますが、たいていは秩序がいくぶんか回復されるものです。

トップ会談とかG7とかG8とかG20の折りに、有能なブレーンをたくさん引き連れた各国首脳たちは、記者会見ではたしかに私たちを安心させるようなことを言いますが、一般的に言って、ひとつの揺れはさらに深刻な揺れを伴っているものです。どう考えても以前の問題に与えられた答えは、次の問題を解決するには適切ではないのです。

「再発」が何度もくり返されると、当然、この不適切さの原因は、見通しが誤っていたせいではなくて、世界経済のシステムがますます「コントロール不能」になってきているからだと考えられます。ひとつの欠陥はひとつの原因だけから生じるのではなく、他のさまざまな領域でも見られる私たちの時代の特徴によるところが大きいのです。つまり、私たち全員がひとつの大きな多元的な国家であるかのように、グローバルにものを考えるときにはじめて問題は解決できるのです。ところが、われわれの政治、司法、そして精神は、私たちが個別の利益——国家の利益、選挙民の利益、企業の利益、国家財政の利益——にもとづいて考えたり行動したりすることを強いる仕組みになっているのです。政府というものは、自国にとって善いことは多国にとっても善いことなのだと考えがちです。そして、じゅうぶん冷静に、必ずしもそうとは限らないと冷静に理解している場合でも、そしてその政策のいくつか——保護主義、紙幣乱発、差別的規制、為替操作——が世界の他地域にネガティヴな影響を与えるとわかっていた場合でも、自国に都合のよい政策を行なって停滞から脱しようとするのです。システム全体が崩壊することを避ける必要性だけが、諸国家の「聖なる利己主義」を抑制できるのです。

そこに、いわば新しい恐怖による均衡が、とりわけ中国とアメリカのあいだに生じるのです——「私を破産させるつもりなら、道連れにしてやる」と。危険なゲームであり、世界全体を迷走させるだけで、そんなものは真の連帯の代わりには決してなりえません。

やはり気がかりなのは、こんにちの経済的な混乱が、経済という領域の内にも外にも存在し、世界に影響を及ぼしている多数の異常に起因するということです。それゆえ、景気の減速や回復を予測することを可能にするデータのほかに、どんな結果をもたらすか適切に予測できないその他の要素が多数存在することになります。

たとえば、燃料価格の激しい変動は、部分的には投機によるものです。しかしそれはまた、南側の新興国の増大する欲求や、中東、ナイジェリア、サハラ地方、紅海、あるいは旧ソヴィエト連邦のような石油の産出および集積地帯の不安定な政情や、他の複数の要因のせいでもあるのです。経済の大きな均衡が阻害されないよう、この変動をコントロールしたいと思うのなら、投資家たちを抑制すべく世界規模でさまざまな対応策を取らなくてはいけないでしょう。しかしまた、地球の資源を各国が協力して公正に管理できるようにならなくてはいけないし、生産と消費についてのある種の慣習的行為を変えなくてはならないでしょう。ロシアと西洋のあいだにもっと穏やかな関係が構築されるように冷戦のトラウマを乗りこえなくてはならないし、さまざまな地域紛争に持続的な解決策が見出されなくてはならないでしょう……。これがどれだけ大変な仕事であるかはわかります。国家間が非常に高いレベルで積極的に連携することが必要ですし、私たちはまさにいま混乱のただ中にあるというのに、こうした問題の解決にはこの先何十年もかかるからです。

政府がひとつの問題を解決しようとします。するとすぐにそれが、政府の影響の及ばない、異なる領域のいくつもの問題と結びついていることがわかるのです。景気後退、インフレ、失業、環境汚染、麻薬、疫病、都市に固有の暴力……取り組む対象がなんであれ、政府は必ず、地球のあらゆる場所に由来するありとあらゆる——地政学的、社会学的、衛生的、文化的、道徳的な——問題に次々と出会うことになるのです。成功したいのであれば、こうした他の問題も絶対に解決しなければならないのですが、政府にはその手だてがない、あるいはわずかしかないわけです。

経済に関しては、各人がみずからの利益のために行動すれば、その行為の総和は全体の利益につながる、と長らく信じられてきました。利己主義は、逆説的にも利他主義の現実的な形式となるわけです。「あなたの自身の富を増やすことに努めなさい。さすれば、おのずから全体の富を増やすことになる」。十八世紀にアダム・スミスは「見えざる手」について語りましたが、これが奇蹟的に経済活動の調和を保ってくれるので、いかなる権威も介入する必要がないというわけです。もちろん、このような考え方は非常に批判されていますが、人類の歴史上もっとも効率的な経済システムの根底にある考え方なので、くだらぬものだと一蹴することはできないのです。

「見えざる手」がいまもなお有効であるかどうか、それが、かつて西洋のいくつかの国において実現してきたように、異なる法を持ち、思いもよらない無数の要因が遍在するさまざまな社会を含む地球規模の市場経済を円滑に動かせるかどうかを知る必要があります。いずれにしても、いかなる「見えざる手」も、諸国家の増大する豊かさが、地球資源にとって負担となり、環境を汚染することを阻止できないでしょう。しかしまた、統治者たちの見える手が、私たちの生きるグローバルな現実によりよく対処できるかどうかは定かではありません。

数年の間隔を置いて、二つの相反する信条が失墜するのに私たちは立ち会うことになりました。まず、公的権力の役割が損なわれてしまいました。ソヴィエト的システムの崩壊に続き、あらゆる形態の計画経済が、社会主義者たちの目にさえ異端的なものに映るようになりました。市場原理のほうが本来的により効率的で、より賢明で、より合理的だと見なされたのです。すべて、あるいはほとんどすべてが――健康保険、年金、刑務所、そしてアメリカ国防総省《ペンタゴン》のネオコンたちにとっては、戦争遂行の努力も部分的には――民営化できると考えられたのです。しばしば暗黙のうちに、しかしときにはあからさまに、国家には市民の幸福を保障する義務があるという考え方が攻撃されたのです。平等の原則は、もはや用済みの概念、過ぎ去った時代の残滓《ざんし》であり、富の格差が生じても何も恥じる必要はない、と考えるひとも出てきたのです。

しかし振り子は遠くまで振られすぎて壁に当たってしまい、しばらくのあいだ逆方向への振り戻しが起こったのです。いま傷を負っているのは、市場の絶対性という信条です。国家の役割の持つ肯定的側面が再発見され、大規模な国営化——そのような名称を使うのはいやがられていますが——が行なわれてさえいます。三十年ものあいだ声高に喧伝《けんでん》されてきた確信が、いま大きく揺さぶられ、疑義を呈され、政治、社会、経済の分野で深い影響を及ぼしています。おそらくそれだけでは済まないでしょう。実際のところ、大きな金融危機を解決しようとするなら、これに伴う信頼の危機という問題——金融危機を引き起こした振る舞い、いびつな価値観、そして経営者、国家、企業、制度およびそれらを監視しているはずの者たちの道徳的な信頼の喪失という問題に取り組まざるをえません。

今世紀の初めのもっとも忘れがたい強烈な映像のひとつは、二〇〇八年十月のアメリカ議会の一委員会の席上で証言する、元連邦準備制度理事会議長アラン・グリーンスパンの姿でしょう。十八年に及ぶ「在位」のあいだに自分が下してきた——あるいは下さなかった——決定は、アメリカのサブプライム住宅ローン危機と、それに起因する地球規模の混乱の原因ではないと断言しながらも、彼自身「ショックを受け、とても信じられない」と吐露したのです。貸し付け機関が自分たちの株主の利益を損ねるような行動を取るはずがないと信じて疑わなかった、と彼は述べました。「そのような前提のもと、何十年にもわたって危機は管理されてきたのですが、そうした知的な構造が昨年の夏、崩れ去ってしまったのです」

市場のメカニズムに内在する知恵などはなから信じていない人たちは、ほれ見たことかとあざ笑うことでしょう。しかしグリーンスパンの言葉に表明されているのは、騙された保守主義者の失望だけではありません。彼の後悔が示唆に富み、感動的にさえ思えるのは、それがあるひとつの時代の終わりを徴《しるし》づけているからです。経済的主体の行動が一貫性と慎みを持ち、ある種の規則に従っていた時代、賭博師的な、国民を搾取し不正を働く指導者が稀であった時代、何らかの確実な価値に依拠することができ、健全な企業が一目でわかったような時代が終わったということです。

過去にも汚職や危機はたくさんあったわけですから、過去を美化したいわけではありません。しかし私たちの時代ほど、国家経済の責任者たちが、アクロバティックに発展していく最先端の金融理論について行けなくなった時代、大金を扱う者たちが政治経済について何も知らず、大多数の幸福などは言うまでなく、自分たちの行為が企業や労働者、両親や友に与える影響を一顧だにしなくなった時代はなかった――そのことは認めなくてはなりません。

年老いた賢人たちがうんざりしているように見えても驚くには当たりません。計画経済を取ろうが、放任経済を取ろうが、これら「経済の医者たち」は、彼らのもっとも効果的であった治療法ががっかりするような結果しかもたらさないことを知っています。あたかも毎朝、前日に治療した患者とは別の患者に向き合わなければならないかのように。

10

しかしこうしたことは、豊かであろうが貧しかろうが、強大であろうが弱かろうが、ひとつの例外もなく人間の社会に影響を及ぼしている、もっと巨大で複雑な現象の一側面でしかないのかもしれません。その現象はいまだに「歴史の加速」と呼ばれたりすることもあるものの、現在では、前世紀の書物において「加速」などと呼ばれていたものがお話にならないくらいの速度で進んでいます。おそらく、私たちの時代の進展のリズムをよりよく反映している別の概念、すなわち「即時性」という概念を用いるべきでしょう。世界のあらゆる出来事は、いまや人類全体の目の前で同時的に起こるようになっているからです。これは、人、商品、イメージ、思考の流通が加速することで、世界がどんどん小さくなっていく感覚が生じるという、歴史的にはずいぶん以前から始まっている動きとは異なるものです。そうしたことには私たちは慣れ切っています。しかし二十世紀の後半にこの傾向は非常に強くなって、事態の性質が変わってしまったと言うことすらできるでしょう。その変化をもたらしたのが、インターネットの発達であり、電子メールの普及であり、ワールドワイド・ウェブが「張り巡らされ」、どこでもアクセスできる「世界規模のウェブ」

が出現したことであり、たとえば携帯電話などの即時的な通信手段の発達です。携帯電話は、世界中の人々を即時的に結びつけ、距離を消滅させ、反応の遅れを無化し、出来事の反響を増幅させます。そしてそうやって出来事の進展をさらに加速させるのです。

たぶんそのために、かつてであれば起こるのに何十年もかかったような大きな変動が、いまでは数年のうちに、ときには数カ月のうちに、起きるようになっているのです。最悪の事態であれ最高の事態であれ同じことが言えます。私の頭に最初に浮かんだ例が、私たちの目の前でこの数年のあいだに起こっている、何世紀も、つまり何千年も存続してきた文化が根こそぎにされているという事実だと言っても誰も驚かないでしょう。しかし、ソヴィエト連邦の崩壊、ヨーロッパ連合の拡大、中国とインドの躍進、バラク・オバマの大統領就任といった出来事を、世界中で、そしてさまざまな分野で起きている他の多くの衝撃的な出来事と同様に、思い浮かべるひともいるでしょう。

間違いなく二十一世紀は、かつての人類が知っていたのとはまるで異なる精神的環境のなかで始まりました。この進展は魅惑的ですが、危険でもあります。世界の動きに興味のある者にとって、「ウェブ」は、果てしない展望を開いてくれました。たんに地元の新聞を読む代わりに、自宅で朝のコーヒーをすすりながら、世界中の新聞が読めます。英語ができればなおさらです。いまでは、非常に多くの新聞——ドイツ、日本、中国、トルコ、イスラエル、イラン、クウェート、ロシアなど――が、英語の「オンライン」版を提供しているからです。それだけあれば何日でも朝から晩まで読みふけることができるでしょうね――きっと飽きもせず、魅入られたように、まるで夢のようだと感じながら……。

レバノンに住んでいた子供のころ、毎朝、地元紙を全部読んでいました。父は日刊紙を経営しており、礼儀として同業者たちに自分の新聞を一部送っていましたが、お返しに彼らも自分たちの新聞を父に送ってきていました。「どれを信じたらいいの?」と、ある日、新聞の山を指差して私は父に訊きました。読むのを中断することなく、父はこう答えました。「どれも信じられないし、すべてが信じられる。どの新聞も真実そのものを伝えてはくれないが、どの新聞もそれぞれにとっての真実を教えてくれる。もしもおまえがすべてを読めば、そしておまえにちゃんとものを見分ける力があれば、大切なことはわかるよ」。ラジオについても父は同じことをしていました。まずBBC、それからレバノン・ラジオ、それからカイロからの放送、そしてイスラエルのラジオ局のアラビア語放送です。ときにはダマス・ラジオ、ヴォイス・オブ・アメリカ、アンマン・ラジオ、バグダッド・ラジオも聞いていました。コーヒーポットが空になるころには、必要な情報が十分に得られるというわけです。

父が私たちの時代に生きていたとしたらどれほど喜んだろうか、とよく考えます。新聞の主筆でなくとも、家にいながら、自国のすべてのメディアの情報も世界中のメディアの情報も無料で手に入るのです。世界の現実に関して適切でバランスの取れた包括的な見方を得たいと思えば、必要なものはすべて指の先にあるのです。

しかし私たちの同時代に生きる者たちのみながみな、与えられた道具を同じように使いこなしているわけではありません。みながみな思慮深い意見を持とうとしているわけではありません。しばしば言語が障壁となって、人々の聴き方が多様化するのを妨げるのです。しかしどこの国でも一般的な傾向として、「他者」の言っていることを知りたいと感じているのはごく一部の人たちだけのようです。多くの人たちは自分の耳に心地よい鐘の音だけで十分なのです。

ひとつ文化的世界から別の文化的世界へと注意深く航海している人、アルジャジーラ［カタールの衛星テレビ局］のサイトからハアレツ［イスラエルの新聞］のサイトに、ワシントンポストからイランの報道機関に軽々と移動する人がいる一方で、自分の同国人や同宗者しか「訪問」しない人が何千人もいます。そういう人たちは馴れ親しんだ情報源ばかりに頼って、画面の前で自分の確信を強めたり自分の恨みを正当化しようとするだけなのです。

その結果、諸文化間の調和のとれた混淆と交換を可能にしてくれるはずのこの素晴らしい現代的な道具が、地球規模の「部族」たちにとっては、集結と動員のための場所になっているのです。そんなことになったのは、何らかのひそかな陰謀のなせるわざではありません。物事を加速させて拡大させるインターネットが飛躍的な発展を遂げた時期が、ちょうど歴史的には、アイデンティティが暴走し、「文明の対立」が既成事実となり、普遍主義が衰退し、議論の質が劣化し、言葉も行動も暴力的になり、共通の指標が失われた時期と重なったからです。

この点に関して、人間の関係のありようをすっかり変貌させたこの大きな技術的進歩が、大規模な戦術的変動と時期を一《いつ》にしているというのは、なかなか興味深いことです。その変動とは、地球規模での二つの陣営の対立が終焉を迎え、ソヴィエト連邦と「社会主義陣営」が崩壊してアイデンティティの対立がイデオロギーの対立よりも重視される世界が現出したこと、そして、いやがられながらも地球全体に事実上の「宗主権」を行使する唯一の超大国が出現したということです。

イギリスの歴史家アーノルド・トインビーが一九七三年、亡くなる少し前に出版した小さなテクストを時々読み直すことがあります。人類の歩み――それについて十四巻にも及ぶ偉大な『歴史の研究』を彼は書きましたが――をふり返りながら、トインビーはそれを三つの段階に分けています。

おおまかに言って先史時代にあたる最初の段階では、人間の生活はどこでも同じようなものでした。「情報伝達には時間がかかったが、変化のリズムはさらに緩慢なものだった」

からです。ある革新は、別の革新が起こるまでにすべての社会に行き渡るだけの時間がありました。

二番目の段階は、トインビーによれば、先史時代の終わりから西暦一五〇〇年までの四千五百年ほど続きました。その間に変化の速度は伝達の速度よりも早くなり、人間社会はそれぞれが非常に異なるものになったのです。この段階で、異なる宗教や民族や文明が生まれたというのです。

最後に、十五世紀以降、「変化の速度は、情報伝達の速度に追いこされてしまったので」、私たちの「住環境」は、少なくとも技術的および経済的には、ひとつになり始めたのです――しかし「政治的にはそうなるには至っていない」とトインビーは書いています。

こうしたアプローチには図式化ならではの欠点と長所があります。個々の用語については細かいことを言い出せばいくらでも批判はできます。しかし、全体的なヴィジョンはきわめて刺激的なものです。とりわけ、ここ数十年に起こったことと照らし合わせてみれば、そう言えます。変化の勢いは目のくらむほど激しく衝撃的なものでした。みずからの歴史にしたがって異なる道をたどりながら、それぞれに信仰、言語、伝統、帰属意識、誇りを発展させてきたさまざまな社会が、同じひとつの世界に放り込まれてしまったのです。そこでは、各自の自律したアイデンティティが揺さぶられ、蝕《むしば》まれ、脅威にさらされているように見えます。

個々の社会が示す反応はときに暴力的で混乱したものでした。ちょうど溺れる者が、頭はもう水面下に沈み、希望もなくやみくもに体をじたばたさせながら、救出者であれ攻撃者であれ、つかんだ者たちを自分といっしょに海底に引きずり込もうとしているかのように。

一九八〇年代の終わりに冷戦が終結して以来、トインビーが描いたような、ひとつに統合された人間文明への発展は、まったくちがったリズムで、著しく変化した戦略的環境のなかで繰り広げられることになりました。ひとつの政府、つまりアメリカ合衆国の政府が、事実上、地球的な権威の役割を果たしています。その価値体系が普遍的な規範となり、その軍隊が地球の憲兵となり、同盟者たちはその臣下となり、敵対者たちは無法者となったのです。歴史上例のない事態です。たぶん過去にも、繁栄を極めた強大な勢力が優越的な地位を獲得したことはあったでしょう。ローマ帝国のような、既知の世界を支配した勢力もあれば、どこまでも拡大し、その版図のうちでは太陽が「永遠に沈まない」とまで言われた十六世紀のスペイン帝国や十九世紀の大英帝国のような勢力もありました。しかしそのどれひとつとして、自分の思うままに世界中のあらゆる場所に介入し、敵対勢力の出現を阻止できるような技術的手段は持ってはいませんでした。

何世代かかってもおかしくなかったこのプロセスが、呆然と見つめる私たちの前でほんの数年のうちに成し遂げられたのです。いまや世界全体が政治的にひとつになった空間なのです。トインビーの「第三段階」は、いまだ成熟を迎えぬうちに突如閉じられたのです。四番目の段階が始まりました。それは混乱と驚愕に満ち、明らかに危険なものになりそうなのです。

突如、歴史上初めて、権力とその正統性の問題が地球規模で問われることになったのです。このきわめて重要な事実は、直接提示されることはめったになくとも、沈黙や非難のうちに、そしてもっとも激しい対立の核心部につねに存在しています。

さまざまな国の人々が、このような一種の「地球政府」の権威を受け入れるには、この政府が、その経済的あるいは軍事的な力によって得ている正統性とはちがう正統性を持っていると感じられなければなりません。個別的なアイデンティティが、より大きなひとつのアイデンティティに溶け込み、個々の文明が地球文明のなかに統合されるには、そのプロセスが公平な条件のもと、少なくともたがいに相手を尊重しながら、進行していくことが絶対に必要です。

私はここで、異なるさまざまな側面をあえていっしょに論じてみました。こんにちの世界の現実を理解するには、たえずこうした多様な側面を同時に念頭に置いておく必要があるからです。唯一の地球規模の力に支えられた支配的文明が存在する以上、文明や国家のちがいを超越しようとすれば、なんらかの波風がかならずや生じます。文化的に壊滅の危機にある、あるいは政治的に周縁に追いやられていると感じている人々は、抵抗と暴力的な対決を呼びかける者たちの声に耳を傾けるにちがいありません。

アメリカ合衆国が、自分たちの卓越的な立場には道徳的な正統性があるのだと、残りの世界を納得させられなければ、人類はずっと戒厳令下に置かれることになります。

Ⅱ　さまよえる正統性

1

この文章を書きつけている瞬間、頭に浮かんだ映像があります。些細なものですが忘れがたいものです。二〇〇〇年十一月の大統領選でのフロリダ州の投票所の映像です。開票立会人が投票用紙を陽にかざして、紙のパンチ穴と歪みを調べて、その票がアル・ゴアとジョージ・W・ブッシュのどちらに投じられたものか決定しようとしています。世界中の何百万の人々と同様、私もこの開票とそれに続く司法的な争いに釘付けになっていました。息詰まる政治ドラマを見ている視聴者的な好奇心がなかったわけではありませんが、なによりも、この選挙に私と私の同国人の未来がかかっていたからです。当時はかすかに感じていただけでしたが、いまでははっきり断言できます。このフロリダの投票を受けて、私の母国レバノンの歴史の流れが変わることになったと。

思わず最初にこの例を挙げたのは、これが私自身に密接なかかわりがあったからですが、より規模の大きな、そしてそこに含まれる意味が地球全体にとってより明白な別の例をいくらでも挙げることもできたでしょう。ホワイトハウスの住人がジョージ・W・ブッシュではなくてアル・ゴアだったとしても、二〇〇一年九月十一日のテロは同じように起きていたと考えてしかるべきです。しかし、ワシントンの対応は当然同じではなかったでしょう。

「テロとの戦争」は行なわれていたでしょうが、優先事項も、スローガンも、方法も、同盟のあり方もちがっていたはずです。たぶん、あれほど仮借なきものにはならなかったでしょうし、あれほど暴走することもなかったでしょう。大統領が「十字軍」とか「悪の枢軸」などという言葉を使うことはなかったでしょうし、グアンタナモに捕虜を閉じ込めたりはしなかったでしょう。おそらくイラク戦争は起こらなかったでしょうし、イラクで悲惨な目にあっている人々にとっても、アメリカと他の世界との関係においても、事態は大きく変わっていたでしょう。レバノンについて言えば、おそらく二〇〇五年にシリア軍が撤退を余儀なくされることはなかったでしょうし、レバノンを舞台にしたさまざまな対立もちがった展開を見ていたことでしょう。

同じように、二〇〇〇年に民主党が勝利していたら、いくつかの他の重要な案件——たとえば地球温暖化とか、ある種の遺伝子研究を行なう権利とか、国連の役割など——の取り組み方もちがったものになっていて、地球の未来にとって重要な結果が生じていたと考えられます。とはいえ、推論に頼りすぎるのは危険ですし、そうやって世界の状況が改善していたか悪化していたかを決められると考えるのは浅はかというものでしょう。私は何年ものあいだ折りに触れては、あのフロリダ州の投票について考えてきました。あれが悲惨な結果を生んだのだと思うことはしばしばですが、ときにはあれでむしろよかったのかもしれないと思ったりもします。

いずれにしてもひとつだけ確かなことがあります。タンパとマイアミの選挙民たちが、あの象徴的な数字の年に示した民意は、アメリカという国の未来ばかりでなく、他のすべての国の未来の多くの部分に関わるものだったのです。

それに続いて行なわれ、その過程で非常に極端な事態が生じた二つの大統領選についても同じことが言えるでしょう。二〇〇四年、世界全体がブッシュ大統領の敗北を望んでいましたが、アメリカ国民は彼を再選することを決めたのです。アメリカとその他の世界との離反はそのとき頂点に達しました。反対に、二〇〇八年には、地球上のあらゆる国がオバマ上院議員に魅了され、アメリカ国民が彼を選んだとき、アメリカ合衆国とその国民、その政治システム、そしてその人種的多様性を保障する能力に対して、これはまったく当然だと思いますが、賞賛の嵐が巻き起こりました。このような全体的な賛同は、オバマの演説と彼のアフリカ系の出自、共和党政権に対して世界が感じていた、もううんざりだという疲弊感と結びついたものですが、めったなことでは起こるものではありません。今後はアメリカの大統領選のたびに、地球全体でサスペンスドラマが繰り広げられることになるでしょう。

ここには明らかに問題があります。なんということもない挿話的な見かけの下に、私たちの時代を特徴づける政治的、道義的な「混乱」の要素のひとつが潜んでいるとさえ感じられます。

先を急ぎたいところですが、私の発言に向けられうる二つの反論を無視するわけにはいきません。

　私はこう言われるでしょう。「なるほど、アメリカ合衆国大統領は強大な権力を持っている。その政治的な決定が地球全体の運命を左右する。それゆえ彼を選んだ者たちには、本来なら彼らが持つはずもない役割を背負わされることになる。彼らの選択がしばしば、アジア、ヨーロッパ、アフリカ、そしてラテンアメリカの運命にとって決定的なものとなるからだ。理想的な世界はそんなふうであってはならない。しかし、解決策がまったくない問題に頭を悩ませて何になるだろう？　せめて、コロンビア人、ウクライナ人、中国人、あるいはイラク人にも、アメリカ大統領選挙に投票する権利を与えようじゃないか！」

　しかし、それは愚の骨頂です。私が提案したいのはもちろんそんなことではありません。では、ほかにどんな解決策があるのでしょうか？　いっさいありません。いまこの瞬間、私には何も思いつきません。しかし現実的な解決策がないからといって、問題が存在しないことにはなりません。問題はきわめて現実的なものであり、今後数十年のうちに、目に見えて深刻化していくのは確実です。いま現在でも壊滅的な効果がもたらされています。

　このような懸念の理由はこれからおいおい説明していくつもりです。私は以前であれば、予想されるもうひとつの反論など一顧だにしなかったでしょう。ひとつ目のものは、つねにくり返される「だからといって何になる?」でしたが、二つ目のものも同じくらいつねにくり返されてきたものです——「いつもそうだったではないか!」

私はこう言われるでしょう。「歴史が始まって以来、自分たちの意志を押しつける国はつねに存在してきた。強国が決定し、弱国は従う。もう何世代ものあいだ、ニューヨークやパリやロンドンの一市民の票が、ベイルートやボリビアのラパスやトーゴのロメやウガンダのカンパラの一選挙民の票よりも重きをなしてきた。現在、世界はむしろ改善の方向に向かっている。かつて言論の自由を奪われてきた何億もの人々がいまでは自由に自分の意見を述べることができるのだから」

まったくそのとおりです。しかし見えていないことがあります。かつての帝国はどれも広大で強大だったかもしれませんが、世界に対する支配は脆弱なものでした。その手にしていた軍事力と通信手段では、首都から遠い場所を効果的に支配することはとても不可能だったからです。そしてまた、帝国は強大なライバルの動向をつねに考慮しなくてはならなかったからです。

現在ではテクノロジーの驚異的な発達によって、世界的な規模ではるかに緻密な支配を行なえるようになりました。政治権力をごく少数の——それどころか、ただひとつの——首都に集中させることもできるのです。それゆえに歴史上初めて、その「裁判権」が地球全体に適用されるようなひとつの政府が現われたのです。

この未曾有の事態は当然ながら、やはり未曾有の不平等と、新しい均衡——より正確には不均衡——を生むことになります。そして自己破壊的な怨みも生じさせています。明らかに、世界の肌触りのなかで何かが根本的に変わってしまったのです。それが人間同士の関係をひどく悪化させ、民主主義の意義を貶《おとし》め、進歩への道を見えなくしてしまったのです。

この変質をつぶさに検討し、その起源とメカニズムを理解しようと努め、この殺人的な迷宮の出口を手探りで見つけようとするとき、「ランプ」代わりになってくれる概念があります。正統性という概念です。時代遅れの忘れ去られた概念であり、私たちの同時代人のうちには、これをかなりうさんくさい目で見ている人もいると思います。ですが、権力の問題を考えようとするときには不可欠の概念なのです。

2

正統性というもののおかげで、集団および個々人は過度の制約を感じることなく制度的な権威を受け入れられるようになります——権威が人格化され、共有された諸価値を保持する存在とみなされるからです。

これは、非常に多様な現実を包括しうるゆるやかな定義です。そこには、息子とその両親との関係、活動家と彼の党あるいは組合との関係、市民とその政府との関係、会社員あるいは株主とその企業の経営陣との関係、生徒と先生との関係、信者と教団のリーダーたちとの関係などが含まれます。これらの正統性のうちのいくつかのものは、他のものに比べて安定してはいますが、どれひとつとして確実なものはありません。どう振る舞うかによって、そして状況によって、正統性は獲得されたり失われたりします。

正統性がどのように危機にさらされてきたかを辿ることで、人間社会の歴史を語ることもできるでしょう。何か大きな変動が起こると、別の正統性が登場して、失墜した正統性に取って代わります。しかしこの新しい正統性がずっと続くかどうかは、その成功の如何《いかん》にかかっています。もしもそれが失望させるようなものであれば、多かれ少なかれすぐに衰退していきます。そしてそのことに、この正統性を主張する者たち自身は必ずしも気づいていないのです。

たとえば、いつからロシアの皇帝は正統性を失いはじめたのでしょうか？　十月革命に対する信頼が失われてしまうまでには何十年かかったのでしょうか？　私たちの目の前で、ロシアは正統性をはなばなしく失っていき、それが世界全体に影響を及ぼしてきました。しかし、これは数多くあるうちの一例にすぎません。正統性が確実なのは見かけだけです。正統性を持つのが人間であれ、革命であれ、国民的な運動であれ、それが通用しなくなるときが来ます。そのとき、ひとつの権力が別の権力に取って代わります。新しい正統性が、権威を失った正統性に取って代わるのです。

世界の動きが、大きな混乱のない、なんとか調和のとれたものになるには、大部分の人々が、正統な指導者を持つ必要があります。その指導者たちもまた、同じように正統なものだと認められた世界的な権威を、「頭上にいただいている」ことが当然必要となるでしょう。

もちろんそれは過去の話です。現在では、ほとんど正反対になっているとさえ言えます。私たちの多くが暮らしている国家の政府指導者たちは、公正な選挙の勝者でもなければ、尊敬される王朝の跡継ぎでもなければ、ロシア革命の後継者でもなければ、経済的な奇跡の担い手でもありません。したがっていかなる正統性も持っていません。しかも諸国民がいかなる正統性も認めていないグローバルな勢力の保護下にあるのです。このような状況は、とりわけ大部分のアラブ諸国には当てはまります。この地域から今世紀の初めに、きわめてはなばなしい暴力行為を犯す者たちが出てきたというのは、単なる偶然でしょうか?

イスラム世界においては、正統性の問題はつねに大きな役割を果たしてきました。そのもっとも顕著な例がおそらく宗教内分裂でしょう。キリスト教においては、キリストの性質、三位一体、処女懐胎、あるいは祈りの文言をめぐって、たえず分裂が起こり、ときには殺し合いさえ起きましたが、イスラムにおける対立はたいてい後継者をめぐる争いでした。

スンニ派とシーア派の大分裂の原因は、神学的なものではなく継承に関わるものでした。預言者ムハンマドの死に際し、信者の一部は、預言者の若いいとこにして娘婿でもあり、すぐれた知性を持つアリーこそが後継者だと主張しました。アリーには熱狂的な支持者が多く、彼らは「chi'a-t-Ali」、つまりアリー派と呼ばれていましたが、それが単純に「chi'a（シーア）」と呼ばれるようになったのです。しかしアリーを誹謗する者も多く、彼らは三度にわたって、アリーと対立する派の代表者を「カリフ」あるいは「後継者」とすることに成功しました。アリーは四度目の選挙でようやく勝利するのですが、敵対勢力はただちに反乱を起こします。アリーの支配は決して安定したものではなく、四年半後に彼は暗殺されます。さらに彼の二人の息子ハサンとフサインが、六八〇年のカルバラーの戦いで殺されます［ハサンの死はこの戦いによるものではなく、毒殺とされている］。この悲劇はいまもなおシーア派によって大々的に追悼されています。シーア派の多くの者は、いまはわれわれの目から隠されているけれど、近い将来、正真正銘の指導者《イマーム》であるアリの子孫が再臨し、権力をその正統な保有者に再び授けることを願っているのです——何世紀もの歳月が過ぎても色褪せることのない根強い救世主思想がそこにはあります。

この継承をめぐる争いに、キリスト教徒間の神学論争に見られたのと同じような、また別の考察が付け加わります。かつてローマがアレクサンドリアやコンスタンティノープルの総主教の信仰を異端として弾劾したとき、イギリスのヘンリー八世がローマ教会と袂《たもと》を分かったとき、あるいはドイツの諸侯のひとりがルターを支持したとき、意識的にせよそうではないにせよ、ひそかに作用していたのは、しばしば政治的な思惑であり、商業的な競合関係でもあったのです。同様に、シーア派の主張は、ときの権力と対立する民族によってしばしば支持されていました。たとえば、十七世紀、ゆるぎなきスンニ派であったオスマン帝国が版図を最大にし、すべてのイスラム教徒を支配下に収めたと主張していたときに、ペルシアのシャーは自国をシーア派の拠点に変えたのです。それが、ペルシアの君主にとっては、みずからの帝国を守るための手段であり、ペルシア語を話すその臣民にとっては、トルコ語を使う民族の支配のもとで生きることを避けるための手段だったのです。しかしイギリス国王が聖体や煉獄を論じることで、その独立を表明していたのに対して、シャーは、正統性の保持者である預言者の一族との関係を主張することで違いを強調したのです。

今日でもなお、系譜にもとづく正統性にはある一定の重要性があるのですが、そこに別の正統性が付け加わり、ときにはそれに取って代わっています。「愛国的」とか「戦闘的」

とでも呼べるような正統性です。つまり、イスラム教徒の目には、敵との戦いを導いている者に正統性があるように見えるのです。一九四〇年六月に、フランスの名のもとに語ったド・ゴール将軍がそうであったのと同じようなものです。彼が正統だと見なされたのは、選挙で選ばれたからでも、実際に権力を握っていたからでもありません。占領者に対する戦いを指揮していたからです。

かなり強引なところのある比較ではありますが、この数十年来、いやそれどころかもっと昔から、アラブ＝イスラム世界で起きていることを解明したいと思っている者にとっては有効な手がかりを提供してくれると思うのです。とはいえ、ここでは、レバノンで教師とジャーナリストの多い家系に生まれ、フランスに移住したのちも、みずからの生まれ故郷を飽くことなく観察し続け、理解と説明に努めている一人の男が知りえたことだけに話を限定したいと思っています。

私自身、世界というものに目を向けるようになって以来、みずからを「愛国的正統性」の保持者だと見なす人たちを数多く目にしてきました。彼らはみずからの民族の名のもとに、あるいはアラブ民族の名のもとに、そしてときにはイスラムの名のもとに発言していました。そうした者たちのうちでもっとも重要な人物はまず間違いなく、エジプトを一九五二年から亡くなる一九七〇年まで統治したガマル・アブドゥル・ナセルです。ナセルについては長々とお話することになると思います。なぜなら彼こそが——そのはなばなしい権力の掌握、やはりはなばなしいその転落、そして突然の死とともに――今日アラブ民族が経験している正統性の危機、すなわち、世界の混乱をもたらし、こうした暴力と退化への逸脱をもたらす危機の発端となったからです。

しかしナセルの人生について語る前に、この「愛国的正統性」という概念をもう少し詳しく説明してみようと思います。そのために取り上げたい特殊な例があります。非常に特殊なもので、おそらくイスラム世界の近代史を見渡すかぎり類例のないものです。それは、民族を崩壊の危機から救い出し、その事実によって愛国的正統性を得るに値する功績を成し遂げ、この愛国的正統性という切り札の強さとその使い方を見事に示した一人の指導者の例です。そう、アタチュルク［トルコ共和国建国の父。ケマル・パシャとも呼ばれる］について話したいのです。

第一次世界大戦が終わり、現在のトルコにあたる領土が連合国側の軍隊によって分割され、ヴェルサイユあるいはセーヴルに集まった列強が諸民族と領土の命運を思うがままにしていたとき、オスマン軍のこの将校は、勝利者たちに向かって敢然とノーを突きつけたのです。多くの者たちが自分たちを見舞った不公平極まりない決定を嘆いていたときに、ケマル・パシャは武器を取って、自国を占領していた外国の軍隊を追い払い、列強にその計画の見直しを要求したのです。

そのような希有《けう》な行為――倒せないと言われていた敵に立ち向かう勇敢さと、この対決に勝利した能力のいずれもが希有なものですが――が彼に正統性を授けることになったのです。たちまち「国父」となったこの元将校は、長きにわたって国民の信頼を集め、トルコとトルコ人をおのれの信じるところにしたがって再生させようとしました。彼はこの改革に熱意を傾けて取り組みます。オスマン王朝に終止符を打ち、カリフ制を廃止しました。政教分離を宣言し、厳格な世俗主義を採用しました。国民には西洋化を要求し、アラビア文字をアルファベットに代えました。男には髭をそり落とさせ、女にはヴェールを外させました。自分自身も伝統的な帽子に代えて、西洋風のエレガントな帽子をかぶりました。

そして国民は彼について行きました。彼が習慣と信仰を根底から変えていくことに難色を示したりはしませんでした。どうしてでしょうか？ 彼が自分たちの誇りを回復させてくれたからです。国民に尊厳を取り戻させてくれる者は、国民に多くを受け入れさせることができます。国民に数々の犠牲と不自由を強いることもできれば、専制的に振る舞うことすらできます。それでも人々は耳を傾け、彼を擁護し、彼に従うのです。永遠にではありませんが、長きにわたって従うのです。かりに彼が宗教を攻撃しても、だからといって国民は彼を見捨てたりはしないでしょう。政治においては、宗教はそれ自体が目的なのではなく、多数の考慮すべき事柄のうちのひとつでしかありません。正統性はいちばん信仰の篤い者に与えられるのではありません。その戦いが民族の戦いと一体となっている者に与えられるのです。

アタチュルクが激しくヨーロッパ人と戦いながらも、トルコを西洋化することが彼の悲願であったという事実に矛盾を感じる人は、これまで東洋にはほとんどいませんでした。彼は誰かと戦ったのではありません。未開人としてではなく、対等な一人の人間として敬意をもって扱われるために戦ったのです。尊厳が回復された以上、ケマルとその国民は近代化の道をとことん突き進んでいくつもりだったのです。

アタチュルクが獲得した正統性は彼の死後も生き続けています。今日でもなお、トルコは彼の名のもとに統治されています。彼の信念を共有しない者たちでさえも、彼に対しては一定の忠誠を示さずにはいられないのです。しかしこのような構造も、ヨーロッパが危惧する宗教的急進主義の高まりに対していつまで持ちこたえられるでしょうか？　ヨーロッパ人から執拗なほど「トルコはヨーロッパではないし、ヨーロッパに入っても仕方がない」などと言われているのに、ケマル主義者たちはどうやって国民に西洋化こそが進むべき道だと納得させられるのでしょうか？

イスラム世界の多くの指導者たちがトルコの例にならいたいと思っていました。

アフガニスタンでは、二十六歳の若き国王アマーヌッラーが一九一九年、権力の座につき、アタチュルクのあとに続こうとしました。イギリスの占領軍に攻撃をしかけ、自国の独立を承認させます。そのようにして名望を獲得した彼は、大胆な改革に着手します。一夫多妻とヴェールの着用を禁止し、男女を問わず児童のための近代的な学校を開設し、言論の自由を促進します。この改革は、アマーヌッラーの神への不敬を非難する保守派の陰謀によって彼が権力の座から追放される一九二九年まで、十年間続きました。彼は一九六〇年にチューリッヒで客死します。

　レザー・シャーがペルシアで試みた改革はもう少し長く続きました。アタチュルクの熱烈な崇拝者で、同じく将校であった彼は、自国にも同様の近代化を望んだのです。しかし結局のところ改革を断行できず、ヨーロッパ的な共和国ではなく、新しい王朝、すなわちパーレヴィ朝を樹立するのです。そして、自国の自主独立を断固として維持するよりも、列強間にあった矛盾に乗じようとしたのです。レザー・シャーにはたぶん彼のモデルと同じほどの力量はなかったのでしょう。しかし、彼を擁護するわけではありませんが、石油が発見されたイランを列強がそのまま放っておく見込みはほとんどなかったのです。権力を維持するために、王朝はイギリス人と、ついでアメリカ人と、つまりイラン人がその繁栄と尊厳を脅かす敵と見なしていた者らと同盟を結ぶことを余儀なくされたのです。

　これはアタチュルクの例に対する反証です。敵対する勢力から保護されていると見なされる者に、正統性は与えられません。彼の行なうすべてが疑いの目で見られます。彼が国を近代化しようとすれば、国民は近代化に反対します。女性を解放しようとすれば、街中が抗議のヴェールで埋め尽くされるのです。

忌まわしい権力の刻印を帯びていたがゆえに、いったいどれだけの道理にかなった改革が頓挫したことでしょう！　反対に、戦闘的な正統性を担っていると見なされたがゆえに、どれだけの正気の沙汰とは思えぬ行為が喝采を浴びてきたことでしょう！　しかもそれは世界中どこでも同じなのです。ある提案が選挙で問われるとき、選挙民は提案の内容に対してではなく、それを提示した人間が信頼に値するかどうかで意志を表明するのです。後悔したり思い直したりするのは、つねに後からなのです。

3

アラブ諸国では、トルコの経験は他のイスラム世界に比べればかなり控えめな受けとめ方をされることになりました。たしかにアタチュルクの大胆な改革は、チュニジアの指導者であったハビブ・ブルギバのような社会の近代化を目指す者たちにとっての発想の源となりました。しかし、トルコのナショナリズムにはアラブ人に対する不信に満ちた偏見もあって、そのためにアラブ人にはトルコ的な考え方を受け入れることに抵抗があったのです。

というのも、トルコを西洋化したいという意志は、トルコを脱アラブ化したいという意志と表裏一体をなすものだったからです。第一次世界大戦の際、オスマン帝国が崩壊し、ともにスルタンの臣下であったアラブ人とトルコ人が分裂しました。一九一六年にイギリスに促されてメッカのハーシム家が蜂起したとき、明言された目的のひとつは、四百年来オスマン帝国の君主たちに奪われてきたカリフの権威を取り戻すことだったのです。トルコのくびきから解放されて、預言者の民族がついにかつての栄光を回復するときが来た、と。

トルコのナショナリストたちも似たような恨みを漏らしていました。要するにこういうことです――われわれが進歩を達成できないのは、何世紀ものあいだアラブという重荷を引きずってきたからだ。さあ、こんなややこしい文字、こんな時代遅れの伝統、こんな古くさい精神構造――こんな宗教から、と小声で付け加える者もいました――を捨て去ろう。「アラブ人も我々と別れたいって？ 渡りに船じゃないか！ せいせいだよ！ とっとと出てってくれ！」

文字を変えるだけでは済みませんでした。トルコ語からアラビア語起源の言葉を排除しようともしたのです。そうした言葉は非常に多く広範囲に及んでいました。スペイン語におけるアラビア語の比ではありません。スペイン語は、とくに具体的な日常生活にかかわる単語――地形、木々、食べ物、衣服――をアラビア語から借用していますが、知的および精神的な語彙はむしろラテン語に起源を持ちます。反対にトルコ語では、「信仰」、「自由」、「進歩」、「革命」、「共和国」、「文学」、「詩」、「愛」といった抽象的な概念をアラビア語から借用しています。

つまり、このトルコとアラブの痛みを伴う分裂は、肉体の分裂、魂の分裂でもあったのです。

同時期に同じ屋根の下に誕生したものの、たがいに共感を抱くこともなく、トルコのナショナリズムとアラブのナショナリズムは極端にちがう運命をたどることになりました。前者は生まれたときにはすでに成熟していましたが、後者は一度もそうなれなかったのです。たしかに、そもそも手にしていた切り札も制約も同じではありませんでした。トルコは長きにわたって巨大な帝国を統治していましたが、少しずつそれを失っていました。領土のいくつかは、ロシア、フランス、イギリス、オーストリア、イタリアといった他の強国に奪われたり取り返されたりしていました。ギリシア人、ルーマニア人、ブルガリア人、セルビア人、アルバニア人、モンテネグロ人、そしてより直近ではアラブ人などの再生を遂げた民族に譲渡を強いられた領土もありました。アタチュルクは同胞に言いました。失った領土を嘆くより、なおも手のなかにあるものを失わないようにしよう。我々もまた、我々の言語を話す者たちが優位を占める土地――主にアナトリア半島とヨーロッパのイスタンブール周辺の狭い地帯――に国土を形成しよう。そこに、周辺諸国民を犠牲にしてでも覇権を確立しなければならない。オスマン帝国の時代遅れの衣裳を脱ぎ捨て、新しい服を着て第二の人生を始めなくてはいけないのだ、と。

アラブ人にとっても、「国土」の形成は懸案事項でしたが、トルコ人の場合よりもはるかに実現困難でした。大西洋からペルシア湾までの地域に暮らす、アラビア語を使う異なる諸民族を同じひとつの国家にまとめることは、とてつもない難事業でした。ハーシム家が失敗するほかなかったように、ナセルも、すべてのアラブ民族主義者たちも失敗することになるでしょう。かりにアタチュルクがこのような巨大な企てに着手していたとしても、結果は変わらなかったでしょう。

いまの時点から見ると、こうした冒険に着手すべきではなかったと思えるかもしれません。しかし第一次世界大戦の直後には、それほど馬鹿げたことには思えなかったのです。まだオスマン帝国の統治が終わったばかりで、それまでは、すべての――あるいはほとんどすべてのアラブ地域が、実質的に同じトルコのスルタンの支配下にあったわけです。同じことはアラブ人の君主のもとでもできるのではないか？　それが時代の空気だったのです。一八六一年にカヴールによってイタリアの統一は達成され、一八七一年にはビスマルクによってドイツ統一が実現していました。それらはまだ比較的最近の出来事であり、その記憶が鮮明に残っていたのです。アラブの統一だってできるはずじゃないか、と。

今日では、同じひとつの国として、イラク、シリア、レバノン、ヨルダン、リビア、アルジェリア、スーダン、そしてアラビア半島を統一するなど、単なる絵空事にしか感じられません。しかし当時は、イラクもシリアもレバノンもヨルダンもリビアもアルジェリアもスーダンもアラビア半島諸国も存在していませんでした。これらの名は、地名や行政区として、場合によっては滅びた帝国の属州として地図の上にあるだけでした。どれひとつとしてちゃんとした国家としては成立していませんでした。歴史的な連続性を主張しうるようなアラブの国はほとんどなかったのです。モロッコ？　しかし当時はフランスの保護領でした。エジプト？　しかしイギリスの保護化にありました。イエメン？　しかし時代遅れの君主制のために他の世界から隔絶されていました。

したがって、アラブの統一を説くことが常軌を逸しているとしたら、それを説かないのもまた常軌を逸していると言えるような状況だったのです。例外的に傑出した人物たちでさえも解決できないような歴史的なジレンマがあります。アラブ世界は統一の夢を実現すべく激しく果敢に奮闘する運命にあり、そのことで失望する運命にあったのです。

この解決できないジレンマを念頭に置くことで、ナセルの悲劇、私たちの時代にまで続く悲劇のすべてを理解する手がかりが得られます。エジプトの指導者《ライース》が登場する三十五年前、アラブ人たちを魅了していたのは、一部の人々のあいだでは伝説となっている別の人物でした。ハーシム家の君主ファイサル。そう、アラビアのロレンスを相談役、そしていくぶんかは師と仰いでいたあのファイサルです。メッカのシャリーフ［預言者ムハンマドに連なる高貴な一族］の家に生まれた彼は、アラブ王国を樹立し、その君主となるつもりでした。その手はじめとしてアラビア半島と中近東の全体の再統一を目指しました。イギリスは、彼の父にカリフの称号を認めると約束していたように、オスマン帝国に対する蜂起の見返りとして、彼にアラブ王国の樹立を約束していました。第一次世界大戦が終わると、彼はロレンス大尉とともにヴェルサイユ会議に赴き、列強に対して計画への賛同を求めました。

パリ滞在中にファイサルは、ハイム・ヴァイツマン——シオニスト運動の重要人物で、三十年後にはイスラエル国家の初代首相となるでしょう——と会談しました。この二人は一九一九年一月三日、驚くべき文書に署名します。そこでは、二つの民族の血のつながりと緊密な歴史的関係が称揚され、アラブ人の希求する独立した大王国が成立したあかつきには、パレスチナにおけるユダヤ人の定住を支援するという条項があったのです。

しかし、そのような王国が日の目を見ることはありませんでした。列強の考えでは、この地域の民族にはまだ自治を行なうだけの力はなく、パレスチナ、トランスヨルダン、イラクに関しては、イギリスに「保護権」を、シリアとレバノンに関しては、フランスに「保護権」を与えるという決定がなされたのです。激怒したファイサルは、アタチュルクにならって列強に既成事実を突きつけました。「シリア国王」を名乗ると、ダマスに政府を樹立し、さまざまなアラブの政治勢力を結集させたのです。しかしフランスには、手に入れた領土が奪われるのをただ指をくわえて見ているつもりは毛頭ありませんでした。即座に遠征軍を派遣し、やすやすと脆弱なファイサル軍を打ち破り、一九二〇年七月に首都を占領したのでした。唯一戦闘らしい戦闘が行なわれたのが、マヤサルーンという村の近郊で、このマヤサルーンの名はいまもなお、失望、無力感、裏切り、そして喪の象徴として愛国的な記憶のなかに留められています。

この短命に終わったシリア王国を失ったハーシム家の首長は、いわば残念賞として、イギリスの保護下にあるイラクの王位を手に入れました。しかし彼の名声が色褪せることはありませんでした。彼は一九三三年、スイス滞在中にその五十年の生涯を終えます。ロレンスがオートバイ事故で亡くなるのはその二年後のことです。

アラブ人とユダヤ人とのあいだに一九一九年に結ばれたような合意が生まれることはもう二度とないでしょう。二つの民族の独立への希求を重視し、両者を和解させ、しかも協力させようとする包括的な合意。いずれパレスチナへのユダヤ人の入植は、アラブ人の意志に反して行なわれることになるでしょう。アラブ人は激しい怒りをもってこれに抵抗しつづけるでしょうが、決して成功することはないでしょう。

一九四八年五月にイスラエル国家が樹立されたとき、近隣諸国はこれを承認することを拒絶し、生まれたばかりのこの国家を破壊しようとしました。軍隊がパレスチナを侵攻し気の高いユダヤ人部隊に、数には劣るものの、よく訓練され、有能な将校に指揮されたきわめて士気の高いユダヤ人部隊に、ひとつまたひとつと敗北を重ねていきます。イスラエルを取り囲む四つの国家は、休戦協定に署名することを余儀なくされます。エジプトは一九四九年二月、レバノンは三月、ヨルダンは四月、そしてシリアは七月に署名しました。

この思いも寄らない敗北は、アラブ世界にきわめて大きな政治的衝撃を与えました。世論は怒り狂いました。イスラエルに対して、イギリスとフランスに対して、そしていくぶんかは、すぐにユダヤ国家を承認したソヴィエトとアメリカに対しても。しかし何よりも、自国の指導者たちに、彼らの戦争の仕方に、そしてあっさりと敗北を認めてしまったことに、激しい怒りを向けました。停戦協定からひと月も経っていない、一九四九年八月十四日には、シリアの大統領と首相がクーデターによって失脚し、即決裁判で処刑されます。レバノンでは、戦時および休戦時の首相であったリヤード・アッ＝スルフが、一九五一年七月に愛国的活動家たちに暗殺されます。数日後には、ヨルダンのアブドゥッラー国王が凶弾に倒れます。エジプトでも、首相であったノクラシ・パシャの暗殺から、一九五二年七月のクーデターまで血塗られた暗殺と暴動がくり返し起きています。わずか四年のうちに、休戦を受け入れたすべてのアラブ指導者たちが、権力かその命を失っているのです。

このような状況のなか、ナセルの登場は大きな期待をもって受けとめられました。彼の愛国的な演説は激しい熱狂を巻きおこしました。ずっと長いあいだアラブ人は願っていたのです。いつか一人の男が現われて、たしかな手さばきで彼らの夢——民族の統一、真の独立、経済発展、社会的進歩、そして何よりも尊厳の回復——を実現してくれるだろうと。人々はナセルがその男であることを望んだのです。彼を信じ、彼に従い、彼を愛したのです。彼の挫折は人々に深い衝撃を与え、長きにわたって指導者に対する信頼、ひいては自分たちの未来に対する信頼を根底から失わせたのです。

4

ナセルの失敗には多くの理由が考えられます。おそらく彼と激しく戦ったのは、西洋の列強であり、イスラエルであり、君主制の石油産出国らであり、ムスリム同胞団であり、ときにはアラブの共産主義者たちでもあったでしょう。しかし、これらの敵のどれひとつとして、ナセル本人以上にナセル主義の挫折をもたらすことはなかったのです。ナセルは民主主義者ではありませんでした——本当はそれどころではありません。国民投票で九十九パーセントの支持を受けて一党独裁体制を敷き、国中に秘密警察の網の目を張り巡らせ、イスラム主義者、マルクス主義者、一般の犯罪者、体制批判をした不幸な市民たちを、収容所にまとめて放り込んでいたのですから。彼のナショナリズムはきわめて外国人排斥の傾向が強く、そのために、とりわけアレクサンドリアに顕著であった、地中海周辺の数多くの――イタリア人、ギリシア人、マルタ人、ユダヤ人、シリア・レバノン系のキリスト教徒の――共同体間の何世紀にも及ぶ共存に終止符が打たれることになりました。経済政策にしても愚かさと無知の典型でした。彼のお決まりの手とは、国営企業のトップに、褒賞代わりに、あるいはさりげなく自分の周囲から遠ざけるために、軍人を任命することでしたが、そんなことで経営がうまく行くわけがありません。ナセルがソヴィエトの援助を受け、巨額の予算を投じて作り上げ、恐るべきものに見えた軍隊にしても、一九六七年六月五日、イスラエル軍を相手にほんの数時間のうちに瓦解することになるでしょう。エジプトの大統領は、敵たちが差し出した罠を回避できず、そこにまんまとはまってしまったのです。

と、ナセルに対して向けられうる批判を次々と列挙してみたわけですが、ここで言い忘れてはならないのは、ナセルはそれだけではない、ということです。彼の出現はこの何世紀かのアラブ人の歴史のなかでもっとも燦然《さんぜん》と輝く出来事でした。どれほど多くの指導者たちが、アラブ人の心のなかでナセルと同じ場所を占めたいと願うあまり、狂気の沙汰としか思えぬあやまちを犯してきたことか！　サダム・フセインがネブカドネザル［新バビロニア帝国の王で、紀元前六世紀に、ユダヤ人をバビロンに連行するバビロン捕囚を行なう］やサラディン［十二世紀にエジプトにアイユーブ朝を創建。十字軍との戦いでエルサレムを奪回した］に自分をなぞらえていたのは、内実のない派手なイメージ戦略でしかなく、フセインの真の野心は新たなナセルになることだったということを念頭に置いていなければ、フセインの数々の誇大妄想的な暴挙は理解できません。彼以外の多くの者たちも同じ夢を見たのです。時代が変わっても、アラブ主義、第三世界主義、社会主義がもはや解決策ではなくなっても、いまだにこの夢を追っている者がいるほどです。

一九五〇年代の初頭、アラブ世界はまさに植民地時代から脱しはじめたところでした。モロッコ、アルジェリア、チュニジアなどのマグレブ諸国はまだフランスの支配下にあり、ペルシア湾岸の首長たちは英国王室に依存していました。独立を達成した国々はありましたが、いくつかの国にとって、それはあくまでも名目上の独立にすぎませんでした。エジプトはまさにそのようなケースでした。ファルーク国王の意向などお構いなしに、イギリスが政府を組織しては解体していました。国王の威信は国民の目の前でどんどん失われていきました。君主は、その生活スタイル、取り巻きの腐敗、イギリス人に対する追従、そしてまた一九四八年のイスラエルに対する屈辱的な軍事的敗北のために、国民を苛立たせていました。

「自由将校団」は、一九五二年七月にカイロで権力を掌握すると、こうした屈辱の数々をいっきにあがなうと約束します。古い体制を終わらせ、イギリスの影響から脱して独立を達成し、パレスチナをユダヤ人から取り戻すのだと。それはまさに、多くのエジプト人が、そして多くのアラブ人が強く望んでいたことでした。

大多数のアラブ人にとって、当時の言葉を使えば、エジプトは「姉」でしたから、人々はその一挙手一投足を注視していました。

クーデターは平和裡に行なわれ、寛大な措置すら取られました。廃位された王をヨットまで軍隊が護衛し、王はその飾り杖の貴重なコレクションを持っていくことを許されたといいます。王は、コートダジュール、スイス、イタリアで、政治活動とは無縁な余生を過ごしました。しかも一年のあいだ君主制は維持されたのです。名目上とはいえ、生まれて数カ月の皇太子を国の頂点にいただいていたからです。

旧体制の高官の誰一人として殺されることもなければ、長期にわたって投獄されることもありませんでした。彼らの財産、称号、特権は剝奪されましたが、命までは奪われなかったのです。亡命を望んだ者もいましたが、大部分は国にとどまり、身の危険も感じていませんでした。あの有名な女性歌手ウム・クルスームは、廃位された君主を讃えた歌で罪に問われ、クーデターの翌日に血気盛んな軍人らによってラジオ出演を禁じられました。彼女はとあるジャーナリストにそのことを嘆き、ジャーナリストはすぐにナセルに話をします。禁止措置はたちまち解除されます。ときを置かずして彼女は新しい体制を象徴する歌手となるでしょう。

エジプト革命のこうした優等生的な側面は、歴史上に見られた同種の流血の惨事を伴う革命——クロムウェルのイギリス、ロベスピエールのフランス、レーニンのロシア、それからより近いところでは、イラク、エチオピア、イランにおける君主制の廃止などが思い浮かぶでしょう――に比べれば、かなり評価できるものです。

ですが、もちろん負の側面もあります。ナセルは血塗られた暴君ではなかったかもしれませんが、非暴力の信奉者でもありませんでした。なるほど、旧体制のパシャたちの全員が自分のベッドで死ぬことができたかもしれません。しかし、権力にとって危険だとみなされたそれ以外の政敵は、左派であれ右派であれ、絞首刑、銃殺、暗殺の憂き目にあい、さらには多くの者が拷問によって殺されました。しかもナセル的ナショナリズムは、演説においても実際の決定においても、エジプト社会にとって「外来的なもの」に対しては一貫した敵意をたえず表明していました。

私はここで倫理的な評価を下したいのではありません――たとえ、私にそのような意見があって、それを表明して然るべきだと思われているのだとしても。ことに私の念頭にあるのは、ナセルがあとに続く者らにとって手本となったということです。アラブ世界にとって、イスラム世界の全体にとっても、アフリカにとっても、ナセルはモデルでした。彼の言行のすべてが、それだけで、あらゆる国のあらゆる境遇にある何億もの人々にとって教育的な価値を持ちました。そこまで崇められた指導者はほとんどいません。そして指導者のうちでも最良の者たちだけが、この特権に伴う重い責任を、とりわけ誕生したばかりの、あるいは再生したばかりの国民のために進むべき道を示さなければならないときに、忘れずにいられるのです。

私たちの時代においてそのことを雄弁に物語る例が、ネルソン・マンデラです。熱狂的な支持を受け、長年にわたる投獄による名声に包まれたマンデラは、オーケストラの指揮者のようでした。国民の視線は、彼の表情、彼の一挙手一投足に釘付けです。かりに彼が恨みを漏らし、自分を投獄した者たちに仕返しをし、人種隔離政策《アパルトヘイト》を支持したり容認したりしていた者たちを容赦なく罰したとしても、誰からも責められなかったでしょう。かりに彼が死ぬ瞬間まで共和国の大統領職にとどまり、専制君主のように統治を続けたいと望んだとしても、誰からも邪魔されなかったでしょう。しかしマンデラは実にきっぱりと、そういったこととは百八十度異なる態度を示したのでした。自分を迫害した者らを許しただけではなく、アパルトヘイトの建設者の一人であったフルウールト元首相の未亡人を訪問し、過去は過去であり、新しい南アフリカには彼女の場所もあると言ったのです。メッセージの意味するところは明らかです。「私、マンデラは、人種差別主義体制によって数々の苦痛を経験してきた。私はこのおぞましい事態に終止符を打つために誰よりも多くのことを行なってきた。大統領となったいま、私はどうしても、私を投獄した男の家に行って、その未亡人といっしょに座ってお茶を飲みたいと思う。今後、私の仲間の誰一人として、復讐心に駆られて暴力に訴えるようなことがあってはならない！」

象徴的行為には力があります。それが、多くの人々が崇拝し耳を傾ける非常に卓越した者によってなされるとき、歴史の流れを変えることさえあるのです。

何年ものあいだナセルはそのようなポジションにありました。もしも彼が望んでいたら、彼の政治思想と気質がその方向に向かわせていたら、ナセルはエジプトとその地域全体を、より民主的で、より個々人の自由を尊重する方向に、そしておそらく平和と発展の方向に向かわせることもできたでしょう。

今日では忘れられていますが、二十世紀の初頭の数十年のあいだ、アラブやイスラムの主要な国々においては、議会政治は活発で、報道の自由があり、かなり公正な選挙が実施され、人々が熱心に参加していたのです。トルコやレバノンだけではありません。エジプト、シリア、イラク、イランでもそうだったのです。これらの国がみな専制的あるいは権威的な体制になる必然性はなかったのです。

非常に不完全なかたちで民主主義が広がっていた国の権力の座についたとき、ナセルはシステムを改革して、異なる社会階層に門戸を開き、真の法治国家を建設することもできたはずです。汚職や門閥主義や外国の干渉に終止符を打つこともできたはずです。そのような方向であれば、民衆は階層や意見の相違を問わず彼についていったことでしょう。ところがナセルが望んだのは、既存のシステムのすべてを廃止し、「革命の目的を実現するためには全国民を結集しなければならない、どんなささいなものであっても分裂や反目は、敵を利することになる」という口実のもと、一党独裁体勢を作り上げることでした。

もちろん歴史をやり直すことはできません。大胆に権力を掌握したこの若きエジプト人将校——心からの愛国者であり、清廉潔癖にして、知性とカリスマ性を備えていましたが、歴史的あるいは道義的な教養は深いものでありませんでした——は、みずからの信念に従って行動したのですが、それが時代の空気に合致していたのです。五〇年代初めは、その行動は穏健で妥当なものでした。何世代にもわたって彼の国はイギリスの意のままに操られてきました。だからこそナセルは、きわめて用心深くかつ断固として振る舞わなければならないと考えたのです。でなければ、イギリスは遠からず策謀を巡らせて、失いそうになっている獲物を取り返そうとするにちがいない、と。

一九五二年七月のクーデターの直後、世界で起こったことは、この男のそのような確信をさらに強めることになりました。当時、世界中の視線がイランに注がれていました。スイスで教育を受けた法律家にして、ナセルと同様に愛国者だったものの複数政党制民主主義の支持者であったモサッデク首相は、アングロ・イラニアン石油会社と対立していました。アングロ・イラニアンは当時イラン国家に対して、自分たちにとって都合のよいほんのわずかな額しか支払っていませんでした。モサッデクは収益の半分を国家に支払うよう要求します。要求が拒絶されると、彼は国会で会社の国有化を議決します。イギリスの報復は恐ろしいほど効果的でした。世界中でイランの石油の禁輸措置が取られ、もはや誰もイランの石油を買おうとしませんでした。またたく間にイランは収入源を失い、経済は麻痺しました。人々はエジプト革命が始まったばかりの一九五三年八月、不幸なモサッデクが膝を屈して、失脚するのを目の当たりにすることになったのです。短期間のあいだみずからの意志で亡命していたシャーが帰国させられ、二十五年のあいだ国を支配することになります。

その夏のあいだに、エジプトの自由将校団はまだ幼い王を廃位し、立憲君主制を樹立する意志を捨て、むしろ権威的な共和制を選択したのでした。

ある決定に影響を与えたかもしれない、あるいはある対立を引き起こしたかもしれない出来事を見返してみればわかるように、原因と結果は決して一直線に結ばれるものではありません。エジプト革命を方向づけ、より大きな観点からすれば、アラブのナショナリズムを頂点に導き、ついで谷底に突き落としたナセルの選択には、数多くの要因が作用しています。それを理解するには、個人的な要因――もちろん一義的なものでありませんが――以外にも、その時期に見られたさまざまな出来事の展開――冷戦の進展に直接かかわるものもあれば、ヨーロッパの古い植民地帝国の崩壊や、たいていは反西洋的で一党独裁と計画経済というソヴィエトモデルに魅了されていた第三世界のナショナリズムの勃興と結びつくものもあります——を考慮すべきなのです。

理論的には、ナセルには他の選択肢もあったはずです。しかし実際には、当時の力関係や人々の心理状況を考えれば、そうするのは困難で、危険なことだったでしょう。

5

一九五六年のスエズ危機（第二次中東戦争）の際に、ナセルはアラブ群衆の英雄となります。ヨーロッパの植民地主義列強に挑戦状を叩きつけ、この対立の勝者となったからです。

この年の七月、革命の四周年を祝う集会がアレクサンドリアで開催されました。そのときナセルは、ラジオで生中継されていた演説のなかで突然、エジプトの外国支配の象徴であったスエズ運河会社［イギリスとフランスが株式を独占していた］を国営化すると宣言します。これを聴いた者たちは熱狂の渦に包まれました。世界中が衝撃を受けます。ロンドンとパリは、海賊行為であり戦争行為にも等しいと怒りくるい、世界経済が混乱に陥る危険があると警告します。たちまち三十八歳の若きエジプト人将校は、世界の表舞台に躍り出ることになります。世界全体が彼の支持者と敵対者に二分されました。一方の側には、第三世界の諸国民、非同盟諸国、ソヴィエト陣営。そして西洋でも、主義主張の問題として、あるいは費用がかさむという理由で植民地統治の終焉を望む声が大きくなっていきました。他方、対立する側には、イギリス、フランス、そしてイスラエル。そしてまた、ナセルの影響で自国が不安定になるのを恐れた保守的なアラブ指導者たち。イラクの首相ヌーリ・アッ＝サイードもそのうちの一人で、彼はイギリスの首相アンソニー・イーデンにこう言ったといわれています。「あいつを叩いてください、すぐに叩いてください、徹底的に叩いてくださ い！」。モサッデクのこうむった憂き日がまだ誰の念頭にもありましたから、エジプトの大統領が同じように制裁を受けるのは確実だと思われました――西洋がこの重要な航路を支配するためにも、そしてまた見せしめのためにも。

じじつ、「徹底的に叩く」決定が下されました。十月の終わりに、二段構えの行動が開始されます。イスラエル軍が地上からシナイ半島を攻撃し、イギリスとフランスは運河地帯にパラシュート部隊を降下させます。軍事的にはナセルは敗北を喫します。しかし政治的には、とりわけ彼自身も敵側も想定していなかった歴史の偶然のおかげで、勝利をおさめることになります。

実際、攻撃の予告としてパリとロンドンが最後通牒をカイロに突きつけたのと同じ日に、ハンガリーではナジ・イムレに率いられた新政府が、複数政党制民主主義への回帰を宣言し、モスクワの支配に公然と反旗を翻したのでした。一九五六年十月三十日のことです。

それに続く数日のあいだに、二つの劇的な出来事が並行して起こります。イギリス空軍がカイロの空港を爆撃し、フランスとイギリスのパラシュート部隊がポート・サイードを攻撃しているあいだ、ブダペストではソヴィエトの装甲車が学生たちのデモを粉砕し、流血の惨事が起きていました。

この偶然の一致にワシントンは激怒しました。アイゼンハワー大統領とダレス兄弟——国務長官のジョン・フォスターとCIA長官のアレン——の筋金入りの反共政権は、ハンガリーの動乱によって世界の二大陣営間の対立が重要な段階に入ったと考えました。明らかに、ソヴィエトの指導者たちは困惑しきっていました。自分たちが始めた脱スターリン化のせいでみずからの首を絞める羽目に陥ったからです。中東欧の支配を維持するためは、もはや武力の行使しか手がなかったのです。この出来事のせいで、ソヴィエトの指導者たちは孤立し、国際舞台における信用は傷つき、大きな政治的敗北を喫しようとしていました。

そのまさに同じころ、イギリス、フランス、イスラエルがエジプトに軍隊を派遣し、ソヴィエトは自分たちの軍事侵攻から世界の目を逸らす思いも寄らぬ好機を手にしたわけです。アメリカの怒りは収まりません。夏のあいだは、見て見ぬふりをするとこれら同盟国にほのめかしていたにもかかわらず、即座にやめるよう、作戦を中止して軍を撤退させるよう要請します。スエズのことは後回しだ！

しかし行動はすでに開始されており、イーデンは後に引けません。そのつもりもありません。ワシントンは執拗に作戦停止を要求しますが、イーデンは動じません。彼にはアメリカという国のことはよくわかっていました。面倒くさい同盟国なのです。いつも初めはぐずぐずと足踏みし、介入しないで済むようあれこれ口実を見つけてきます。イギリスが先を行き、励まし、背中を押してやらなければならないのです。そうすればアメリカは参戦し、いったんそうなったら誰よりも見事に戦ってくれます。ヒトラーに対する戦争にアメリカを引っぱり出すために、チャーチルはどれほど骨を折ったことでしょう！　アメリカが参戦するまでの二年半ものあいだ、イギリスは孤軍奮闘を余儀なくされたのです！　イランの危機のときも同じシナリオがくり返されました。放っておいたらアメリカは、モサッデクの政府の言いなりになって石油の国有化を認めそうな気配でした。しかもアメリカはイギリスに対して、イランの国家的な野心を尊重する妥協案を受け入れるよう要求していたのです。そのためチャーチルが、イーデン自身が、そして他の高官たちがホワイトハウスと国務省に赴いて議論を重ね、アメリカが行動を起こす必要を説明し、説得しなければならなかったのです。そしてそこでもやはり、アメリカの介入が決定的な役割を果たしました。モサッデクの失脚をきわめて首尾よく準備したのはアメリカだったのです。スエズに関しても同じだとイーデンは予想していたのです。最終的にアメリカは、それがエジプトであれ、ハンガリーであれ、イランであれ、韓国であれ、どこであれ、共産主義との戦いであることに変わりはないと理解するはずだ、と。

イーデン首相の判断は完全に間違っていました。アメリカはイギリスの企てに手を貸すつもりがないどころか、イギリスに対して苛立ちをつのらせ、公然と非難したのでした。イギリスはこんな愚かな戦争をすることで、ソヴィエトと同じことをやっているのがわからないのだとしたら、アメリカの敵も同然だ――二世紀にも及ぶワシントンとロンドンの関係のなかで前代未聞のことが起こったのです。アメリカ財務省は大量のポンド売りを開始し、そのためにポンドの相場が下落します。エジプトに対する連帯を示すため、いくつかのアラブ諸国がフランスとイギリスに対する石油の輸出禁止措置を取った際には、アメリカは両国の不足分を供給することを拒絶します。国連安全保障理事会でも、アメリカ代表団は軍事作戦の停止を要求する決議案に賛成します。パリとロンドンが拒否権を発動すると、この決議案は国連総会にかけられ、圧倒的多数で可決されることになります。カナダやオーストラリアのような英連邦に属する白人の大国でさえ、もはやイギリスを支持するつもりはないとイーデンに理解させたのです。

イギリス首相とフランス首相ギー・モレはついに譲歩し、部隊を撤退させます。軍事的な成功にもかかわらず、政治的には完全に敗北したのです。あたかも、いまだに地球全体に広がる帝国を所有しているかのことごく振る舞ったために、このヨーロッパの二大強国は実に手痛いしっぺ返しを受けたのでした。スエズ危機は植民地時代の弔鐘を鳴らしました。いままでとは異なる勢力と異なるルールに動かされる時代が始まったのです。

こうした変化を世界に示した者として、そしてこのような大きな試練の勝者となったことで、ナセルはたちまち国際舞台における重要人物となり、アラブ人にとっては、その歴史上もっとも偉大な英雄の一人となったのです。

6

ナセルの時代は長く続きました。大きく見ると、一九五二年七月から一九七〇年、すなわちクーデターからその死までの十八年。アラブ諸国民の大多数が彼に信を置いていた時期に限れば、一九五六年七月から一九六七年、すなわちスエズ運河の国営化から六日戦争（第三次中東戦争）までの十一年です。

黄金時代？　全体を振り返ってみれば、もちろんそうではありません。このエジプト大統領は国を低開発から抜け出させることも、近代的な政治的諸制度を根付かせることもできなかったし、他の国々との連合計画は頓挫し、最終的にはイスラエルに歴史的な大敗北を喫することになったのですから。しかし、この時期についてアラブ人はいまも記憶しています――しばらくのあいだ自分たちは、無力で無意味で軽視された脇役ではなくて、みずからの歴史の主役になった、そして自分たちの真の代弁者たるリーダーがいたのだ、と。

この崇拝された大統領が民主主義者ではなく、クーデターによって権力の座につき、不正な選挙によって地位を維持していたのだとしても、彼はエジプト以外の国々でも正統だとみなされていました。一方、彼に対立する指導者たちは、たとえもっとも古くから続く王朝の後継者であろうが、預言者マホメットの子孫であろうが、正統とは見なされていなかったのです。

ナセルのおかげで、アラブ人はみずからの尊厳が回復され、堂々と顔を上げて再び諸民のあいだを歩いていくことができると感じられたのです。それまで何世代、いや何世紀にもわたって、敗北、外国による占領、不平等条約、降伏、侮辱の連続でした。かつて世界の半分を征服したことがあるにもかかわらず、かくも落ちぶれてしまったという恥辱……。

アラブ人のそれぞれが胸のうちに失墜した英雄の魂を、自分を愚弄してきた者たちへの復讐心を抱え込んでいます。もし誰かが復讐を約束してくれれば、疑いと期待がないまぜになりながらも耳を傾けるでしょう。もし誰かが、たとえ部分的でしかないにせよ、たとえ象徴的でしかないにせよ、復讐を約束してくれたら、燃え上がるでしょう。

ナセルは同胞たちに顔を上げるように言ったのです。彼らの名のもとに、植民地主義的強国に挑み、彼らの名のもとに、「三カ国による侵攻」と戦い、彼らの名のもとに勝利したのです。たちまち熱狂の渦が巻き起こりました。何千万ものアラブ人の目にはもう彼しか映っていませんでした。彼のことだけを考え、彼だけを信じました。たとえ世界全体と対立することになっても彼を支持し、彼のためなら死んでもよいと思う者さえいたのです。もちろん倦むことなく彼に喝采を送り、目を閉じて彼の名を連呼したのです。彼が成功を勝ち取れば褒めたたえ、敗北を喫すれば敵を呪ったのです。

実際、さまざまな浮き沈みがあったのです。ナセルの時代は、いまふり返ると、せめぎ合いの激しいチェスの試合を思わせます。プレーヤーはあるマス目を奪います。プレッシャーを受けて撤退するものの、すぐに奪い返し、ときには重要な駒を失いますが、即座に相手にも重要な駒を失わせます。そして最後の山場に至ると、思いも寄らない「王手」が待っています。

例をあげると、そんなふうにして一九五八年二月、スエズの戦闘からちょうど十五カ月後、ナセルはダマスカスに勝者としてやって来たのです。シリアでの彼の人気はあまりにもすさまじかったので、指導者たちは彼に権力を譲る決定をしたのです。そうして南のエジプトと北のシリアからなる「アラブ連合共和国」の樹立が宣言されたのでした。悲願のアラブ統一の夢が実現しそうに思えました。さらに好都合なことに、ナセルの大共和国は、八世紀前にサラディンが作った王国とぴったりと重なるものでした。一一六九年にサラディンはカイロで権力を掌握すると、一一七四年にダマスカスを征服し、エルサレム王国を包囲したのでした。偶然ですが、「al-Nasser」、つまり「勝利をもたらす者」とは、まさにサラディンの異名だったのです。

アラブ連合共和国の樹立宣言に続く数カ月後、ベイルートではシャムーン大統領に対する反対運動が起こります。大統領はスエズ危機のときにフランスとイギリスを支援したと非難されたのです。辞任要求が突きつけられ、レバノンもエジプト・シリア連合国家に合併されるべきだと言う者まで出てきます。他の国でもナショナリズムの気運が高まり始めます。

こうした混乱を前にして、ともに同じハーシム家の血統に連なり、ともに二十三歳であった君主に統治されていた、親西洋のイラク政府とヨルダン政府もまた、連合してひとつのアラブ王国となることを宣言します。しかしこの「反連合」は数週間しか続きませんでした。一九五八年七月十四日に流血のクーデターが起こり、イラクの王朝を転覆させて、この計画に終止符を打ったのです。王の一家は皆殺しにされます。ナセルの旧敵、ヌーリ・アッ＝サイードは、バグダッドの町中で群衆にリンチされて殺されます。ナセル的なナショナリズムの波は、「インド洋から湾岸地域まで」瞬く間に拡がり、アラブ世界全体を呑み込む勢いでした。これほどの速度でドミノ現象が起こったためしはありませんでした。すべての玉座が激しく揺さぶられ、転覆しそうになっていました。とりわけヨルダンのフセイン王がそうで、不幸なイラクのいとこと同じ運命を辿りそうになっていました。
ワシントンとロンドンは七月十四日の朝に協議を行ない、即座に行動を起こすことを決めます。もう翌日にはアメリカ海兵隊がレバノンの海岸に上陸していました。二日後にはイギリスの特殊部隊がヨルダンに到着します。そうやってナセルに、さらにもう一歩踏み出そうものなら西洋と戦火を交えることになるぞと警告したのです。

この報復措置は狙いどおりの結果をもたらします。ナショナリズムの波が引いていきます。レバノンでは反対運動が下火になり、シャムーン大統領は任期を務めあげます。ヨルダンのフセイン国王も持ちこたえました。王はその後もさまざまな危機——軍事的反乱、彼と側近へのテロ——に直面しなければなりませんが、この最初の危機を乗り切ってからは王位を維持し続けるでしょう。

ナセルはさらには手痛いしっぺ返しを二つ蒙ることになります。イラクでは、クーデター首謀者たちのカイロ支持派と非カイロ支持派とのあいだで激しい内部闘争が始まり、指導者ナセルの仲間が敗北し排除されます。アラブ連合に加わるどころか、新しい体制の中心人物、アブドゥルカリーム・カーシム将軍が、イラク第一主義で左派的傾向の強い革命を推し進めます。彼は即座にナセルに公然と反旗をひるがえし、二人のあいだには死闘が繰り広げられます。一九五九年十月七日には、バグダッドの中心部でカーシムの乗った装甲車が銃撃されます。カーシムはかすり傷だけで無事でした。襲撃者は足に怪我を負いながらも逃げのび、国境を越えてシリア領土内に避難します。その二十二歳の愛国的な軍人はサダム・フセインという名前でした。

もう一つの失敗がナセルにとっては致命的になります。一九六一年九月二十八日の明け方、ダマスカスで軍事クーデターが起こったのです。カイロとの連合の終わりが宣言され、シリアの独立が回復されます。アラブのナショナリストたちはこの行為を「分離主義」と非難します。クーデター首謀者たちは植民地主義とシオニズムと反動勢力と産油国の首長たちに操られているのだ、と。しかし当時、シリア国民がだんだんとエジプトによる支配をうとましく思うようになっていたのは周知の事実でした。とりわけ秘密警察を通してその支配が行なわれていたのですからなおさらです。バグダッドと同様、ダマスカスはイスラム世界の歴史的な首都のひとつです。前者はアッバース朝の拠点であり、後者はウマイヤ朝の拠点でした。二つの都市はともにカイロと姉妹になりたいとは思っていましたが、召使いになりたいわけではありませんでした。そのような感情が人々の、とくに都市のブルジョワ層と、ナセルの行なった国有化政策によって破産した地主層のあいだに広がっていました。

エジプトの指導者の星は回復不能なほど輝きを失ってしまったようでした。なるほど、大多数のアラブ諸国の民衆のあいだでは相変わらずナセルの人気は根強いものだったでしょう。しかし彼の敵たちは、この地域でも西洋でもほっと胸を撫で下ろしたのです。ナショナリズムの波はもはや過去のものだ、と。

ところが突然、再び波が、それも以前よりも強く大きな波が押し寄せてきます。一九六二年の夏に、独立したアルジェリアのトップにナセルの熱烈な崇拝者であるアフメド・ベン・ベラが就任します。九月には、エジプトをモデルにして作られた「自由将校団」によって、もっとも遅れた君主制、イエメンのイマームの君主制が転覆させられます。共和国の樹立が宣言され、ナセルは必要な援助をすべて行なうと約束します。たちまちエジプトの何千もの兵士がアラビア半島南部に上陸し、産油国の君主たちを震え上がらせます。

一九六三年二月八日、アラブ・ナショナリストの将校たちがバグダッドで権力を掌握します。カーシムは即決裁判で処刑され、彼の死体はテレビに映し出されました。新しい国家元首となったのは、ナセルの忠実な同盟者アブドゥッサラーム・アーリフでした。一カ月後の三月八日、同じようなクーデターがダマスカスで起こり、「分離主義」の終焉が宣言されます。そこには、エジプト、イラク、そしてまたおそらくイエメンとアルジェリアとの——そしてゆくゆくはレバノン、リビア、クウェート、スーダン、アラビア半島諸国との——連合を再構築したいという欲望が表明されていました。

突然、数カ月のうちに、アラブの統一というナセルの夢がこれまでになかったほど激しく復活したかのようでした。イラクとシリアの新しい指導者たちはカイロに赴き、新たな連合に向けて細部を協議します。一九六三年四月十七日にその連合案が高らかに公表されます。こうしてカイロ、バグダッド、ダマスカスという三大帝都をひとつに結んだ強力なアラブ国家が誕生しようとしていました。アラブのナショナリズムは歴史に前例のない勝利を収める寸前にまで来ていました。支持者たちは熱狂に包まれ、敵対者たちは警戒を強めていました。ただ、結末がすぐ間近に迫っているとは、どちらの側も想像もしていなかったのです。

7

この新たな波は押し寄せてくるのと同じくらい急速に引いていきました。新しい連合の合意から数週間後、カイロでの協議が実際にはうまく行かなかったことが判明します。シリアとイラクの指導者たちは、同じ汎アラブ政党であるバース（「復活」という意味です）党に所属しており、ナセルを新しい国家の元首としてもよいが、それぞれの国での実質的な支配権は自分たちが維持することを望んでいました。最初の連合の試みにおける誤りを思い起こして、自国がエジプトの指導者の命令に従う副王のような存在に支配されるのは望まなかったわけです。エジプトの指導者のほうも、信頼も共感もしていないそれらバース党の人間に支配された国家の、名ばかりの大統領になるつもりは毛頭ありませんでした。なるほど、両国のバース党は二つのクーデターを成功させたかもしれません。しかし民衆が一体感を覚えていたのは、アラブ連合の旗手であるナセルであり、自分たちの元首として望んだのは、ほかの誰でもなくナセルその人だったのです。間もなくこの意見の不一致は激しい対立に変わります。バグダッドではこの対決は一時的にはエジプト大統領に有利に働きます。しかしシリアでナセル派がバース党に対して蜂起すると、反乱は激しく鎮圧されます。何百人もの死者が出ました。

イエメンでは、サウジアラビアの支援を受けた王党派が新しい共和体制と激しく対立し、エジプト軍事派遣団を厳しい状況に追い込むことに成功します。結果的にはこの派遣は大失敗でした。軍事的にも、財政的にも、そして一部の兵士が「解放者」としてではなく占領者、ときには略奪者として振る舞ったがゆえに道義的な観点からも失敗でした。ナセルにとってさらに痛かったのは、一九六五年に盟友ベン・ベラが軍事クーデターで失脚したことです。新しいアルジェリア大統領ウアリ・ブーメディエンはただちにカイロから距離を取ったのでした。

引き潮は巨大なものでした。アラブ世界の外でも、エジプト大統領はもっとも近しい同盟者たちを失おうとしていました。ガーナのクワメ・エンクルマは、アフリカ統一の主唱者であり、自分の息子にガマルと名づけるほど、エジプトの指導者の熱烈な崇拝者であったのですが、一九六六年に軍事クーデターで失脚します。その次は、非同盟運動を象徴する人物であったインドネシアのスカルノの番でした。一九六六年三月十一日、スカルノは親米のスハルトに権力を移譲することを余儀なくされます。

そしてさらに、あたかもナセルの孤立にとどめをさすかのように、アラブ指導者のなかで最後の忠実な同盟者であったイラク大統領アブドゥッサラーム・アーリフが一九六六年四月十三日に、いまだに原因の解明されていない死を遂げます。彼が国の南部バスラ付近をヘリコプターで訪れたときのことです。明らかに不調が起こり、ヘリコプターが宙をぐるぐると回りはじめたのです。突然ドアが開き、大統領が落下し、地面に激突します。即死でした。

この不可解な事故は、ナセルにとって最悪のタイミングで起こりました。バース党、よりも最近ではファタハ［パレスチナの軍事政治組織］など彼の権威に異議を唱える運動や人物らによって地域の政治状況が悪化しはじめており、信頼できる同盟者を何よりも必要としていたときだったからです。

一九六五年一月一日、未知のパレスチナ運動組織が最初の軍事作戦を行なうという声明を発したとき、エジプト大統領は、それがイスラエルやヨルダンだけでなく、自分に対しても向けられたものだとただちに理解しました。それまでパレスチナ人は、アラブ人のなかでもっとも熱烈にエジプトの指導者を支持していました。ユダヤ人国家の創設によって故郷を去ることを余儀なくされ、アラブの勝利による帰郷を願いながら、その大部分が難民キャンプで暮らしていた彼らにとって、ナセルこそが希望の星だったのです。

ナセル自身がたえず「敵のシオニスト」を激しく非難し、スエズ危機の際にイスラエルに喫した敗北を思い出させては、近い将来に勝利をもたらすと約束していたのでした。パレスチナ人たちは、エジプト大統領によるナショナリスト的な動員こそが、自分たちが勝利する唯一の道だと確信していました。しかし、いつまでも待っていられないと思う者たちも現われました。自分たちの戦いが他の優先事項のために犠牲にされ、いつまでも後回しにされているのはもううんざりだったのです。明らかに、ナセルはイスラエルとの戦争を急いでいませんでした。まずアラブの統一を実現し、次いで植民地主義を解体し、次いで社会主義経済を強固にし、次いで反動的な体制を倒し、次いで……。ファタハの創設者たちは、パレスチナ人は自分たち自身の計画にしたがって自分たちで戦わなければならないと考えたのです。彼らの最初の声明は、アラブ指導者層に対する、とくにその頂点にいるナセルに対する独立宣言であり、挑戦状でもあったのです。

しかも、さまざまな場所からナセルに対する失笑が聞こえてくるようになっていました。一九五六年以来、イスラエルとの戦争を準備する時間は十分にあったのではないか？　ソヴィエトのおかげで軍備も十分に整ったはずではないか？ 戦闘機も戦車も買ったし、潜水艦だって買っただろう？ なのに、十年ものあいだこの共通の敵に向けて一発もぶっ放したことがないなんておかしな話だ！

エジプト大統領はこうした批判を知らないわけではありませんでした。結局のところ、一九四八年のアラブの敗北が直接の引き金となって、そしてこの屈辱をそそぐという約束があったからこそ、彼は権力の座についたのです。それを信じたからこそ民衆は彼を崇拝したのです。ナセルは一九五六年に、約束した勝利を垣間見させてくれました。彼の演説には来《きた》るべき戦いがたえず映し出されていました。群衆はナセルに耳を傾け、彼を信頼しました。準備ができもしないうちに戦争をしてくれなどと要求していたわけではありません。しかし、どこまでもナセルを信頼し続けることはできなかったのです。とりわけ彼以外の者がイスラエルとの戦いに立ち上がった場合には。

そしてそれが、一九六五年一月一日以降に起こったのです。ファタハの作戦行動は続き、新聞はその声明を載せ続けました。アラブ世論のうちでも強硬派は喝采しました。保守的な君主制国家でも、武装殉教者集団《フェダイーン》の功績をたたえ、「イスラエルのネゲヴやハイファやガリラヤではなくて、イエメンに派兵して戦闘を行なう」ナセルの欺瞞に満ちた政策と比較して、彼らを高く評価していました。

エジプト大統領の立場は、イスラエルがファタハの攻撃に対して激しい反撃を始めるや、非常に困ったものになりました。

一九六六年十一月十一日の夜から十二日にかけて、イスラエルの国境警備隊の兵士たちが地雷を踏みます。兵士のうち三人が死亡し、六人が負傷します。当時はヨルダン領であったヨルダン川西岸地区のアッサモアの村から来たパレスチナ人部隊の仕業と確信したイスラエルは、十三日に大規模な報復作戦を開始します。しかしフェダイーンには出会わず、ヨルダン軍の分隊とばったり出くわします。一時は空爆も含む激しい戦争が繰り広げられます。フセイン国王の兵士十六人と作戦を指揮していたイスラエル軍の大佐が一人死亡します。村では家屋が十数軒破壊され、住民が三人死亡します。

ほとんど全世界がイスラエルの行動を非難し、少なくとも厳しく批判します。イスラエルのすることならどんなことでも非難していたアラブ諸国やソヴィエトや非同盟諸国だけではありません。アメリカもそうでした。アメリカにとっては、アラブ世界では例外的に穏健な体制のひとつで、ヘブライ国家に対してもっとも敵対的ではないヨルダンを混乱させようとするイスラエルの行動はまるで理解しがたいものだったのです。

イスラエル国内でも、多くの者がこの行動は思慮を欠き、不適切に遂行されたと考えていました。かつての参謀総長で、のちに国防大臣となるモーシェ・ダヤンは、フェダイーンに資金と武器を供給しているのはシリアだと誰もが知っているのに、どうしてヨルダンを攻撃してしまったのかと自問します。標的を間違っていたという考えに指導部の大多数が同意し、次は「正しいドア」を叩くと決意するのです。

したがって、ますますダマスカスが注視されるようになります。シリアはパレスチナ人闘士を支援していた上に、ゴラン高原のシリアの砲兵部隊とガリラヤの入植地に駐屯するイスラエル部隊とのあいだで小競り合いが頻発するようになっていたからです。一九六七年四月七日、国境地帯での些細な衝突がダマスカス上空での空中戦に発展します。シリア軍の六機の戦闘機が撃墜されます。

こうした一連の出来事は、アラブの世論のなかに大きな反響を呼び起こします。ナセルは何をやっているんだ？　エジプト軍は何をやっているんだ？　即座に人々の頭にそのような問いがよぎらなくても、メディアが人々をあおり立て、こう言います。指導者《ライース》はヨルダンやシリアのように攻撃されたくないのだ、「ナセルは臆病な女の子のように国連のスカートのなかに隠れているだけだから」――この言葉は、第二次中東戦争以来、ガザ地区、そしてエジプトとイスラエルの国境地帯に国際監視団が駐在していることへの当てこすりなのですが、これはイスラエル軍がシナイ半島から撤退を受け入れるための条件だったのです。ナセルが同意したのは、当時の国連の事務総長、スウェーデン人のダグ・ハマーショルドから、カイロが要求すればいつでも国際監視団は引きあげるという約束を取りつけたからでした。

この「臆病」という非難を、この時期、右派と左派とを問わずナセルの敵たちは執拗にくり返します。ヨルダン、サウジ、イランの君主国家——エジプト大統領に対抗するために「イスラム協定」を結んで再集結していました——と結びついたアラブのメディアは、ことあるごとにナセルの勇ましい言葉と実際の行動との落差を強調しました。しかし、それと同じくらい容赦なかったのは、ダマスカスの政府系の新聞でした。いまやナセルに向かって、臆病だの敗北主義だの、それまでは親西洋の指導者層に投げつけられていた言葉を使うこともいとわず、ナセルがエジプト軍を戦場からは遠いところに配置していることを非難します。それに対してシリア軍を見よ、と書きたてます。いまも前線にいて、準備万端。敵と一戦交え、断固粉砕するであろう、と。

ナセルは冷静ではいられませんでした。罵倒と空疎な大言壮語だけを相手にしているのであれば、気にはしなかったでしょう。しかし緊張は高まる一方で、一触即発の雰囲気だったのです。本当に軍事衝突が起こるのだろうか？　ナセルは敵が自分を失策に追い込もうとしているのは百も承知です。テル・アビブ、ワシントン、ロンドン、アンマン、リヤドの思惑を探りつつ、ダマスカスやパレスチナ軍事組織の動きにも警戒を怠りませんでした。ナセルは側近たちには漏らしていました。明らかに私は罠にかけられようとしているが、その手には乗らない、と。

しかし、緊張が高まり続け、最終的に戦争に至るとしたら、ただじっと腕を組んでいるわけにはいきません。他のアラブの軍隊は共通の敵と戦火を交えているのに、アラブ民族の旗手が自分の軍隊だけ安全なところに置いておくなんてことができるでしょうか？

五月十二日、報道機関がいっせいに、あるイスラエル軍高官の発言を報じます。シリアがフェダイーンを支援し続けるなら、イスラエルはシリアの体制を転覆させるというのです。翌日、まだ小さな役割しか果たしていなかったエジプトの高官、国民議会議長であったアンワル・アッ＝サダトが、モンゴルと北朝鮮への友好訪問を行なってから帰国する途上、モスクワに立ち寄ります。儀礼にのっとって何人かの高官に表敬を受けることになっていました。ところがやって来たのは、ソヴィエト連邦指導部の最高位の者たちだったのです。そして彼らの情報機関によると、イスラエルは北部国境に十五師団を集結させているというのです。シリア侵攻は時間の問題であり、「遅くとも十日後には開始されるだろう」と。カイロに戻るや、サダトはナセルのところに駆け込みます。そしてナセルもまた、ソヴィエト大使から同じ情報を聞いたところだと知るのです。

ナセルは国連に監視団の引き揚げを要求し、シナイ半島に派兵するしかないと考えます。国連は即座に要求に応じます。エジプト軍兵士がガザに、そして、とりわけチラン海峡とアカバ湾の入り口を管理するシャルム・エル・シェイクに派遣されます。何年ものあいだイスラエルはシャーとの秘密協定にもとづき、アカバ湾経由でイランの石油を輸入していたからです。この通路が多国籍軍の手にあるあいだは、ナセルにも何もできませんでした。いまや彼の軍隊が配置されているのですから、もう見過ごすわけにはいきません。輸送を許すか、阻止するかどちらかです。

二週間前にはチラン海峡の名など聞いたこともなかったアラブの民衆が、チラン海峡を封鎖すべきだと要求します。ナセル支持派も反対派も、メディアもこぞってこれに同調します。海峡封鎖を行なえば、エジプトとイスラエルが戦争になるのは誰の目にも明らかでした。しかし誰もが戦争を望んでいました。ある者たちは、ユダヤ国家と決着をつけるために、また別の者たちはナセルと決着をつけるために。

8

シリア侵攻が間近に迫っているという知らせを受けて、ナセルはダマスカスに、腹心の部下である参謀総長のモハメド・ファウジを派遣します。ファウジの任務は、シリアとの連帯を表明し、援助の申し出をすると同時に、ソヴィエトから得た情報の信憑性を現地で確認してくることでした。

帰国したファウジは状況を次のようなエジプトではごくふつうに使われる表現で説明します。「異常ありません！」。どういうことだ？　とナセルは尋ねます。将軍の返事はこうです。「イスラエル軍は国境に集結などしておりませんし、シリアのほうにも間近に迫った侵攻を待ちかまえている様子はありません」。ナセルにはわけがわかりません。しかし、もうあとには引けません。彼の軍隊はすでにシナイ半島に展開しており、青いヘルメットの国連軍は荷物をまとめて出て行きました。好戦的な雰囲気は高まる一方です。

多くの偉大な演説者がそうであるように、ナセルはつねに聴衆の示す反応に敏感で、とりわけイスラエル・アラブ問題に関しては、みずからの発言で身動きがとれなくなりがちでした。この一九六七年の酷暑の日々のあいだ、世論を抑えることはもはや不可能でした。大衆の気分に、彼らがその名を連呼する指導者も従わざるをえないような状況になっていました。

五月二十二日にナセルがチラン海峡の閉鎖を宣言すると、その反響はナセルがこれまでに経験したことのないものでした。その同じ日に、マグレブからイラクまでアラブのあらゆる都市で人々は街にどっと溢れ出しました。ひとつのスローガンがたえずくり返されました。「かつてわれわれは運河を国有化し、いま海峡を閉鎖したのだ!」。いまから考えると、この「われわれ」という表現には、ほほえまずにはいられません。しかし、それは人々が心から感じていたことだったのです。アラブ大衆はごく自然にナセルと一体化し、まるで自分たち自身が考えついたことであるかのようにナセルの政治的決断を支持したのでした。よく考えると、それはまったくの幻想だったわけですが、深い真実でもあったのです。

この時期、エジプト大統領の権力はその絶頂にありました。準備されつつある戦争とそれを行なおうとしている指導者への民衆の支持は圧倒的で、他国のいかなる指導者も邪魔することはできませんでした。なかでも驚くべきは、ナセルが権力を掌握して以来、不倶戴天の敵であったヨルダンのフセイン国王の反応でした。二人の男は、それまで仮借のない争いを続けてきたのです。ところが突然、五月三十日の早朝、ハーシム家の血に連なる国王は専用機でカイロに向かって飛び立つと、彼の旧敵に、来るべき戦争において王国は全面的に協力すると申し出たのです。仰天し、疑念をぬぐい切れないナセルは、条件としてエジプト人参謀将校を一人、ヨルダン軍のトップに据えることを要求します。フセインは二つ返事で承諾します。

このフセイン国王の驚くべき豹変は一考に値します。この「小さな王」は演説家でもデマゴーグでもありませんでした。彼はただひたすら自国の独立を守ることを考えていたのです。しかもフセイン国王は、ヘブライ国家を敵視しておらず、軍事的報復など考えてもいませんでした。ほとんど半世紀近く続いたその治世のあいだ、「シオニストの敵」との関係につきまとうアラブ側のタブーを無視し、外遊の際にはイスラエルの指導者たちと頻繁に会見を重ねました。一九九五年にはエルサレムで、イツハク・ラビン［この年の十一月に首相だったラビンは暗殺された」に対する弔辞を読みあげ、聖都を彼から奪い取ったまさにその人物を「わが友」と呼ぶでしょう。

一九六七年五月に、彼がナセルと手を結んだのは、当時この愛国的な正統性に逆らうのは自殺も同然だったからです。起ころうとしている戦争に参加しなければ、戦闘の結果にかかわらず、ハーシム家の君主制国家にとっては致命的になりかねなかったのです。アラブ側が勝利すれば、ナセルはヨルダンの王権を解体する力を手にするでしょう。アラブ側が敗北すれば、まず最初に非難されるのは、戦いを拒否した者になるのはわかりきっています。戦争が不可避になった時点で、フセイン国王は理解したのです。エジプトの側について、たとえその命令下に置かれるとしても、戦争を遂行すべきなのだと。正統性という観点から本能的にそう判断したのです。おそらく国王はヨルダン川西岸を失うでしょう。しかし、どちらにせよ戦争が始まってしまえば、イスラエルかアラブの蜂起者たちに奪われてしまうのです。もしもパレスチナのための戦闘に参加することを拒否しようものなら、何百万ものパレスチナ人を統治し続けることはできなかったでしょう。

国王は四半世紀後、湾岸戦争のときも同じ行動を取ります。全世界がサダム・フセインに対して一致団結しましたが、ハーシム家の君主はフセインの側についたのです。サダムが勝利するのが見たかったから？　もちろんちがいます。イラクが勝利するかもしれないと思っていたから？　そんなことは微塵も思っていません。中近東の歴史におけるこの重要な転換点において、国王は国民の意に反して正しい道を行くよりは、国民とともに誤りを犯す道を選んだのです。

一九六七年のフセイン国王の態度は、これをイスラエルの別の隣国、すなわちレバノンの態度と比べるとよく理解できます。当時のレバノンの指導者層はもっとも理性的な決断、つまり戦争には参加しない決断をしました。しかしそのように行動することで、大部分の国民の目には愛国的な正統性を失ってしまったように見えたのです。そのため、レバノンは歴史的な泥沼にはまり込み、四十年たったいまでもまだそこから抜け出していません。

一九六八年から、パレスチナの武装組織がイスラエルに対してレバノン領内から攻撃を仕掛けるようになります。イスラエルは激しい報復を行ない、この強力な隣国の攻撃に対抗できないベイルートの指導者層は、フェダイーンを厳しく取りしまる決定をします。世論の一部はフェダイーンに味方し、自分たちの政府に敵対するようになります。レバノン軍は敵と戦わなかったのだから、せめて戦っている者たちを攻撃するのはやめるべきだという主張がたえずくり返されました。

賢明な政治家たちはことあるごとに説明しました——一九六七年のこの戦争で、アラブ諸国はその歴史上もっとも軽率な行為を犯してしまった。レバノンがイスラエルを囲む他の三国の側について参戦すれば、エジプト、シリア、ヨルダンのように国土の一部を失っなかったでしょう。おそらく軍隊は完膚なきまでに叩き潰され、力関係にも戦闘の結果にも何の違いも生じなかっただろう……。こうした判断に本気で異議を唱えようなどと思う者はいませんでした。にもかかわらず、国民のかなりの部分が、政府と軍に対する信頼を失いました。この両者が、武器を手に戦い続けている者たちを弾圧するのを見ていられなくなったのです。レバノン人のなかでも、とくにイスラム教コミュニティと左派政党に属する者たちは、自分たちの軍隊はパレスチナの戦闘員たちの軍隊であって、それとはまた別にキリスト教徒および右派政党のための軍隊があると考えるようになります。国民軍は分裂しはじめます。そして中央政府は領土をコントロールできなくなるのです。

もっともひどい目にあっていたのは国の南部でした。ここにフェダイーンは拠点を置き、イスラエルへの攻撃を仕掛けていました。そのため、イスラエル軍の反撃が向けられるのもこの地域だったのです。土地の人々は大部分がシーア派でしたが、両側から攻撃され、自分たちは愚弄され、見捨てられ、犠牲にされていると感じていました。彼らはイスラエル人とパレスチナ人をともに呪いました。

このような恨みからヒズボラが生まれたのです。一九八二年、ベイルートまで侵攻することになった戦争の直後、イスラエル軍は攻撃されるたびに報復行動を行なうだけではなく、いわば国境にきつく鍵をかけるべくレバノン南部を占領する決意をします。宗派を同じくするイランと密接に結びつき、武器と資金を供給されていたシーア派戦闘員たちは抵抗運動を開始します。それが当初からきわめて効果的だったのです。戦争に唯一参加しなかったために、長いあいだ他のアラブ民族から嘲笑されていたレバノンの人々がいつしか唯一戦い方を知っている存在となり、二〇〇〇年五月にはイスラエル軍をレバノンから撤退させ、二〇〇六年の夏のレバノン侵攻の際にはイスラエル軍を敗北させるに至ったのです。

一九六七年の戦争に続く年月のあいだに、戦闘に参加したイスラエルの三つの隣国がどうにか折り合いをつけるに至り——エジプトとヨルダンは条約を結び、シリアは暫定協定を結びます——、ヘブライ国家との国境地帯は完全に安定しました。戦争を望まなかった四つ目の隣国だけが、平和を手に入れることができなかったのです。以来レバノンは苦しんでいます。理論的には当時の指導者たちは、紛争から距離を置くという理性的な判断を示したわけです。ところが実際には、戦争に参加しないことでレバノンが手に入れた代償は、参加していた場合よりも千倍も大きなものだったのです。

9

とはいえ、正統性がどのように機能するかについてのこの長い括弧はそろそろ閉じて、ナセルがアラブ民族の手綱を握り、あるいは再び握り、念願の勝利を果たそうとしていた一九六七年五月と六月の日々に戻りましょう。彼の軍隊とイスラエルの軍隊はいまや真っ正面から対峙していました。

先制攻撃を考えたものの、エジプトの指導者は断念します。政治的には失敗になりかねません――アメリカが全面的にイスラエルの側について介入してくるにちがいありませんし、ソヴィエトにも手の打ちようがなくなるでしょう。反対に、敵に先制攻撃をさせれば、外交的には優利な立場になって、ド・ゴール将軍のフランスをはじめ世界中が味方になってくれるはずです。アメリカにしても攻撃者を全面的に支援するようなことはできないでしょう。ナセルは考えました。いずれにしても戦闘は何週間も続くだろう。戦線はいたるところに拡大し、すべてのアラブ諸国から援軍が押し寄せてくるだろう。イスラエルは必ずや力つきる。最後には調停が行なわれ、エジプトにとっても彼自身にとっても、政治的な大勝利となるはずだ。

もちろん、このような態度には代償が伴います。そのことはナセルとて知らないわけではありません。イスラエルに先に攻撃させるのは危険な賭けです。しかし、これは想定内の危険なのだ、とナセルは思っていました。彼の右腕、アブデルハキーム・アメール元帥は断言しました――かりにイスラエルの全爆撃機がいっぺんに攻撃をしかけてきたとしても、エジプトが失う航空機は全体の十から十五パーセントに過ぎません。数日のうちにソヴィエトが新しい機を提供してくれるでしょう。

イスラエルの先制攻撃によってエジプト軍の航空兵力が壊滅させられるなど、ナセルはまったく予想していませんでした。しかし、それが一九六七年六月五日の朝に起きたのです。超低空飛行で飛んできた爆撃機が一斉にすべての空軍基地に攻撃をしかけ、滑走路に損害を与え、地上にあった戦闘機を破壊しました。陸軍は無傷でしたから、シナイ半島でなおも長期間戦いを続けることはできたはずです。そうやって大統領は体制を整え直し、失った航空機を新しいものに代え、反撃を準備することもできたはずです。しかし、アメール元帥は動転のあまりパニックに陥って総撤退を命じます。大敗北です。

エジプトを戦闘不能にしたイスラエル軍は、エルサレムとヨルダン川西岸に向きを転じ、わずかな市街戦ののちにヨルダン川西岸を奪取します。次いでシリアのゴラン高原へと向かい、大きな抵抗を受けることなく占領します。一週間で戦闘にけりがつきます。勝者はこの衝突を「六日戦争」と呼ぶようになるでしょう。敗者の側では、まず「al-naka（敗北）」と呼ばれ、次いで単に「六月戦争」と呼ばれるようになるでしょう。

このようなありきたりの呼び方からはかえって、当時アラブ側が受けたトラウマの大きさがうかがえます。この短期間の戦争は今日でもなお、アラブ人の世界観と行動に深い影響を及ぼしている悲劇的な原体験だと言っても過言ではありません。

敗北のあと、すべてのアラブ民族、そして世界中の数多くのイスラム教徒たちが執拗に自問しました。各自がそれぞれのやり方で問いを表現し、自分なりの答えを見出したわけですが、問いの本質となる部分はみな同じでした——どうしてあんな敗北が起こってしまったのか？

敗北を弁明しようと、攻撃はイスラエルだけのものではなく、アメリカとイギリスも加わっていたのだとナセルは言い始めます。それは真実ではなかったとしても、エジプト人とアラブ全体の感じていた絶望をわずかのあいだ慰めるのには有効でした。大国に打ち負かされたのだとしたら、腹立たしいかぎりだけれど、仕方のないことだ。いずれにしても、二十年前にできたばかりの、エジプトの十分の一の人口しかなく、エジプトより小規模の軍隊しか持たない小国に負けるのに比べたらなにも不名誉なことではない、と。

一九六七年の戦争は、一九四八年に、誕生したばかりのユダヤ国家によって、団結した近隣諸国が撃退されたことの屈辱を晴らすはずでした。アラブ民族が自信と昔日の栄光を取り戻したことを、ナセルの威光のもと民族的な再生を遂げ、諸国家のあいだでその名にふさわしい地位を回復したことを証明してくれるはずでした。ところが、完膚なきまでの敗北によって、彼らは自尊心を砕かれ、長いあいだ世界に対して深い不信をいだくようになってしまったのです。世界は敵によって支配された、敵意に満ちた場所であって、自分たちにはもはや居場所はないのだ、と考えるようになってしまったのです。世界全体が、自分たちアラブのアイデンティティをかたちづくっているものを嫌悪し、軽蔑しているのだ、と感じているのです。さらに深刻なことにも、心のどこかで、そんなふうに嫌われ、軽蔑されるのは必ずしも間違いじゃない、と感じてもいるのです。世界と自分自身に対するこのような二重の憎悪を考えれば、私たちの生きる二十一世紀の初頭を特徴づける破壊的かつ自殺的な行動の大部分に説明がつきます。

イラクをはじめ各地で、こうした行動があまりに頻発し、日常的にすらなってしまったために、誰もあまり驚かなくなっています。ただ言っておきたいのですが、人類の歴史において、これほどの規模でこうした現象が起きたことは一度もなかったと思いますし、何百、何千もの人がこのような自己破壊的な傾向を示した時代を経験したことは一度もなかったと思うのです。この現象を相対化するために似たような歴史的現象が持ち出されますが、まったく比較できないものなのです。日本の神風攻撃の例にしても、あれは正規軍が太平洋戦争の末期にのみ行なったことであり、政府が降伏するや、この攻撃はまったく行なわれなくなりました。あるいは、イスラム世界において過去に存在した「暗殺団」の逸話にしても、そのメンバーたちは標的となった人物を狙っていたのであって、無差別な殺戮を行なったりはしませんでした。行為の結果逮捕されて処刑される覚悟はできていましたが、みずからの命を犠牲にすることはありませんでした。いずれにしても、二世紀のあいだに実行されたのはほんの一握りの暗殺事件であり、彼らは現在の「殉死者」よりは、帝政時代のロシアの革命家にはるかに近いものでした。

殉死者たちを激しく駆り立てる絶望は一九六七年に生まれたのでもなければ、一九四八年に生まれたのでも第一次世界大戦の終わりに生まれたのでもありません。それは長い歴史のプロセスの果てにもたらされたものであって、どのような出来事によっても、どのような日付によっても十分に説明できるものではありません。これは、大いなる繁栄の時代を経験しながらも、その後長い間不遇の時を過ごすことになった民族の歴史なのです。二百年ものあいだ、彼らは再び立ち上がろうとしていましたが、そのたびに転んだのでした。敗北、失望、屈辱が続き、ついにナセルが登場します。彼となら再び立ち上がることができる、そして自尊心と他者からの敬意を回復することできる——人々はそう信じたのです。ところがまたもや、かくもはなばなしく、かくもみじめに倒れ伏してしまったのです。アラブ民族とイスラム世界の全体が、とり返しのつかないほど何もかも失ってしまったと感じたのでした。

以来、身を切るような改革が試みられてきましたが、それは苦しみと恐怖を伴うものであり、そこにこめられた狂おしいまでの情熱の背後にあるのは、巨大な絶望なのです。ナセルの敗北と、それに続くナセルの死——一九七〇年の九月に五十二歳で亡くなりました——によって、さまざまな政治的な計画が生まれ、彼の遺産を奪いあうことになりました。

ほかならぬエジプトでは、サダトが権力を掌握します。内気でぱっとしないと思われていたこの人物は、むしろ勇猛果敢な熱い男だったのです。しかし彼の人生を考えるとき、不思議なのはそこではないのです。後継者たちが主君の生きているうちは目立たないようにしていて、権力を手にするや本性をあらわにするというのは、歴史を見れば地域を問わずいくらでもある話です。権力者たちは自分に逆らわず、自分より目立たない者に取り巻かれるのを好むものであって、取り巻きのほうは時が来るのを虎視眈々と待ちつづけるものだからです。サダトに関して不思議なのは、一九七三年十月にスエズ運河沿いにイスラエル軍を急襲し、大打撃を与えたこと——イスラエルではキプール戦争、エジプトでは十月戦争と呼ばれています［第四次中東戦争］——ではありません。まったく不思議なのは、ナセルが失敗したことを成功させながらも、この新しい指導者が、アラブ民族の心のなかで彼の前任者が占めていた場所を受け継ぐことができず、それどころか嘲笑され、侮辱され、政治的に「隔離され」、彼を徹底的に憎悪する者たちも現われ、ついには暗殺されてしまったことなのです。

そう、不思議なことです。しかしこれは、正統性というデリケートな問題について考察しようとする者にとっては、重要な手がかりとなります。人々はなおもトラウマ的な敗北のショックの下にありました。そこに突然、新しい指導者が登場し、勝利とまではいかなくとも申し分のない成功をもたらしたのです。人々は彼を褒めたたえ、即座に民族の偉大なる英雄の一人として崇拝してもおかしくはなかったのです。ところが起こったのはまったく反対のことでした！　サダトを讃えたのは西洋の世論であって、アラブの世論ではありませんでした。アラブ世論は一度たりともサダトに対して一体感を覚えたことはありませんでした。人々を驚かせた一九七七年十一月のエルサレム訪問の以前も以後も――とりわけ以後は――そうでした。アラブ人が心のうちに本能的に、ほとんど生理的反応のように感じる正統性、その欠点や失敗や敗北にもかかわらずナセルが死ぬまで享受した正統性を、人々がサダトに感じることは一度もなかったのです。

おそらく人々はナセルのあとを継いだサダトを無意識のうちに恨んでいたのでしょう。ちょうど母の新しい夫が、大好きだった父の場所を奪ったというただその事実ゆえにひどく嫌われるように。たとえばフランスでは、ナポレオン一世のあとに権力の座についた者はみな、彼と比較されて苦しむことになりました。同じ名を持つ者は誰にもましてそうでした。偉大なる皇帝の治世は財政的には破綻し、敗北と外国の占領によって終焉したという事実は何ひとつ変えはしません。人々は自分たちに叙事詩的な物語を、夢を、他者からの崇拝を、そしてわずかばかりの自負心を与えてくれた者に感謝するのです。ナポレオン時代は、フランスが諸国民のなかで第一級の地位を占め、その武器と発想からなる力によって、自国を中心にしてヨーロッパを統一しようとした最後の時代でした。ナセル時代はそこまで野心に満ちたものでありませんでしたが、当時のアラブ民族になおも可能であって人々の記憶に残りつづけているのです。それは最後の飛翔の時代としたことを考慮すれば、ほぼ似たような意義を持っています。

10

この冒険の失敗からは各自が自分なりの教訓を得たのでした。サダトは彼の前任者がたえずはまり込んだアラブのぬかるみを深く警戒するようになっていました。イエメン人、ヨルダン人、パレスチナ人、シリア人、リビア人などはみな戦う用意ができている――「だが犠牲になるのはエジプト軍だ」とサダトは側近に漏らしたそうです。

エジプトは見返りもないまま、もう十分に耐え忍んだと考えたサダトは、エジプトを消耗させ、繁栄する西洋との関係を台無しにしてしまったイスラエル・アラブ間の対立からきっぱりと手を引きたいと望んだのでした。アラブ民族はサダトにとっては「彼ら」であっても、決して「われわれ」ではありませんでした。そう公言していたわけではありませんが、彼を知る者たちはそう理解していました。そのため、サダトが何らかの決定をしても、アラブ人たちはそれを他人事だと感じていたのでした。エジプト大統領としての正統性には疑念の余地がなくとも、サダトが人々から自然にアラブ民族のリーダーと見なされることはなかったし、本人もそんなふうに思われるつもりはなかったのです。

その生涯の終わり頃、サダトは多くのアラブ人から公然と敵であり裏切り者だと見なされていました。そう考えていたのは、彼がヘブライ国家と和解したことに怒り狂った、愛国主義的かつイスラム主義的な世論だけではありません。親西洋的で穏健な指導者たちの多くが、イスラエルとの対立からエジプトという主要な近隣国が抜けることで地域の平和が不可能になったとサダトを非難しました。それはこういうことです。中近東における力関係においてはアラブ側はそもそも不利な立場にあります。そこでエジプトが対立から身を引いてしまえば、バランスはさらに崩れ、イスラエルはもういっさい譲歩しようとはしないでしょう。アラブ側は戦争ができなくなるばかりか、名誉ある平和を手にすることさえできなくなります。自国だけが平和になる道を選んだことによって、サダトは地域に真の平和がもたらされることを不可能にし、むしろ地域を恒常的に不安定な状態に陥れてしまったのだと。

エルサレムを訪問して、メナヘム・ベギンとモシェ・ダヤンと握手し、クネセト［イスラエルの国会］の壇上で発言するというナセルの後継者の取った大胆な行動が、イスラエルとアラブとのあいだの真の平和へと向かう波乱に満ちた道のりの始まりだったのか、あるいは平和への希望の終焉を告げるものだったのか――それを歴史家たちが確定できるまでには、まだ何十年もかかるでしょう。

サダトが放棄したナセルの汎アラブ主義的な遺産を多くの者たちが欲しがりました。大それた野望を抱くだけの手段を、石油という新たな富によって獲得した者たちはとくにそうです。たとえば、リビアの指導者のムアンマル・カダフィは幾度となくアラブの連合を画策しましたが、内輪もめにうんざりして、結局アフリカに目を向けます。それからバース党の闘士サダム・フセインがいます。人口が多く、天然資源にも恵まれ、エジプトに比肩しうる重要な歴史を持った――イラクは、バビロン、シュメール、アッカッド、アッシリアといった古代文明の発祥の地であると同時に、アッバース朝という、アラブのもっとも有名な帝国の拠点でもあったのですから――国の頂点にまで上りつめたこの男もまた、ナセルに取って代わるという野望を抱いていました。しかしそれは失敗に終わり、あの破滅的な結末がもたらされるでしょう。

汎アラブ主義の指導者の後継者たらんとしたこの二人の指導者はともに一九六七年の大敗北の直後に権力の座についています。一方は、リビアの「自由将校」で、自分はエジプトの「自由将校」の精神的な息子だと言って、ナセルが屈辱を晴らすのに協力すると公言していました。もう一人は、イラクの活動家で、エジプトの指導者と彼の軍隊の失敗をあざ笑い、みずからの軍事的な成功によってナセルに取って代わってやると誓っていました。

しかしサダムがアラブの民衆から新しいナセルとして受けとめられたことは一度もなかったし、自国でも他のアラブ地域でも、本当の意味で大衆の支持を得たことは一度もありませんでした。二度にわたるアメリカとの戦争において、多くの者がサダムの側についたのは、この男を信頼していたからではありません。人々はアラブがまた負けるのを見たくなかったのです。再び恥辱を受け、侮辱され、破壊され、全世界から嘲笑されるのはもういやだったのです。

もちろん、いかなる奇跡も起こりませんでした。勝つべき側が勝ち、負けるべき側が負け、大きな国がひとつ崩壊してしまいました。そうしてアラブ人は絶望と屈辱の深みにさらにはまり込んでしまったのです。

サダム・フセインの二度に及ぶ敗北は、結果として、一世紀近くものあいだ中東を支配してきた政治的イデオロギー、すなわち汎アラブ主義を封印することになりました。たしかに、もうかなり前からこの主張は危機に瀕していました。ナセルがこれを高らかに掲げたわけですが、ナセルの敗北によって、この主張の信用は失墜してしまったのです。これからは、それぞれの国の利益がアラブ全体の利益よりも優先されるべきである——そう言ったのは、サダトだけではありません。サダトを批判した指導者たちがやったことも大差ありませんでした。イラク人、パレスチナ人、シリア人、ヨルダン人、その他どこの国であろうが事情は同じです。自分の体制や一族の利益、あるいは単に個人的な利益を追い求めていない場合には、指導者がまず考慮したのは自国の利益なのです。しかも、アラブの団結を目指すあらゆる試みが頓挫し、汎アラブ主義の考え方はすっかり形骸化して、政治家たちがときに使うお決まりの文句に窺われるばかりです。そんなものを信じるのはよほど頑固な人たちだけで、現実の行動にはなんら影響を与えることはありませんでした。一九六七年の敗北のあとしばらくは、人々はマルクス主義に救いを求めました。チェ・ゲバラ、ベトナム戦争の時代であり、海外に毛沢東主義が広がっていた時代でした。アラブ人は置かれた状況を比較し、みずからを鞭打ちました。一九六七年の大敗の直後にこんな話があったと言われています。この敗北に激怒したエジプトの高官がソヴィエト大使を前に声を荒らげました。「あんたらが売りつけた武器はどれもこれもなんの役にも立たんじゃないか!」。すると大使はこう答えたそうです。「同じものがベトナムにも提供されております」

話の真偽はさておき、この笑い話からは問題が見えてきます。同じような武器を持ちながら、一方は世界最強の軍隊と渡りあうことができ、他方は小さな隣国に打ち負かされた——このことをどう説明したらいいのでしょうか? ある人々にとっては、答えは火を見るよりも明らかでした。「ブルジョワ的」あるいは「プチ・ブル的」な従来のナショナリズムとは手を切って、人民の勝利という「一貫性のある」革命的イデオロギーを採択すべきだ、というわけです。ハバシュ博士に率いられたナショナリズム運動は公式にマルクス・レーニン主義と武装闘争路線を採択し、「パレスチナ解放人民戦線」と名乗りました。

この名称には、「アラブ」という形容詞は入っていないし、明確なナショナリズムへの志向も見受けられません。同じ運動のイエメン支部は一九六九年に権力の座につき、「人民民主主義」を宣言しました。湾岸地域からモロッコまで、アラブ世界のほとんど至るところで、知識人や政治組織が自分たちの信条や同盟関係を、ときには単に使用する語彙を「レーニン化」したのでした。日和見主義でそうした者もいれば、偽りのない信念にもとづいてそうした者もいます。なぜなら、彼らはそこにアラブの敗北に対する答えを、社会的な妥協案とも狭隘《きょうあい》なナショナリズムともちがう思考の進歩を見ていたからです。それは未来についてひとつのオプションでした。少なくとも数年間はそう思われていたのです。というのも、このマルクス・レーニン主義への熱狂は、ナショナリストたちの時代とイスラム主義者たちの時代をつなぐほんのわずかな期間しか続かなかったからです。この歴史的な括弧は、閉じられる際に苦い挫折感を残し、多くの人々が幻滅と怒りと無力感を募らせることになるのです。

共産主義が単に敵方の力によって敗北しただけなら、おそらく地下に潜行して存続しつづけ、いわば強力な世俗的メシア主義となっていずれ世界中に広がっていったはずです。もちろん現実にはそんなことは起こりませんでした。「階級の敵」によって打ち砕かれる前に、共産主義の信用はすでに失墜していました。共産主義の芸術への取り組み方は去勢的で、思想の自由についての考え方はほとんど異端審問に近いものでした。権力の行使の仕方は、ときにオスマン帝国のスルタン――玉座につくや、これを奪われることを恐れて、兄弟や甥たちを一人残らず殺戮するのです――を思い出させるものでした。

私の念頭にあるのは、スターリンによる粛清だけではありません。もっと最近に起こったこと、マルクス・レーニン主義を標榜した運動によって統治されたイスラム国家――そういう国は二つしかありませんが――に起こったことです。つまり、一九六九年から一九九〇年までの南イエメンと、一九七八年から一九九二年までのアフガニスタンの例です。これら二つの国では、対立する急進派同士が、政治集会のまったただなかで機関銃を乱射して殺しあう事件がたびたび起こりました。偶然の一致? 似たような事件はいつでもどこでも起こっています――一九三〇年代、四〇年代、五〇年代、七〇年代、モスクワ、プラハ、ベオグラード、ティラナ［アルバニアの首都］、それから文化大革命のときの北京、もっとあとでは、クメール・ルージュの殺戮は言うまでもなく、デルグ（臨時軍事行政評議会）に支配された時代のアディスアベバ［エチオピアの首都］……。偶然の一致? いいえ、こうしたことは、ごく当たり前に、ほとんど慣習的に起きてしまうのです。

こんな話をしていると悲しくなってきます。こうした運動において道を踏みあやまったのは、高潔な志を持った者たちだからです。彼らは心から社会を近代化したいと望んでいました。知識を普及させ、女子に教育を与え、機会の均等を確立し、精神を解放し、門閥主義をなくし、封建的な特権を廃止しなくてはならないと説いていました。彼らの裏切られた希望の残骸の上に、カブールやその他の場所で、まったく違った種類の草が生えてきたのです。

11

公正であろうとするなら、そして歴史的な真実に忠実であろうとするなら、右に述べたような批判的な事実だけでなく、また別の事実にも言及しなくてはなりません。ただし責任を負っているのは同じ者ではありません。ソヴィエトがアフガニスタンにおける混乱の最初の原因を作ったとすれば、インドネシアの近代主義的エリート層の大量殺戮を組織したのはアメリカでした。イスラム的な国家のうちでもっとも人口の多いこの国には、一九六〇年のなかばまで、百五十万近くの党員を抱える共産党がありました。共産党は、独立の父である、ナショナリストの大統領スカルノの威光のもと、政権にも参加していました。スカルノは、権威的ではあっても残虐ではない世俗的な体制を樹立し、国際舞台できわめて重要な役割を果たしていました。一九五五年四月に、非同盟運動の始まりとなるバンドンのアジア・アフリカ会議を開催したのはスカルノでした。

ジャカルタが北京とモスクワと結んでいた関係に苛立ちを覚え、ちょうどベトナム戦争の泥沼にはまり込みつつあったアメリカは、インドネシア鉱山の国有化に対しても、大胆な手を打ったのでした。完璧な成功でした。驚くべき演出――その詳細は数十年後にようやく明らかになったのですが――によって、共産党員と左派の国民党員が法の外に置かれ、大学、行政機関、首都の各地域で大量に逮捕され、殺害されました。一九六五年十月から翌六六年の夏までに深刻に見積もって六十万人が死んだと言われています。そのとき権力はスハルトに委ねられ、彼は二十年以上にわたって反啓蒙主義的で腐敗した――しかし骨の髄まで反共主義的な――独裁体制を築くことになるでしょう。このトンネルを抜けたあと、世界でもっとも寛容だと言われていたインドネシアのイスラムから、その寛容さが失われてしまいます。共産主義の脅威との戦いの「付随的な」犠牲者となって、社会を世俗化する見込みはなくなってしまったのです。

それが冷戦というものじゃないかと言われれば、そうかもしれません。しかし一九五六年のブダペストでの共産主義による犯罪が許されざるものであるなら、一九六六年のジャカルタでの反共主義による犯罪もまた許されるものではありません。犯罪は犯罪です。殺戮は殺戮です。エリート層が壊滅させられれば、国は大きく後退します。

しかもインドネシアは、政治的な独立と主要な天然資源の国有化を唱えた指導者たちが西洋によって徹底的かつ効率的に打倒された唯一のイスラム国家ではありません。打倒されたのは、指導者たちがソヴィエト連邦と同盟していたからでしょうか？　そういう場合もありました。しかし実情はむしろ反対なのです。彼らがモスクワのほうを向いたのは、西洋列強の激しい敵意にさらされたからです。西洋列強が、「自分たちの」石油、「自分たちの」鉱山、「自分たちの」砂糖農園あるいは果樹園、「自分たちの」スエズ運河やパナマ運河、「自分たちの」基地、「自分たちの」割譲地、要するに、自分たちの世界支配に指一本触れることを許さなかったからです。

先にあげたイランの例では、モサッデク博士には複数政党制の近代的民主主義を築くこと以外のいかなる野心もありませんでした。マルクス・レーニン主義的独裁も、超愛国主義的な体制も、その他いかなる専制的な体制も目指されていませんでした。清廉で、控えめで、陰気で、機会があればいまにも政治を離れて書斎に閉じこもりそうなこの人物は、しかし不幸と不正義に深い憤りを感じていたのでした。イランの資源をイラン国民の発展に役立てたいと望んでいただけなのです。ただそれだけのために、彼はアメリカとイギリスの秘密機関が立案し実行した――そのことは数多くの、いくつかのものは告白のかたちでその後出版された書物で証明されています――クーデターによって権力の座から追われたのです。

この西洋による、みずからの原理原則に対する裏切り行為が、四半世紀のち、イスラム教にもとづく政治を樹立しようとする革命に行き着いたとしても、それは単なる偶然ではないのです。

ナセルの時代から、戦闘的なイスラム運動、とりわけムスリム同胞団は日陰に追いやられていました。彼らは弾圧を受けていましたし、アラブ世界でのエジプト大統領の人気は圧倒的で、彼の敵はみな「植民地主義と帝国主義の手先」に見えたからです。

エジプトの革命の直前、「同胞団」は社会のあらゆる層に、とくに軍隊内部に浸透していました。彼らはファルーク国王に対して、イギリスの干渉、そして一般に西洋の影響に対して熾烈な戦いを展開していました。同胞団の影響力はまたたく間に広がり、その結果、一九五二年七月に「自由将校団」が権力を奪取したとき、多くの者たちが、それまで未知だったこの組織は見せかけだけのもので、実は同胞団から出てきたものであって、おそらく同胞団の軍事部門にすぎないのだろうと想像したのです。しかも現在では、クーデター首謀者たちの何人かは実際にイスラム主義運動と、ある者は緊密に、ある者は非公式なかたちで結びつきを持っていたことが知られています。

しかしクーデターの指導者であったナセルはすぐに、同胞団をライバルと見なすようになります。同胞団は道具として使いこなすには強力すぎて、自由将校団の手には余るものでした。ナセル自身も彼らの操り人形になるつもりはありませんでした。ナセルは同胞団との闘争を始め、その影響力を削ごうとします。同胞団が一九五四年に彼の暗殺を試みると、ナセルは同胞団の指導者を処刑したり投獄したりします。この弾圧を逃れることができた者らは、西ヨーロッパやアメリカに、ヨルダンやサウジアラビアのようなナセルと対立する国々に逃亡します。

一九五六年にエジプト大統領がスエズ運河を国営化し、イギリス、フランス、イスラエルとの対立の勝者となって、またたく間にイスラム大衆の英雄となると、同胞団は公然と彼を批判することができなくなってしまいます。同胞団が頭を上げようとするたびに弾圧が行なわれ、一九六六年には同胞団のもっとも卓越した知識人であったサイイド・クトゥブが死刑を宣告され、略式裁判で絞首刑にされます。当時のアラブ世論はそのことを平然と受けとめました。イスラム主義者たちは、彼らが亡命した「反動的な君主制国家」や西洋諸国と結託していると考えられていたからです。

ところが、ナセル主義の失敗とそれに続く悲痛な路線変更によって、イスラム主義者の言葉に人々が再び耳を傾けるようになっていきます。「ナセルのようなあんな調子のいいことばかり言う奴を信じてはダメだと言ったじゃないか！」。はじめは恐る恐る、ほとんどひそひそ囁かれていた彼らの言葉は次第に自信を深めていき、ついに支配的なものとなって、耳をつんざくような大声になるでしょう。

この数十年のあいだに世界で起こったことはすべて、アラブ社会の内部では、イスラム主義者たちの主張を浸透させることに貢献しました。アラブ・ナショナリズムを掲げる政治体制が次から次に失敗に終わったために、このイデオロギーの信用は完全に失墜します。アラブ国家などという概念自体が西洋に押しつけられた「発明」なのであって、国家の名に値するものがあるとしたら、それはイスラムにほかならないと言いつづけてきた者たちが再び信用を勝ち得るのです。加速するグローバル化は、国境を揺さぶり、地域的な帰属を超えた地球規模のイデオロギーの必要性と信憑性がいや増すことになるでしょう。ごく一部の人たちにとっては、そのようなイデオロギーはマルクス主義だったのかもしれませんが、圧倒的大多数の者たちにとっては、それは宗教にほかならなかったのです。いずれにしても、ソヴィエト陣営の瓦解はイスラム主義者たちにとって最終的に有利に働くことになります。とは言うものの、イスラム主義者たちが政権党になることはなく、失われた正統性というジレンマは解決されないままです。

なぜなら、ナセル、サダム、そしてその他の次から次へと起こった敗北がもたらした主要な結果のひとつは、一九五〇年から一九六〇年のあいだに起こったように、アラブ国家の元首が西洋に対抗しうるという考えそのものが、信じられなくなったことです。権力を保持したいと望む者は、たとえ自国民の感情を逆なですることになるとしても、超大国に従順な態度を示さねばならないのです。軍事力であれ、激しい言葉だけであれ、アメリカに徹底的に対立しようとする者たちは、たいてい日の当たらない生活を余儀なくされます。

このように二つの政治空間が並行して発展してきました。一方は表舞台にありますが、国民から支持されていません。他方はたしかに支持されていますが、持続的に権力を掌握することができません。前者の代表者たちは、敵のために働く現地人監督官と見なされており、後者の代表者たちは単なる無法者にすぎません。これら二つのどちらも本当の正統性を持っていません。一方は、国民不在の、そしてしばしば国民の意に反する統治を行なっています。他方は、明らかに統治能力を欠いています――それは、彼らに対して敵対的なグローバルな状況のせいでもありますが、統治の舵取りには必要不可欠な妥協をきらい、すぐに極端な対立や仮借のない教条主義や異端排斥へと向かってしまう彼らの政治文化のせいでもあります。エジプト、スーダン、アルジェリア、モロッコ、ヨルダンのイスラム主義者たちが陥っていたそのような袋小路が、パレスチナでの選挙でハマスが勝利を収めたときに白日のもとにさらされたのでした。

人間社会にとって、正統性の不在は行動を混乱させる無重力状態のようなものです。いかなる権威も制度も人物も真の道徳的な信用を勝ち得ていないとき、そして人々が、世界とは弱肉強食の掟《おきて》が支配し、何をしても許されるジャングルなのだと信じるようになるとき、世界は殺人的な暴力、専制、そして混乱へと迷走していくほかないのです。

したがってアラブ世界における正統性の瓦解は、専門家のための漠然とした主題だと見なすことはできません。二〇〇一年九月十一日の教訓のひとつは、グローバル化の時代にあっては、いかなる混乱も局地的なものにはとどまらないということです。混乱が何億もの人々の感情、自意識、日常生活に影響するとき、その効果は地球全体で感じ取られるのです。

12

アラブ諸国に影響を及ぼしている正統性の喪失について長々と論じてきましたが、ここで少し、世界の混乱に大きく関与しているもうひとつの正統性の危機について、すなわち世界におけるアメリカ合衆国の役割に関する正統性の危機について話を戻したいと思います。言うまでもありませんが、問われるべきは、アメリカの民主主義がきちんと機能しているかどうかではありません。いずれにしても私はアメリカの民主主義はもっともすぐれた民主主義のひとつだと思っています。しかし、かりにそれがもっとも完璧なシステムであり、投票権を持つ年齢に達した選挙民たちがこの権利を理想的な状態で行使するのだとしても、問題の所在はなにも変わりません。世界の人口の五パーセントを占めるだけのアメリカ国民の票が、残りの九十五パーセントの票よりも人類の未来を左右するようになっている以上、世界の政治のありように機能不全が生じていると言わざるをえないのです。

それはちょうど、フロリダ州の住民だけがアメリカ大統領を選び、他の州の選挙民はそれぞれの州知事と地方議会に関する選挙権しかないと決められたようなものです。またフロリダを例にとりましたが、フロリダ州の人口は全米人口のちょうど五パーセントなのです。

なるほど、自分が選びたいと思っている候補者に、選挙の特権を持った人たちの票が集まっている場合には、あまり腹も立たないかもしれません。しかしそのような偶然の一致は異常さを見えなくしているだけで、問題はなにも解決されていません。

第Ⅱ部の冒頭で、今日ではアメリカ政府の「裁判権」が地球全体を覆っているという主旨のことを書きました。この語を括弧に入れたのは、ワシントンが行使しているこの権限は、世界の人々から委託されたものではまったくないからです。アメリカ合衆国の領土では法的に正当な政府であっても、地球の他の地域においてはいわば事実上の政府でしかなく、その正統性は疑わしいものなのです。

この問題を考えるときに、二十一世紀の最初の数年で頂点に達した激しい反アメリカ主義に触れずに済ますのはむずかしいことです。しかし、私はまさにそういうことをしないで議論を進めたいのです。まず、私は私たちの「領主」に対して隷従する気もなければ恨みも抱いていない以上、そんな必要をまったく感じていないからです。それに、反アメリ力主義に陥らないことこそ、私たちの時代の悲劇を理解し、解決策を探っていく唯一の手段だと思うのです。私はアメリカ合衆国がその誕生以来、拡張主義的かつ覇権主義的な傾向を示してきたかどうかについて触れるつもりはありません。そうした問題に興味がないからではありません。そこに拘泥するのはあまり意味がないように思えるからです。歴史を見れば、他の国々だってその機会があれば、みずからの力を行使し濫用してきたのです。この二世紀のあいだに世界の覇権を奪おうと夢見てきた国々に話を限っても、つまりロシアにしても、日本にしても、ドイツにしても、イギリスにしても、フランスにしても、かりにいまアメリカが手にしているようなグローバルな地位を獲得していたとしたら、もっと傲慢な振る舞いに及んだかもしれません。同じことは今後、中国やインドに関しても言えるでしょう。

地球規模の問題を扱う際に見られる政治的な混乱から、アメリカはおそらく利益を得ていますが、同時にその犠牲者でもあるのです。アメリカが考え方をあらためないかぎり、世界の他地域とのその不健全な関係は、アメリカ自身に、ベトナム戦争で蒙った以上に長期的で広範囲にわたるトラウマを残しかねません。

冷戦の終結に際し、アメリカが獲得した地位、すなわち世界における唯一の超大国という地位は、アメリカにとっては両刃の剣のようなものでした。祝福と同時に不幸ももたらすものだったのです。物理的なものであれ精神的なものであれ、どんなものにも限度が設けられる必要があります。権力は、他者をその濫用から守るために、そして自分自身を自分自身から守るために、反権力を必要とします。それは政治における基本的ルールであって、アメリカの民主主義の根幹のひとつをなしています——抑制と均衡という不可侵の原則です。このおかげで、いかなる機関であっても、歯止めの役割を果たす別の機関と対峙することなくしては、その特権を行使できなくなっています。これはまた自然の法則だとも言えるでしょう。こう書きながら、私の念頭に浮かぶのは、生まれながらに痛みに無感覚な子供たちのことです。この病気のせいでこの子たちはつねに危険にさらされています——自分では気づかないうちにひどい大怪我を負いかねないからです。ときには自分は無敵なのだと陶酔を覚えるかもしれない。しかしそのせいで軽はずみな行動を取ってしまうのです。

孤独な超大国は、国際舞台で誰からも罰せられることなく、ほぼ自分の思い通りに振舞えると思い込んでしまったがゆえに、冷戦時代であれば犯さずに済んだ失敗を犯してしまったのです。

はじめはこの超大国も、おのれの正しさをまわりの者たちに納得させようとしていました。中央アメリカ以外の地域に軍事介入したいと思ったときには、まず信頼に足る同盟関係を作る努力をしました。国連がしぶると、コソボ紛争のときのようにNATOに働きかけたり、湾岸戦争のときのように当該地域の重要な勢力に働きかけたりしました。

多かれ少なかれ各国の合意を得た上で行なわれた最後の軍事的派遣が、二〇〇一年秋のアフガニスタン派兵でした。九月十一日のテロの首謀者であることは明らかなタリバンに対する全世界的な反感に支えられて、アメリカは容易に同盟者を見つけることができました。しかし十五カ月後、イラクに侵攻すべく同じような支援を得ようとした際には、世界中から激しい反発を受けました。先頭に立って反対したのがフランスで、その言葉に世界中が耳を傾けました。それにドイツ、ロシア、中国、さらには世界の大多数の国々が同調しました。この反対の原因には、アメリカの共和党政権の振る舞いがあります。さまざまな問題、とりわけ地球の温暖化や国際法廷などの問題について、この政権は他の国々の意見を無視しているか、ときには見下しているとさえ感じられたからです。テロ以前にすでに感じられていたこのような態度は、テロのあとにますます露骨になりました。攻撃を受けて犠牲になった以上、アメリカには国際社会に対して何ら義務を負う必要がないとでもいわんばかりに。しかもこの政権は、国連安全保障理事会の懐疑的な態度も国際世論の激しい反対も無視しました。次から次へと理由をこしらえ上げて、二〇〇三年三月、最後まで味方になってくれた唯一の国イギリスとともにイラクに侵攻したのでした。

当然のごとく、短期間でアメリカはイラク軍に勝利しました。しかしこの軍事的勝利は、たちまち想定外の結果をともなう政治的、道徳的な崩壊となってしまいました。世界でも比類のない透明性の文化を持つアメリカは以来ずっと、検死を行なうかのようにこの失敗を分析し続け、どうしてこんなことになってしまったのか、そして同じことがくり返されないためにはどうすればよいのか理解しようとしています。いまでは、この私たちの世界のような複雑で雑多な世界で、権力を独占的に行使することに内在する危険について理解するようになっています——他者に注意を傾け、敵のものであれ味方のものであれすべての声に耳を傾けることで、座礁を避けることができるし、ギリギリのところで踏みとどまることができるのです。

しかも、私たちの孤独な盟主の行動を混乱させ、その多くの間違いを引き起こしてきた、この「痛みに対する無感覚さ」は、世界経済のシステムにも害を及ぼしているかもしれません。

おそらく市場経済は官僚主義的な計画経済に対する優位を示してきました。官僚主義的な計画経済などにいまさら誰も、とりわけ旧共産主義諸国の人々は戻りたくないでしょう。しかし、唯一のモデルとなったことで資本主義は、有用な——情け容赦はなかったかもしれませんが——反対勢力を失ってしまいました。共産主義は資本主義の社会的側面をたえず批判し、労働者の権利や不平等といったことで資本主義を批判していました。かりにこうした社会的権利が、大部分の資本主義国家においてよりも共産主義国家においてのほうが尊重されていなかったとしても、かりに共産主義国家でのほうが組合活動は制限されていたのだとしても、かりに共産党の特権階級を優遇する有害なシステムが、平等の原則を建て前だけのものにしていたとしても、ただ異議を突きつけられるというだけでも、つまり、そうやって個々の社会の内部においても国際社会においても抗議され、攻撃され、矛盾を指摘され、たえず圧力をかけられることで、資本主義は社会的な関心を示し、不平等を減じる努力をし、労働者とその代弁者たちにより注意を払わざるをえなかったのです。それが、倫理的にも政治的にも、そして結局のところ、市場経済の効率的かつ合理的な管理という点でも、必要な矯正策となっていたのです。

こうした矯正策を失ったシステムは、剪定《せんてい》をやめた木が野生状態に戻るように、急速に劣化していきました。システムと金との関係、システムと金の稼ぎ方との関係は、破廉恥なものになってしまいました。

もちろん、金持ちになることはなんら恥ずかしいことではありません。みずからの繁栄の果実を味わうこともまた少しも恥ずかしいことではありません。私たちの時代には美しいもの、よいものがたくさんあるのですから、それを享受するのを拒むのは人生に対する冒瀆というものでしょう。しかし金というものが、あらゆる生産活動、あらゆる肉体的・知的努力、社会的に有用なあらゆる活動から完全に切り離されてしまったとしたら？　証券市場が、貧富の差にかかわらず何億もの人々の運命が賽子《さいころ》の一投で決められてしまうような巨大なカジノになったとしたら？　もっとも尊敬に値すべき金融機関が酔っぱらったごろつきのように振る舞うようになってしまったら？　こつこつ働いて貯めてきた金が、銀行家たち自身にもまったく理解できない謎めいた手続きによって、数秒のうちに消えてしまう、あるいは三十倍になってしまうとしたら？

これは実に大きな混乱です。その含意するところは、金融や経済の領域をはるかに超えています。次のように問いたくもなるでしょう。いま世の中で起きていることを見て、それでもまじめに働きたいと思う人がいるだろうか？　不正な手段で儲けるよりも教師になりたいと思うような若者がいるだろうか？　こんな精神的風土のなかでどうやって知識を、理想を受け継いでいけるのか？　どうやって最小限の社会的な紐帯を維持し、自由、民主主義、幸福、進歩、文明という名を持つ、かくも本質的で、かくもはかないものたちを守っていけるのか？

ことさらに言うまでもないことですが、金融的な混乱もまた、いや、それは何よりも、私たちの価値基準の混乱を指し示す徴候なのです。

Ⅲ 想像力による確信

1

私たちの時代の道徳的な危機について語るとき、「指針の喪失」とか「意味の喪失」といった言葉が用いられることがあります。しかし、それはちがうと思うのです。そうした言葉が含意しているのは、失われた指針、忘れられた連帯、信用を失った正統性を「再び見出す」べきだ、ということだからです。私が思うに、問題は「再び見出す」ことではなくて、創出することなのです。かつて行なわれていた振る舞いに戻れると思い込んで、そう主張したところで、新しい時代が突きつけてくる試練に立ち向かうことはできないでしょう。まずは、私たちの時代の比類のなさ、人間同士の関係はもちろん社会同士の関係の特殊性、私たちが手にしているさまざまな手段および私たちの直面している試練の特殊性を確認することが、賢明なる第一歩というものでしょう。

国家間の関係に関しても地球資源の管理に関して見ても、これまでの歴史はお世辞にもお手本となるようなものでありませんでした。破壊的な戦争、人間の尊厳に対する犯罪、大量の浪費、悲劇的な混乱ばかりで、それが今日の停滞につながっているのです。過去を美化し理想化するよりも、私たちが過去に身につけてきたものの、今日の状況においては災いを招くだけの反射的な振る舞いを捨て去るべきなのです。そうです、偏見を捨て、先祖返りや懐古主義をやめて、まっすぐに人類の冒険の新しい段階に入っていくべきなのです。すべて――連帯、正統性、アイデンティティ、価値、指針――が新たに創出されるべき時代に入ったのです。

誤解がないようにはっきりさせておきたいのですが、過去への、つまり伝統的な道徳観や古い正統性への「回帰」は解決策にならないと考えているからといって、私は道徳的な相対主義に解決策があるとは思っていません。道徳の相対化は、低俗で怠惰な近代主義の名のもとに、利己主義を神聖化し、あらゆる否定的行為を偶像化し、各自が自分勝手に振る舞うことを許すものです。そして、あの「我が亡きあとに洪水よ来たれ！」という最低の格言に要約されるような結果をもたらしてしまうのです。現在の地球の気候変動を考えると、その通りのことが起こりかねませんが……。

この相反する二つの態度は、結局はひとつになって、同じ混乱をもたらすのです。私たちがいま必要としているのはそんなことでありません。もしも私たちが古い正統性から抜け出さなければならないとしたら、それは「下から」ではなくて「上から」なされなくてはなりません。私たちの多様性、環境、資源、知識、道具、力、均衡を、別の言い方をすれば、私たちの共通の生と生存能力を、これまで以上にうまく活かせるような価値体系を構築する方向に向かうべきなのであって、あらゆる価値体系を拒絶する方向ではありません。

「価値」という言葉はずいぶん重みを失って節操のないものになりました。それは金銭的な意味と精神的な意味とのあいだを揺れ動いています。信仰の分野では、進歩の同義語にもなれば、事なかれ主義の同義語にもなり、道徳的自由の同義語にもなれば、服従の同義語にもなります。したがって、私がどういう意味で、そしてどのような信念にもとづいて、この語を使っているのかをはっきりさせる必要があります。誰かを私の掲げる旗のもとに結集させたいからではありません――そんなものは私にはないのですから。どんな党派からも十分に離れたところに身を置くつもりです。精神の独立よりも大切なことはないと思うからです。しかし、己のものの見方を明らかにしようとするなら、自分の考えや目指すところを率直に言うのが誠実な態度だと思うのです。

私の見るところ、世界に影響を与えているこの混乱を「上から」抜け出すには、文化を最優先することに基礎を置く価値体系が必要です。文化による救済に基礎を置く、と言ってもいいくらいです。

おそらくアンドレ・マルローが言ったものではないのですが、しばしばマルローのものだとされてきた言葉があります。二十一世紀は「宗教的になるか、そうでないかのどちらかだ」。最後の部分「そうでないか」が意味しているのは、何らかの精神的なコンパスなしには、現代生活の迷宮を進んでいくことはできない、ということでしょう。

この世紀はまだ若いものですが、私たちはすでに、人間というものが宗教なしに行き迷うように、宗教とともに行き迷うことも知っています。

宗教的なものの不在に人が苦しむことを、ソヴィエト社会ははっきりと教えてくれました。しかし宗教の過剰なほどの存在にも人は苦しむのです。そんなことは、キケロの時代、アヴェロエスの時代、スピノザの時代、ヴォルテールの時代からすでに周知のことです。この二世紀のあいだ、フランス革命、ロシア革命、ナチズム、そして他の世俗的な専制のせいでやや忘れられていたのですが、この事実を私たちに思い出させてくれる数多くの出来事がその後起こりました。そのことで、生活のなかで宗教が果たすべき役割についてより妥当な見解を私たちが抱くようになっていればよいのですが……。

私としては「黄金の子牛」［旧約聖書に出てくる黄金の牛の像。偶像崇拝の象徴］についても同じことが言いたくなります。物質的な豊かさを罵り、富を増やそうとしている者たちに罪悪感を抱かせるのは、つねに最悪の衆愚政治に口実を与えてきた不毛な態度です。しかし金銭を、敬うべき基準、権力と階層秩序の基盤としてしまえば、社会の紐帯が引き裂かれてしまいます。

人類はこの二、三世代にわたって、実に多くの矛盾した逸脱を経験してきました。それは、共産主義の逸脱であり、資本主義の逸脱です。無信仰の逸脱であり、宗教の逸脱です。こうした二つの極を行ったりきたりするのは、それに混乱がともなうのは仕方がないと諦めなくてはならないのでしょうか？　私たちはもっと痛い目にあわなければ、こうした試練から教訓を引き出せないのでしょうか？　こうした不健全なジレンマから抜け出せないのでしょうか？

作家、あるいは文化の分野で働いている他の人間が、文化にもとづく価値体系の重要性を説きたがるのは、あまりにありがちなので笑われるかもしれません。しかし、それは言葉の意味が誤解されているからなのです。

文化というものを、多数の領野のうちのひとつに過ぎないとか、ある種の人々が生活を快適にするための手段と見なすとすれば、自分が生きている世紀、いやこの千年紀を見誤ることになります。今日、文化の役割とは、私たちが生きていくために必要な知的あるいは道徳的な道具を提供することにほかなりません。

医学のおかげで私たちの人生につけ加わったこの十数年を、私たちはどうやって満たしていくのでしょうか？　私たちのますます多くがより長く、より快適に生きるようになっています。そこには必ずや退屈が、無為への恐れが待ち構えており、そこから逃れようと激しい消費熱に駆られたくもなるでしょう。この星の資源を早々と使い尽くすことを望まないのなら、私たちはほかの満足の形態、ほかの快楽の源泉を、とりわけ知の獲得と豊かな内的生活の発展を可能なかぎり重視すべきなのです。

窮乏をみずからに課すとか、禁欲的な生活を送るとかそういうことではありません。私はとことん快楽主義者ですし、いろいろと禁止されたりすると苛立ちを覚えるたちです。きわめて幸運にも私たちは大地の恵みを使いつづけ、しばしばこれを濫用しています。だからといって私は誰にも非難の石つぶてを投げつけるつもりはありません。とはいえ、人生が私たちにもたらしてくれるものを長期にわたって十全に享受したいと望むのなら、生き方を変えなければなりません。私たちの感覚の幅を狭めるためではなく、これを広げるためにです。これを高め、強烈なものでありうる別の満足を探すためです。

エネルギー源に関しては、いずれ枯渇し汚染をもたらす化石燃料と、太陽、風力、地熱のように枯渇することのない再生可能エネルギーとを区別するではありませんか。私たちの生活様式についても同じ区別ができるはずです。生きていく上での欲求と快楽を、消費行動によって満たそうとするのをやめるのです。それは地球資源に負担をかけますし、破壊的な緊張を引き起こすものです。そうではなく、人生のあらゆる時期を通じて学び続けることで、この欲求と快楽を満たせるはずです。私たちと同じ時代を生きる者たちには、ぜひさまざまな言語を学び、さまざまな芸術に情熱を傾けてほしいし、生物学や天体力学における発見の意味を理解するためにも多様な科学に親しんでもらいたいのです。知識というのは測り知れない宇宙なのであって、私たちの誰もが生きているあいだじゅう好きなだけ汲める上に、枯渇することがないのです。さらによいことがあります。知識を汲めば汲むほど、私たちはより地球を消耗させずに済むのです。

このような理由から、文化の重要性を認めることは生存の作法でもあるのです。しかし、理由はそれだけではありません。やはり根本的で、それだけでも文化を私たちの価値体系の中心に据えることを正当化してくれる別の理由があるのです。文化の重視は、私たちが人間の多様性を維持していくのを助けてくれるからです。

あらゆる国、あらゆる都市で隣りあって暮らすさまざまな出自の人々は今後もずっと、歪んだプリズム――紋切り型、昔からずっと続く偏見、単純なイメージ――ごしにたがいを眺めるのでしょうか？ 私たちの習慣と優先事項を変えて、私たちが生きるこの世界にもっと真摯に耳を傾けるときが来たと思われます。この二十一世紀にはもはや外国人などいないからです。「旅の同行者」しかいないのです。通りの反対側に住んでいようが、地球の反対側に住んでいようが、私たちは目と鼻の先に暮らしているも同然なのです。私たちの行為が世界中の人々に影響を及ぼし、彼らの行為もまた私たちに実際に影響を及ぼすのです。

私たちの暮らす国、町、地区で、同じように地球全体で、平和な暮らしを維持しようと思うのなら、そして人間の多様性が、暴力を生み出す緊張によってではなく、共存によって表現されることを望むのなら、曖昧に、表面的に、そして大雑把に「他者」を知るだけで満足してはいけないのです。私たちは他者を繊細に、近くから――その心の奥深いところまで、と言ってもよいくらいですが――知る必要があります。それが可能になるのは、彼らの文化を通じてだけです。まずは彼らの文学を通してなのです。ある民族の内面とは、その文学なのです。そこにこそ、その情熱、希望、夢、不満、信仰、世界観、自己および他者認識があらわにされるのです。この他者には私たちも含まれます。なぜなら、「他者」について語るときには、私たちがどこの誰であれ、私たち自身もまた他者にとっての「他者」であることを決して忘れてはいけないからです。

もちろん、私たちの誰一人として、そうした「他者」について私たちが知りたいと思うすべて、そして知るべきすべてを知ることはできません。あまりに多くの民族、文化、言語が、あまりに多くの絵画、音楽、舞踏、演劇、工芸、料理などの伝統が存在するからです。しかし、あらゆる人に子供のときから、そして生涯にわたって、自分のものとはちがう文化、個人的な好みで自由に選んだ言語――必要不可欠な英語以上に真剣に勉強するでしょう――に夢中になるよう励ますことで、地球全体を覆う文化的な網目は密なものとなるでしょう。それは、弱い立場にあるアイデンティティを勇気づけ、憎悪をやわらげるでしょう。人類はひとつとなって同じ冒険に参加しているという意識が少しずつ高まっていき、そのことで人類にとって有益な跳躍が可能になるでしょう。

私たちの世紀において、これ以上に重要な目標はありません。この目標を達成する手段を手に入れるためにも、文化と教育に、それにふさわしい優先的な地位を与えなくてならないのは明らかです。

アメリカであれどこであれ、文化に唾を吐き、むしろ無教養であることがよしとされる暗い時代から、私たちは抜け出そうとしているのかもしれません。そうした大衆迎合的な態度は、逆説的にもエリート主義と同じものです。どちらの場合でも、「大衆」には限られた能力しかないのだから、過剰に知的な努力を求めてはいけない、という暗黙の前提があります。大衆には、単純なスローガンとか安易な娯楽の詰まったショッピングカートを与えておけば十分なのであって、そうすれば大衆はいつまでも愚かなまま、おとなしく感謝しつづけるだろう、文化とは、教養のあるきわめて少数の者たちだけのものでなくてはならない、というわけです。

これは人をずいぶん馬鹿にした態度ですし、民主主義にとって危険な考え方です。プロパガンダをまき散らす人たちの言いなりになるようでは、支配者の意のままに熱狂に駆られたりおとなしくなったりするようでは、そして戦争に従順に引きずり込まれるようでは、完全な市民にも、責任ある選挙民にもなれません。とくに、その指針が地球全体の運命を大きく左右するような国において、しっかりとした理由にもとづいて決定を下すには、市民の一人ひとりが周囲の世界について深くていねいに知ることが必要です。無知に慣れ切ってしまうことは、民主主義を否定することであり、民主主義をもどきにしてしまうことです。

こうしたさまざまな理由から、私たちの価値体系は文化と教育を優先することによってしか確立しえない、と私は確信しています。そして先ほど引用した言葉を使えば、二十一世紀は文化によって救われるか、沈んでしまうかのどちらかなのです。

私の信念は既存のいかなる教義にもとづくものではなく、ただ同時代のさまざまな出来事について自分の頭で考えながら作り上げてきたものです。しかし、私にとって身近な偉大な宗教的伝統が、同じような励ましを含んでいることを知らないわけではありません。「学者のインクは殉教者の血よりもよいものだ」とイスラムの預言者ムハンマドは言っています。この点に関しては、ほかにも似たような言葉がたくさんあります。「学者は預言者の相続人である」「必要ならば中国まで知を探しに行け」「ゆりかごから墓場まで学べ！」

そしてタルムード〔ユダヤ教の聖典のひとつ〕には次のような力強く感動的な考え方が見出されます。

「世界は、学ぶ子供の吐息によってしか維持されない」

「世界を維持する」ための戦いは大変なものですが、「洪水」は運命づけられているわけではありません。未来はあらかじめ書き込まれているわけではなく、それを書くのは私たちです。私たちが未来を思い描き、これを築くのです。勇敢に——昔から続く習慣を思い切って断ち切らなくてはならないからです。寛大に——人々を結集させ、安心させ、耳を傾け、受け入れ、分かちあわなければならないからです。そして何よりも叡智をもって。これは、男女を問わず、出自を問わず、いまを生きる私たちのすべてに課された責務です。これを引き受けるほかに選択肢はないのです。

ある国が危機に陥ったときには、つねに国外に逃れることができます。しかし地球全体が危機にさらされているとき、よその場所で生きるという選択肢はありません。自分自身のためにも未来の世代のためにも後戻りはできないと思っているのなら、物事の流れを変えるよう試みなければなりません。

2

来るべき未来に、人間同士を結ぶ、あらゆる国境を越えた新しい種類の——普遍的で、複雑で、繊細で、熟慮され、成熟した——連帯を作り上げることができるでしょうか? 宗教からは独立しているけれど反宗教的ではなく、身体的な欲求と同じくらいリアルな形而上学的な欲求にも鈍感ではない連帯を? 諸文化の繁栄を阻害することなく国家や共同体や民族のちがいを乗り越えられる連帯を？　黙示録的な言説に満足することなく、待ち構える危険に直面する人々をひとつにする連帯を？

別の言い方をすれば、今世紀のうちに、どんな伝統からも自由で、マルクス主義の混迷にも陥らず、西洋のイデオロギー的・政治的な手段ともちがう、人々を結集させる新しいヒューマニズムが生まれるでしょうか？　いまのところそのような兆しは見えません。むしろ目につくのは、人間にゆりかごから墓場までついてまわる昔ながらの帰属の例外的な結集力です。そうした帰属はときに私たちを見失うこともありますが、まるで目に見えない紐でつながれているかのように、私たちをだいたいいつも捕えなおすのです。それは何世紀にもわたって続き、世界の発展に多かれ少なかれ適応しながら、確実にその影響力を維持しています。ところが、そうした帰属を超越したいと望む連帯のほうは脆弱で、はかなく、表面的なのです。

マルクスは宗教を「大衆のアヘン」だと言いましたが、彼の弟子たちとはちがって、馬鹿にしたり見下したりしてそう言ったのではありません。彼の言ったことをきちんと思い出しておくのはおそらく無駄ではないでしょう。「宗教的な苦悩は、真の苦悩の表現であると同時に、この苦悩に対する抗議でもある。宗教は抑圧された人間のため息であり、心なき世界の心であり、魂なき世界の魂なのだ。それは大衆のアヘンである」。真の幸福を作り上げたいと望むなら、「まやかしの幸福」を廃棄せねばならないとマルクスは考えていたわけです。いまから振り返ってみれば、その論理的な帰結はこうなるはずです――もしも約束された幸福がもっとまやかしであるとわかったら、人々は心慰めてくれる「アヘン」を再び頼りにするであろう。ですから、かりに政治的・社会的領野の中心に宗教が再び浮上してくるのをマルクスが目の当たりにしたとしても、そのことに心を痛めるでしょうが、それほど驚きはしないと思うのです。

ナショナリズムとマルクス主義の後退によってアラブ・イスラム社会のなかで勢力を増した政治的イスラム主義は、ナショナリズムとマルクス主義の教義に勝利するだけではなく、それを吸収し、自家薬籠中のものとしたのです。

そのことを何よりも物語る例が、一九七九年のイラン革命です。これはたしかに宗教的な革命でしたが、愛国的であり、反君主制、反西洋、反イスラエルの革命でもあって、持たざる大衆の声を代弁しようというものでした。

愛国的、宗教的、社会的という三つの「軸」を結集することは、他のイスラム指導者によってすでに試みられていました。たとえば、スカルノ大統領は「Nasacom」――現地語で、ナショナリズム・イスラム・共産主義の略語――の原則をインドネシアで唱えました。しかし、それは作為的な結合でしかなく、すぐにばらばらになってしまいました。

イスラムとの目にも明らかな矛盾を避けるために、「共産主義」を「社会主義」に置き換えたときですら、結合はうまくいきませんでした。イスラム世界のどこを見ても、ナショナリズムが宗教を吸収することはありませんでしたが、宗教のほうはナショナリズムを吸収していきます。トルコ人とアラブ人が、オスマン帝国内で四世紀ものあいだ共に暮らしたのち、第一次世界大戦中に「離婚」した際、そしてそれぞれがナショナリズムを発展させた際、両者ともに彼らをひとつにしていたイスラムから遠ざかったのでした。トルコ人はアタチュルクの指導のもと、ラディカルなやり方で新しい出発を目指しました。アラブ人のほうは、それほど断固としたやり方ではありませんでしたが、「イスラム国家」の代わりにさりげなく「アラブ国家」という言葉を使っていました。やり方はきわめてちがいますが、前提は同じです。新しい考え方であるナショナリズムは、宗教と重ね合わせると、そこに呑み込まれてしまいそうだったのです。

もちろんつねに曖昧なところはありました。大衆の目には、ナセルは疑うべくもなくイスラムの英雄でした。しかし彼はあからさまに宗教を拠りどころとするのは避けていました し、自分の政治的行為をコーランからの引用で正当化しないように気をつけていました。自分よりも政敵であるムスリム同胞団のほうが勝手知ったる領域に足を踏み入れないようにするためです。ナセルは後継者のサダトとはちがって、一度として「信仰心の篤い大統領」などと誇らしげに自称したことはありません。この点に関して、サダトはずっと軽率でした。ナセル支持者の影響力から脱するため、そして力を増していく左派と渡りあうため、イスラム主義者たちの支持を得ようと、彼らの主張と同じようなことを言おうとしたのです。しかし、そのようにして解放されたイスラム勢力を長いあいだ操ることはできず、強烈なしっぺ返しをくらうことになるでしょう。

宗教が一度としてナショナリズムに吸収されなかったとすれば、社会主義にはなおさら吸収されませんでした。しかし、その逆は必ずしも真ではありません。愛国主義的な闘争――エジプト人、アルジェリア人、イラン人、チェチェン人、そしてパレスチナ人による闘争――が、イスラム教を信仰する人々をキリスト教徒あるいはユダヤ教徒と対立させるものである以上、その闘いは言語的共同体の名のもとに行なうよりも、宗教的共同体の名のもとに行なうほうがずっとやりやすいのです。そして社会主義が大衆を惹きつける理由が、貧富の差をなくすというその約束にあるのだとしたら、そうした目的は完璧に宗教の言葉で表現されうるものです。じじつ、イスラムはキリスト教と同様、つねに貧者に語りかけ、彼らを惹きつけてきました。ナショナリズムと社会主義のなかの、特殊で、難解で、消化しがたい部分は、遠ざけられるか、ひとりでに消えてしまいます。ところが、永続的で本質的な部分は、民族主義的でも普遍的でもある一種の全体的イデオロギーに組み込まれ、そのイデオロギーは、アイデンティティにかかわるものであれ、物質的なものであれ、精神的なものであれ、人間のあらゆる欲求に応えられるというわけです。この闘争のイデオロギーのもとに、数十年前であれば、むしろナセル主義者、それどころか共産主義者であったかもしれない者たちすべてが結集したのです。

実際、アラブ・ナショナリズムにも共産主義にも共感できたものの、自分たちをを排除するイスラム主義だけには共感できない東方キリスト教徒を除けば、敗北した教義を支持していた者たちの全員が、自分を裏切っているとさほど感じることなく、政治的な転向を遂げることができたのでした。そのときどきのイデオロギーを武器として、同じ敵に対して、同じ戦いがずっと続いているというわけです。

かつてある人が毛沢東派とか、ゲバラ派とか、レーニン派とか名乗っていたのはなぜでしょうか？「アメリカ帝国主義」と効果的に戦いたかったからです。いまこの男はイスラムの名のもとに、同じ目的を追求しています。しかも、周囲の人々ととてもよい関係にあります。かつては、誰も読みたがらないロシア語から翻訳された小冊子や『毛沢東語録』を手に、孤独を感じていたものでした。勧誘した若者たちに向かって、革命家は「水を得た魚のよう」でなければならないのだと声の限りに叫んでいなかったでしょうか？でも、そんなふうに本当に実感できるようになったのは、モスクに足を運ぶようになってからなのです。もはや出所のわからない怪しい商品を売りつけようとする不信心者と見られるおそれはありません。いまは誰もがわかる言葉で話しています。老いも若きも周囲の者たちはみな、同じ聖典から引用された同じ詩句を知っているのですから。レーニン、エンゲルス、林彪《りんぴょう》、プレハーノフ、グラムシ、アルチュセールを引用できなければ優れた人間にはなれないなどと言われて誰が納得するでしょうか？　人々に向かって、この数世紀のあいだに書かれ考えられ発明されてきたものはどれひとつとして、自分たちが幼いころから暗記してきたことほどの価値はないと言えるとしたら、どれほど慰められることでしょう！

帰属意識と同じように作用する教義ほど強力なものはありません！　そこに加わるために、わざわざお願いする必要はありません。生まれながらにまったく正当にそこに加わっているからです。創造者の恩寵によって、つねに、永遠に、そうなのです。

このことはイスラムだけではなく、他の宗教的な伝統にも言えます。ロシアでは、共産主義の支配が長期にわたって続いたので、ロシア正教は表面的にしか残っていないと何十年ものあいだ考えられていました。ところが二十世紀の終わりまでに、共産主義はひからびた接ぎ穂のように一掃され、ロシアの新しい指導者たちは再び教会に足繁く通うようになったのです。

これを嘆くか喜ぶかはその人の勝手ですが——私自身は正直、不安を覚えています——、ここで確認すべきは、わざわざ加わる必要もなければ信じる必要すらなく、ひとつの世代から次の世代へとごく自然に受け継がれていく宗教的な帰属感は、後天的に獲得された信念などよりもずっと長続きするということです。たぶんフランスはもう長いあいだみずからをカトリック国家だとは考えていません。実際、信仰心、宗教的実践、道徳という観点からすると、あまりカトリック的ではありません。しかし、フランスの文化的なアイデンティティはやはりカトリック的なのです。スターリンのロシアが正教的でありつづけ、アタチュルクのトルコがイスラム的でありつづけたのと同じように。

この逆説を物語る古いユダヤの小話があります。最良の教育を与えようと息子をイエズス会の学校に行かせた無神論者の父親についての小話です。息子は、その出自にもかかわらず、教理問答の授業に出席しなくてはならず、そこでカトリックの三位一体説について教えられます。家に帰った息子は、「神が三つ」も存在するというのは本当なのかと父親に尋ねます。すると父親は眉をひそめてこう言うのです。「いいか、神はひとつしか存在しないんだ。だが、わが家ではそんなものは信じない！」

終わったばかりの二十世紀の大きな教訓とは、イデオロギーは消えるが、宗教は残るというものです。しかも信仰心よりも帰属意識のほうが残るのですが、帰属意識という土台の上に、信仰心は再びかたち作られるのです。

宗教を実質的に破壊することができないのは、宗教が信者にアイデンティティの持続的な根拠を与えるからです。歴史のさまざまな段階で、これとは異なる連帯、より新しく、より「近代的な」連帯——階級、国民・民族《ネーション》——が優勢になったように見えたときもありました。しかし、現在に至るまで最終的に勝利を収めてきたのはつねに宗教でした。かつては公共空間から宗教を追放し、これを信仰の枠内に閉じ込めることができると思われていました。ところが実際には、宗教を閉じ込め、手なずけるのはむずかしく、根絶やしにするなど不可能なのです。宗教を歴史の博物館送りにしようとした者たちは、自分たちのほうが先に博物館送りにされてきました。一方、宗教は繁栄し、しばしば恐ろしいほど勢力を拡大していったのです。

世界のあらゆる場所で、とりわけイスラム諸国で。

3

イスラムと政治のこの極端な近さについては、立ち止まって考えてみるべきでしょう。現代世界におけるきわめて不穏な面食らうような側面だからです。

奇妙なことなのですが、この現象は宗教的急進主義の支持者たちからも、イスラムを誹謗する者たちからもまったく同じやり方で説明されています。前者にとっては、まさにそれが彼らの信じるところであり、後者にしてみれば、それは彼らの偏見をさらに強化してくれるからなのですが、両者ともに口を揃えたように言うのです。イスラムと政治を分離することはできない。つねにそういうものだったし、聖典にそのように書かれており、それを変えたいと思ったところで無駄だろう、と。ときに声高に叫ばれ、たえず言外にほのめかされるこうした意見は、大きなコンセンサスを得てきたがゆえに、真実のように見なされています。

本当にそうなのかどうか、私自身は疑念を抱いています。宗教を、その実践と信仰を批判的に吟味することだけが問題なのであれば、あまり拘泥するつもりはありません。ずっとイスラム教の身近で生きてきたものの、私はイスラム世界の専門家ではありませんし、ましてやイスラム学者ではありません。イスラムが「本当に言っていること」を知りたいと思うのなら、私などあてにしないでください。そしてまた、あらゆる宗教は和解を説いているなどと私が書くなどと期待しないでいただきたい。宗教的なものであれ、非宗教的なものであれ、あらゆる教義には、教条主義と不寛容の種《たね》が含まれていると私は確信しているからです。場合によっては、種は発芽し、場合によっては潜在的なままにとどまるということなのです。

正直に言って、私にはキリスト教、イスラム教、ユダヤ教、仏教が「本当に言っていること」もわかりません。それぞれの信仰に与えられる解釈は尽きることがないのですが、その解釈は聖典そのものよりも人間社会が辿ってきた道筋にはるかに依存しているのです。聖典は、歴史のそれぞれの段階において、人々が聞きたいことを語るものです。それまで忘れられていた言葉が突如注目されたり、本質的だと思われていた言葉が忘却されたりするのです。かつては君主の神権を正当化していたのと全く同じ聖なる書物が、今日では民主主義と折り合いをつけています。そして平和を称えた詩句から十行も離れていないところに、戦争を謳い上げる詩句が読めるのです。聖書、福音書、コーランの節のそれぞれが無数の読み方を生んできたのですから、何世紀にもわたってさんざん注釈と論争がなされてきたあとで、可能な読み方はひとつしか存在しないと宣言するのは、誰であれ馬鹿げていると思うでしょう。

熱心な信者がそう言うのならわかります。それが彼らの役割だからです。他の読み方もどれも同じように正しいと考えていたりしたら、テクストのあるひとつの読み方だけを信じることはできないでしょう。しかし、信仰のいかんを問わず、歴史の観察者たらんとする者はこれと同じ立場に身を置くことはできません。その見地から大事なのは、聖典のどのような解釈が信仰の教えるところにふさわしいかどうかを決めることではなく、さまざまな教義が世界の進み行きに及ぼす影響を測定することであり、またその逆に、世界の進み行きが教義に与える影響を測定することなのです。

イスラムと政治との関係についてよく言われていることを耳にしていて不安になるのは、

そうした意見が、世界を血に染め、私たちの未来を暗澹たるものにする、あの「文明の衝突」の心理的根拠を形成しているからです。イスラムにおいては、宗教と政治は分かちがたく結びついており、それは聖典に書き込まれていて、イスラムの不変の性質なのだと考えるようになってしまえば、人々はこう信じ込んでしまいます――三十年後であれ、百五十年後であれ、千年後であれ、「衝突」は避けがたく生じ続けるだろう。世界には相いれない二つの異なる人類が存在するのだ、と。がっかりさせられるような、そして破壊的な考え方ですが、何よりも単純で、大雑把で、浅博なものです。

アブグレイブ刑務所でのアメリカ兵による虐待が明らかにされた際、口元に笑みを浮かべた女性兵士に、首につながれた紐を握られ、裸で四つんばいになって歩く捕虜の写真が一枚公開されました。その際、アメリカのテレビ局に招かれてコメントを求められた中東専門家が視聴者に向かってこう説明したのです。このイメージがイスラム世界に与えた衝撃を理解するためには、イスラム教においては犬が不純な動物であることを知っておく必要があります、と。

あいた口がふさがらないとはこのことです。もしも首に紐をつけられたまま刑務所の廊下を四つんばいで歩かされたのが、アイルランド人やオーストラリア人の捕虜だったとしたら、この専門家は何も言えないでしょう――アイルランドやオーストラリアでは犬は不純な動物だとは見なされていないわけですから。

しかも、こういう発言をしたのが、イラク戦争にずっと反対してきた誠実で勇気のある大学人だったのです。このインタヴューのなかで、彼は同国人によってなされた虐待を率直に非難しようとしていました。ですから、ここでの問題は、彼の意図ではなくて、彼が無意識のうちに露呈させている思考の習慣、イスラムにかかわるすべてをどこか別の星からやって来たもののように扱ってしまう思考の習慣なのです。

イスラム世界の歴史に、とくにその宗教と政治との関係において、大きな特殊性があることは疑うべくもありません。しかしその特殊性にしても国によって、時代によって大きく異なりますし、ひとつの教義の適用のされ方に由来するというよりは、むしろさまざまな民族の複雑な歴史の所産なのです。そしてそれらの特殊性は、私たちがふだんそこにあると決めつけているようなところに必ずしも存在するわけではありません。

したがって、一見そう見えているのとは逆に、いまも昔もイスラム世界の悲劇のひとつは、政治がたえず宗教の領域を侵害してきたことなのです――その逆ではありません。私の見るところ、それは信仰の内容とは関係なく、「組織的なもの」と呼んでもよいような要素に、主として、イスラムが中央集権的な「教会」の出現を許してこなかったという事実に起因するのです。もしも教皇制度と似たような制度を確立できていたら、たぶん状況は変わっていただろうと思うことがあります。

歴史をふり返って、教皇が思想の自由や社会の進歩や政治の諸権利を推進してきたと言う人はいないでしょう。ところが実際にはそうだったのです。間接的なかたちで、いわば反面教師として、しかし強烈に、そうだったのです。それぞれの時代の権力の保持者たちと渡りあいながら、教皇たちはたえず王権の恣意を抑制し、帝国の傲慢さの鼻をへし折り、そうやってとりわけ都市部に住むヨーロッパの人々のかなりの部分に息つくことのできる場所を与えたのでした。二つの絶対主義に挟まれたこの都市という空間にゆっくりと近代がはぐくまれていき、それがいずれ君主の玉座と教皇の権威を揺り動かすことになるのです。

しかもキリスト教世界とイスラム世界は、ときにはまったく同じ時期に似たような現象を経験してきました。皇帝と教皇との二重性が存在したように、スルタンとカリフの二重性が存在しました。両方の世界において、君主のほうは政治的な権威と軍事的な力を手にして、信仰の擁護者を自認し、他方、宗教的指導者のほうは精神的な権威を手にして、みずからの自律性や影響力、その役割の尊厳を維持しようと努めました。両方の世界において、対立はたびたび生じました。たとえば、十世紀から十三世紀にわたってローマとバグダッドで起こったことを見ると、ときにとても似たような――強力な君主が、宗教的権威者の足下で慎ましく改悛のポーズを取りながらも復讐を誓っているという――エピソードに出くわします。

違いもあります。聖ペトロの後継者がその座を守ることに成功したのに、預言者ムハンマドの後継者にはそれができなかったのです。スルタンたちの政治力と軍事力を前に、カリフたちは次々と敗北を喫し、その特権をひとつまたひとつと奪われていきました。十六世紀のある日、オスマン帝国のスルタンはあっさりとカリフの称号を「併合し」、みずからを飾る華麗な称号のひとつとします。それは、ケマル・アタチュルクが一九二二年十一月に再びカリフの称号を分離する決定を下し、十六カ月後にサインひとつでカリフ制度そのものを廃止するまで続きます。最後のカリフ、アブデュルメジト二世は、ヨーロッパのさまざまな首都で展覧会を行なった才能ある画家でしたが、一九四四年に亡命先のパリで亡くなりました。

これとは対照的に、西洋キリスト教のなかで教皇は強大な力を持ちつづけました。フランスでは、宗教的権威が政治の領域にたえず介入してくるのを防ぐために激しい攻防が繰り広げられました。実際、二十世紀の初頭まで、ローマは共和国の概念自体を糾弾し、多くのカトリック教徒たちが共和国を不敬な体制だと見なしていました。そのなかには、一九四〇年に好機が到来したと見るや、ペタン元帥を中心に結集して、この「ろくでなし共和国」を絞め殺そうとした者もいたのです。

イスラムでは、つねに反対の問題が生じていました。問題は、宗教的権威の政治への介入ではなくて、政治権力による宗教的権威の抑圧だったのです。そして逆説的にも、この抑圧のせいで、この政治の圧倒的な優位のせいで、宗教的なものが社会全体に浸透していったのです。

4

教皇たちの永続性を保証してくれたものが、カリフたちには無情にも欠けていました——教会、そして聖職者集団です。ローマはその気になれば、王国や地方のすみずみまで——それこそ、キリスト教徒の住まう土地であればどんな小さな集落まで——覆う緊密なネットワークを形成する司教、神父、修道士らをいつでも動員できました。それはソフトなものですが、いかなる君主も無視できない強力な集団でした。教皇はまた破門を行なったり、破門をちらつかせたりしました。これが中世には、皇帝から一信徒に至るまで震え上がらせる恐ろしい道具となっていました。イスラムにはそういったものは何もありませんでした。教会も聖職者集団も破門もありませんでした。預言者の宗教はその始まりから、聖人であれ告解を聴く者であれ、媒介者というものに対して深い疑いの目を向けていました。人間は創造者と一対一で向き合い、創造者にだけ語りかけ、何も持たない身ひとつの状態で創造者によってのみ裁かれるものだと見なされていたのです。このようなアプローチを、ルターの宗教改革と比較した歴史家もいましたし、実際のところ類似点もあります。こうした考え方は論理的には、非常に早くから世俗主義的な社会を出現させていたとしても不思議ではありません。しかし、歴史は決して予測されるような方向には進まないものです。教皇の強大な勢力がいつか、カトリック社会における宗教的なものの占める場所の縮小に至るとは、そして逆に、イスラムの明らかに反聖職者的な傾向が、強力な聖職者組織の出現を阻止しながらも、イスラム社会において宗教的なものの激発を促すことになるとは誰にも予想できなかったでしょう。

スルタンやワズィール〔イスラム王朝における宰相や大臣の職〕や軍司令官によって、カリフは無残にも力を奪われていきます。教皇にとってはきわめて有用だったあの宗教的な反権力を維持できなかったのです。そのため君主たちは意のままに振る舞いました。そこには、近代が萌芽し発展していたかもしれない比較的自由な空間は存在しなかったのです――いずれにしても都市と市民が繁栄できるほど長くには。

とはいえ、教皇制の影響力は反権力という役割に限られていたわけではありません。公認教義の正統な守護者として、教皇制はカトリック社会の知的な安定の、いや社会そのものの安定の維持に貢献していました。分離派がおのれの宗教的正統性を掲げるのに直面するたびに、イスラム世界は教皇制のような制度が自分たちに存在しないことを思い知らされたのでした。

たとえば、十五世紀のフィレンツェで修道士サヴォナローラ［イタリアの宗教改革者。ローマ教会の堕落を激しく批判した。］が説いたような急進的な思想が広がり始めると、ローマはそれに対立し、その権威によってそうした思想の息の根をきっぱりと止めたのでした。不幸なサヴォナローラは焚刑に処せられました。またより最近では、まったく次元の違う話ですが、ラテンアメリカのカトリック信者たちが一九六〇年代に「解放の神学」に影響されて、たとえばコロンビア人のカミロ・トーレスのような神父たちがマルクス主義者らとともに武器を手に取って戦うようになると、教会は決然とこのような「逸脱」に終止符を打ったのでした。ここでそうした神学の中身を議論したり、サヴォナローラの考えを紹介するつもりはありません。私に重要だと思えるのは、教皇制度がこういった脱線を正すときに示した効率のよさなのです。

イスラム世界では、フィレンツェの独裁者となった修道士や、コロンビアのゲリラ神父に類する者らが、同じようなかたちで阻止されることはありませんでした。正統性を認められた強権的な宗教的権威が存在しなかったために、きわめて急進的な思想が阻止されないまま、信徒たちのあいだにたびたび広がることになりました。いまも昔も、既存の権力を攻撃するために、あらゆる政治的・社会的な抗議運動が、なんら罰せられることなく宗教を利用するのです。さまざまなイスラム国家において、たいていの場合、高位の聖職者たちはその動きに対抗できずにいます。なぜなら彼らは政府から職を与えられており、文字通り買収されているわけで、道徳的にほとんど信頼されていないからです。

イスラム世界が苦しんでいる逸脱の原因は、政治と宗教をごっちゃにしてしまう「神聖政治」というよりは、政治と宗教とのあいだに境界線を引くことのできる「教皇的」制度が存在しないことなのです。

「どっちだって同じじゃないの?」と言われるかもしれません。私はそうは思いません

——少なくともなおも人間の未来に希望を抱きたいと思うのなら。

政治と宗教とのあいだのこの「不分離」が永遠の教義によるものなのか、あるいは歴史の偶然の所産なのか、考えてみるのは無駄ではありません。私もその一人ですが、今日私たちがはまり込んでいるグローバルな袋小路から抜け出る道を必死に探し求めている者たちにとっては、二つの競合する「文明」が辿ってきた道の違いを決定づけたのは、天上の不変なる教えではなくて、みずからを変えることのできる人間の行為であり、人間の諸制度が歴史的に辿ってきた道のりなのです。そのことは強調しておきたいと思います。

あらゆる制度は人間的なものです。私は「人間的」というこの形容句をここではあくまでも記述的な意味で使っているのであって、そうした制度が果たす精神的な役割に関していかなる偏見を含むものではありません。教皇制を創設したのは福音書ではありません。

福音書には、「教皇」などどこにもでてきません――この称号は世俗の高官の称号なのですから。同様にカリフ制を創設したのはコーランではありません。コーランによれば、跡継ぎ、後継者を意味する「カリフ」という語で呼ばれるのは、たった二人の人間だけです。ひとりはアダムです。至高の神はアダムに地上を遺産として与えると告げます。文脈からして、明らかに人類全体にそのようにして世界が与えられたのです。二人目は歴史上の人物で、その人物に向かって創造者は厳しい言葉を投げかけます。「私はおまえが正義による統治を行なうよう、おまえをこの地上のカリフに命じた。感情に流されぬよう注意しなさい。それはおまえを神の道から遠ざけることになろう。神の道から離れる者たちは、審判の日を忘れたために恐ろしい罰を受けるだろう」

このように呼びかけられた「カリフ」とは、ダビテ王にほかなりません。

教皇制のもうひとつの逆説は、このきわめて保守的な制度によって、何よりも進歩が守られてきたという事実です。

些細なものに思えるかもしれませんが、その例をひとつ紹介しましょう。私が子供のころは、カトリック教徒の女性がミサに行くには、顔と肩を必ず覆わなければなりませんでした。昔からずっとそうだったのであり、召使いであれ王妃であれ、いかなる信徒もこの規則を破ってはならなかったのです。神父らは熱心に、そしてときにはユーモラスにこの規則を守らせようとしていました。こう書くとき、私が思い出すのは、ひとりの女性信者に近づきリンゴを与えた神父のことです。驚いたその若い女性に神父は言ったのでした。エヴァはリンゴを齧《かじ》って初めて自分が裸だと気づいたのですよ、と。

この不幸な女性はもちろん裸だったのではなくて、その長い髪を出したままにしていただけなのですが、衣服に関する規定は破ってはならないものだったのです――一九六〇年代の初めにバチカンが、女性は教会に行くときにヴェールを被らなくてよいと決定するまでは。聖パウロにまでさかのぼる非常に古い伝統に反するこの決定に苛立ちを覚え、激怒した者もいたでしょう。なにしろ「コリント人への手紙」にはこう書かれているでありませんか。「男は、神の栄光の写し絵であるから、頭を覆ってはならないが、女は男の栄光である。実際、男は女から作られたのではなくて、女が男から作られたのである。男は女のために創造されたのではなくて、女が男のために創造されたのだ。だからこそ、天使のために女は頭に服従の印をつけなくてはならない」。にもかかわらず、遠い時代のこの言葉はたちまち時代遅れのものと見なされ、もう誰もカトリックの女性に体を覆えと強いることはありませんし、このような進歩が今後ひっくり返されるとはとても考えられません。

くり返しますが、この点を私は強調したいのです。つまり教皇たちは十九世紀ものあいだ、衣服に関する規定が緩和されるのをおそらく阻止しようとしてきたのです。しかし、そのような措置に存在理由がないと見るや、そして最後には人間精神の発展を尊重して、この変化をいわば「認可」して、この流れを実質的に不可逆にしたのでした。

西洋の歴史においては、聖職者の制度はしばしばこのような動きを示してきました。ヨーロッパ文明の物質的かつ道徳的な進展に貢献しながら、同時にこれを抑制しようともしてきたのです。科学であれ、経済であれ、政治であれ、あるいはとりわけ性にかかわる社会的行為であれ、教皇制の反応はいつも同じです。はじめは拒否し、抑制し、非難し、脅し、告発し、禁止する。それから時間をかけて、それもしばしば実に長い時間をかけて、考えを変え、検討し直し、態度を軟化させる。そして、人間社会の下した決定にいやいやながらも従うのです。変化を認可し、それを合法的なもののリストに書き加えるわけです。そのときから、どうにかして過去に回帰しようとする者らのほうが許されなくなるのです。

何世紀にもわたってカトリック教会は、地球が丸く、太陽のまわりを回っていると信じるのを拒否してきました。種の起源についても、教会はまずはダーウィンと進化論を糾弾しました。今日では、かりに司教の誰かが軽い気持ちで、ちょうどまだアラビア半島のイスラム法学者やアメリカの福音主義派の説教師がいまだにそうしているように、聖典をきわめて字義どおりに解釈しようものなら、教会は厳しい態度を示すでしょう。

プロテスタント的な伝統においてそうであるように、イスラム的な伝統においても根強い中央集権的な宗教権力に対する不信感は、まったくもって正当なもので、その発想自体はきわめて民主主義的なものです。しかし、そこには災禍をもたらす副次的な効果もあるのです。そうした耐えがたい中央集権的な権威がなければ、いかなる進歩も不可逆的なものにはならないのです。

何十年にもわたって信徒たちが、きわめて寛大かつ寛容で、きわめて開かれた仕方でその信仰を生きているときでさえ、信徒たちは決して「揺り戻し」からも、それまで獲得してきたものをある日突然一掃してしまう熱狂的な解釈からも免れているわけではないのです。それが科学であれ、経済であれ、政治であれ、社会的行動であれ、それまで寛容なファトワー［イスラム教の法学者が提出する見解や判断］によって認められていたことが、厳格なファトワーによって明日にも厳しく禁止されうるのです。何が合法であり何が非合法なのか、何が信心であり何が不信心なのかについて、たえず同じような論争がくり返されています。至高の権威が存在しないために、いかなる進歩も後戻りできないかたちで「認可」されることはなく、何世紀にわたって言われてきた意見のどれひとつとして完全に時代遅れのものとされることもなかったのです。一歩進めば必ず一歩後退するので、どっちが前でどっちが後ろなのかもうわからないくらいです。だから、いつ過激で辛辣な行動や後退が起こっても不思議ではないのです。

やはりまったく同じことをつぶやいたことがあります。次のような記事を読んだときです――かつては理性的な教育を惜しみなく行なっていたいくつかのアメリカの学校が、突然、若い人たちに向かって、宇宙はいまから六千年前——紀元前四〇〇四年、より正確には十月二十二日の午後八時——に創造されたと教えはじめた。かりに何十万年前にさかのぼるような化石が発見されたとしたら、それは神が奇蹟によって古くしたもので、そうやって私たちの信仰を試しているのだ、と。

より一般的に言うと、嬉々として世界の終焉を告げ、その到来を早めようと活動しているいかがわしく不気味な教義は蔓延しています。おそらくこうした逸脱の影響を受けているのは、キリスト教徒のごく少数、せいぜい数千万人くらいのものでしょう。しかし、この少数派の影響力は、彼らがアメリカの中枢に位置し、権力にたえず働きかけ、ときにはこの唯一の超大国の行動に影響を与えている以上、看過できないものです。

私が自分のものだと思っている二つの「文明」の発展を比較するとき、組織形成的な要因、文化的、民族的な要因、あるいはより一般的に歴史的な要因のもたらすインパクトが大きく、純粋な教義上のちがいがもたらすインパクトはさほどでもないという点については、まだまだ語るべきことはあるでしょうし、それを如実に物語る例もいくらでもあると思います。

ただ、私は固く信じているのですが、私たちは宗教が政治に及ぼす影響をあまりに重視しすぎていて、政治が宗教に及ぼす影響を見過ごしがちです。四世紀にローマ帝国がキリスト教化して以来、キリスト教は実に多くの点でローマ化しました。まずそのような歴史的文脈があったからこそ、至高の権力を持つ教皇制が生まれたのです。より大きな文脈のなかで見れば、こう言えます——もしもキリスト教がヨーロッパをいまあるような姿にしたのだとしたら、キリスト教をいまあるような姿にしたのはヨーロッパなのです。ローマ法とアテネの民主主義という西洋文明の二つの支柱は、ともにキリスト教より前の時代のものです。

同じようなことが、イスラムに関しても、非宗教的な教義に関しても言えるでしょう。共産主義がロシアや中国の歴史に影響を与えたとしたら、これらの二つの国もまた共産主義の歴史を決定づけたのです——共産主義はドイツやイギリスで勝利していたとしたら、またちがった運命を辿ったはずです。宗教的なものであれ、非宗教的なものであれ、創設的なテクストはあらゆる矛盾した読み方を許すものです。鄧小平が、民営化はマルクスの思想からまっすぐ導き出されるものであり、自分の経済改革の成功は社会主義の資本主義に対する優越を示しているのだ、と言うのを聞いて、私たちは失笑したかもしれませんが、そうした読解は他の読解よりも滑稽だというわけでないのです。それはむしろ確実に、スターリンや金日成やポル・ポトや毛沢東の妄想などよりはずっと、『資本論』の著者の抱いていた夢に合致するものです。

いずれにしても、この中国の経験を見る限り、世界に広がった資本主義の歴史のなかでもっとも驚くべき成功のひとつが、共産党の庇護のもとに生まれたという事実は誰にも否定できません。これは、教義というものの柔軟性と、教義を自分に都合よく解釈する人間の無限の能力を物語るものではないでしょうか？

イスラム世界の話に戻りましょう。宗教を拠りどころとして持ち出してくる者たちの政治行動を理解し、その行動を正したいと望むのなら、聖典のなかを探したところで問題を突き止めることはできないでしょう。そうしたテクストのなかを探しても解決策は見つかりません。イスラムを信仰するさまざまな社会で起きていることのすべてを、「イスラムの特殊性」によって大雑把に説明することは、紋切り型に甘んじることであり、無知と無力に閉じこもるのも同然です。

5

今日の現実を理解しようとする者にとって、諸々の宗教、民族、文化の特殊性というものは、有効な概念ではありますが、取り扱いのむずかしいものです。特殊性を無視しては、ニュアンスは理解できませんが、特殊性に重きを置きすぎると、本質を取り逃がしてしまいます。

特殊性は、今日では曖昧な概念となっています。アパルトヘイトは明らかに黒人の「特殊性の尊重」に根拠を置いていたのではなかったでしょうか? ヨーロッパ系であるかアフリカ系であるかにしたがって、それぞれの文化に「運命づけられた」道を人々は進んでいくとされていたのです。一方は近代へと向かっていき、他方は先祖伝来の伝統の外には出られないというのです。

南アフリカの例は、戯画的というか、ひと昔前のことだと思われるかもしれません。ところがそうではないのです。アパルトヘイトの精神は、いまも世界の至るところに見受けられますし、拡大しつつあります――ときには悪意ゆえに、ときには心からの善意ゆえに。

今世紀の初めにアムステルダムで起きた出来事をひとつ紹介させてください。アルジェリア出身のある若い女性が心にあたためてきたある計画を持って市役所を訪れます。彼女の地区に暮らす移民の女性たちが、家族だけの狭い世界から外に出て、女同士で集まり、ハマム［トルコ式公衆浴場］でくつろぎながら、おたがいの問題を自由に話し合えるようなクラブを作るという計画です。市役所の担当者が彼女の話を聞いてメモを取り、数週間後にまた来るようにと言います。若い女性は安心して帰りました。それから指定された日に彼女が役所に行くと、残念ながら計画は実現できません、と言われます。「おたくの地区のイマムに相談してみたところ、それはいい考えじゃないと言われましてね。申し訳ありません」

このように言った役人は、自分の言葉が分離主義的なものだとは思っていなかったはずです。それどころか、きわめて配慮の行き届いた言葉だと思っていたはずです。ある民族の内部で何がなされるべきかを決めるために、「指導的立場にある人」の意見に従うのはふつうではないか、と。するとナイーヴな疑問が頭に浮かんできます。もしも若いヨーロッパ人女性が計画を提出したら、決定権は彼女の教区の神父だか司祭だかの手に委ねられただろうか、と。明らかにそうはならないでしょう。それはどうして？　とやはりナイーヴに尋ねてもよいでしょう。歯切れのよい答えは帰ってこないはずです。何もかもが民族についての先入観、はっきりと言葉にはされない暗黙の了解にもとづくものだからです。一事が万事、こんな調子で人は振る舞うのです。なぜなら、「あの人たち」は「私たち」とはちがうからです。よっぽど鈍感でもなければ、他者に対するこのような「敬意」が蔑視にほかならず、嫌悪をあらわにしたものだとすぐにわかるはずです。

このような、他者を宗教的あるいは民族的な特殊性を通してしか見ない傾向、よそから来た者たちをその伝統的な帰属に結びつけてしまう思考の習慣、肌の色や外見や言葉の訛りや名前の向こうにその人そのものを見ることを妨げるいびつな精神に、人類社会は太古の昔から影響されてきました。しかし今日の「グローバル村」においては、こうした態度は許されません。それは個々の国、個々の都市における共存のチャンスを台無しにし、人類全体に修復しがたい分断と、暴力に満ちた未来をもたらすものだからです。

ではどうしたらいいのか？　そう尋ねられるかもしれません。ちがいなどないふりをするのか？　誰もが同じ肌の色、同じ文化、同じ信仰を持っているかのように振る舞うべきなのか？

こうした問いかけはもっともなものです。ここで少し考えるだけの価値はあるでしょう。

私たちが生きている時代は、誰もがみずからの帰属を示す旗を風にはためかし、同時に相手の旗をちゃんと見たと示す必要を感じている時代です。それが自己の解放なのか自己の喪失なのか、現代的な礼儀なのか粗野な振る舞いなのか、私にはわかりません。どのような状況なのか、どのようになされるかによって、すべては変わってくるのでしょう。ただ、つねにジレンマが存在するのはたしかです。肌の色、性別、訛り、名前の響きの差異に見て見ぬふりをすることは、ときには何世紀にも及ぶ不正義を隠蔽し永続させることにつながります。反対に、差異を示す性質を杓子定規的に考慮することは、人々をその帰属に固定して、それぞれの「部族」のなかに閉じ込めることにもなりかねません。

より繊細で、より洗練された、そしてより手間を惜しまないアプローチを選ぶのが賢明というものでしょう。大切なのは、先ほどの例を引き続き使うとすれば、オランダ人とアルジェリア人とのあいだに存在しうるさまざまな差異に目をつぶることではありません。そうでなくて、そうした差異を考慮した上で、オランダ人のすべてが同じではないように、アルジェリア人のすべてが同じわけではないと考えながら、時間をかけてその先へと進むことなのです。オランダ人のなかには、信仰を持っている人もいれば不可知論者もいるし、聡明な人もいれば愚鈍な人もいます。右派もいれば左派もいるし、教養がある人もいれば無教養な人もいます。働き者もいれば怠け者もいますし、正直者もいればゴロツキもいます。文句の多い人もいれば明るく陽気な人もいます。寛大な人もいればケチもいます。アルジェリア人だってまったく同じです。

身体的、文化的な差異が存在しないふりをするのは馬鹿げています。しかし目にも明らかな差異にだけ拘泥して、その先にあるもの、つまり個性を備えたその人自身へと向かわないのなら、本質を見過ごすことなります。

一人の女性を、あるいは一人の男性を尊重するとは、欠くところのない一人の人間存在、自由で成熟した存在としてのその人に話しかけることであって、その人をちょうど農奴が土地に従属しているように、あるコミュニティに帰属する依存的な存在と見なすことではありません。

アルジェリア移民の女性を尊重するとは、彼女のなかにある、計画を練り上げ、それを堂々と当局に提案しに行った個人を尊重することです。彼女の首ねっこをつかまえて、そのコミュニティの指導的立場の者のところに連れて行くことではありません。

このアムステルダムで起こった事件を例にしたのは意図的なのです。ヨーロッパが時間をかけて宗教的寛容へと開かれていく過程で、十七世紀以来、先駆的な役割を果たしてきたのがこの都市なのです。しかもまず間違いなく、地区のイマムに相談した市役所の職員は、この都市をつねに特徴づけてきた開かれた精神にふさわしい対応をしていると信じていたはずです。

というのも四百年前には、まさにこのようなやり方で寛容が広がっていったからです。宗教的マイノリティには信仰の自由が与えられていました。そして成員の一人が非難すべき振る舞いに及んだ場合、彼はコミュニティの指導者たちによって厳罰に処されたのです。そのようにしてスピノザは一六五六年に同宗の者たちから破門されました。スピノザの汎神論は、彼らのキリスト教徒との関係を損ねてしまう恐れがあると判断されたのです。それはきわめてデリケートな問題でした。多くのユダヤ人――そのなかにはこの哲学者の父も含まれますが――は、イベリア半島から追放されて比較的最近アムステルダムにやって来たばかりで、当時では例外的なほど寛大な態度を示してくれた彼らのホストに対して、不実を疑われるような態度は避けたいと望んでいたのです。

今日では状況がちがいます。もっとはるかに複雑になっています。同じ態度の持つ意味も変わります。そして地球規模でコミュニタリアニズム的な逸脱の危険にさらされている私たちの時代にあっては、男女を問わず人間をその宗教的共同体に「縛りつけること」は、問題を解決するどころか悪化させてしまいます。しかしヨーロッパの多くの国々は、そういうことをしているのです。移民たちに宗教を中心にして結集するよう促し、もっぱらそれぞれのコミュニティうを相手に対話しようとしているからです。

しばしば西洋は、世界の他地域との関係においてこのような誤りを犯してきました。何世紀にもわたって西洋は、みずからには適用し、その偉大さの源泉であった諸原則を、他の民族、とりわけ自分たちがその命運を握っている人たちには適用してきませんでした。たとえば、そんなふうにして植民地主義のフランスは、アルジェリアの住人に完全な市民権を与えないで済むよう、彼らを「イスラム系フランス人」――フランスが世俗主義的な共和国であることを思えば、かなり異常な呼称です――という身分に閉じ込めたのです。

過去の過ちを思い出すことが大切なのは、それが二度とくり返されないようにするためです。植民地時代は、支配者と被支配者とのあいだに不健全な関係しか作れませんでした。そのことは、他者を「文明化」したいという無邪気な欲望がたえず、他者を隷従させたいというシニカルな意志とせめぎあっていたことからも明らかです。確認しておくべきでしょうが、『全体主義の起原』でハンナ・アーレントが書いたように、国民国家は帝国の建設者としては三流もいいところでした。帝国的な企ては、そのもとに結集しようとする人々に対するある一定の敬意を伴うものであるべきだからです。アレクサンドロス大王はギリシア人とペルシア人とを集団結婚させたいと考えていました。ローマはアテネとアレクサンドリアを讃えましたし、帝国内のすべての臣民に――ケルトのドルイド僧からアラビアのベドウィン族まで――市民権を与えるに至りました。より時代の近い例だと、オーストリア＝ハンガリー二重帝国やオスマン帝国は、成功の度合いはちがえども、実際に諸民族の結集者たらんと欲しました。その反対に、十九世紀と二十世紀にヨーロッパ諸国によって建設された植民地帝国は、自己の延長、激しい人種差別と道徳的侵害の源でしかなく、それが戦争、虐殺、そしてヨーロッパを血に染めることになる全体主義への道を準備したのです。

私たちの時代には、西洋が、その道徳的信頼を回復するチャンスがあります。それは、自己の罪を認めるとか、「世界のすべての悲惨」に耳を傾けるとか、よその土地から来た重要な諸価値に妥協するとか、そういうことではありません。むしろ反対に、結局はおのれに固有の諸価値――民主主義を尊重し、人権を尊重し、公正と個人の自由と世俗主義を尊重する――に忠実であることなのです。地球の他地域との関係において、そして何よりも西洋の地で生きることを選んだ男女との関係において、そうすることなのです。

6

西洋諸国の移民に対する態度は、数ある問題のうちのひとつなどではありません。私の見るところ――私自身が移民だからそう感じるだけではないと思いますが――、これはきわめて重大な問題です。

今日、世界が競合する「諸文明」によって分割されているとしたら、まずそうした「諸文明」が衝突するのは、男女を問わず移民の頭のなかでなのです。近年のおびただしい死者を出したすさまじいテロ、ニューヨーク、マドリッド、ロンドン、そしてその他のテロが、インド亜大陸の出身者、マグレブあるいはエジプトの出身者などの移民によって実行されたのは偶然ではありません。たとえば、世界貿易センターのツインタワーへの攻撃を指揮したイスラム主義者の闘士は、ドイツの大学で都市計画についての博士論文を書き終えたばかりだったのです。その一方で、数多くの移民たちが穏やかに、そして寛容に、自分たちを受け入れてくれた国々の文化的、芸術的、社会的、経済的、政治的生活に参加して、新しい考えや貴重な能力、異なる響き、風味、感受性をもたらし、そうした国々が世界と調和を保ちながら、世界をその多様さと複雑さも含めて深く理解できるようにしているのです。

単刀直入に、そして言葉に力を込めて言いますが、移民たちに対して、私たちの時代の大きな挑戦はなされなければならないのであり、移民たちとの関係次第で、この戦いの勝敗が決するのです。うまく行けば、西洋は移民たちの心を再び獲得し、信頼を再び勝ち得て、自分たちの主張する諸価値に賛同してもらい、移民たちに西洋と他の世界とをつなぐ雄弁な媒介者になってもらえるでしょう。失敗すれば、移民は西洋にとってもっとも深刻な問題になるでしょう。

戦いは厳しいものとなるでしょう。西洋はいまでは不利な立場にあります。かつて西洋の行動の邪魔になっていたのは、経済的な制約であり、西洋自身が持つ文化的な偏見でした。今日では、きわめて巨大な敵を考慮しなくてはいけません。つまり、長いあいだ抑圧されてきたものの、いまでは逆に殺人的なものになってしまったアイデンティティです。植民地の人々と同様に、かつての移民たちが求めていたのは、継母というよりは母のように振る舞ってくれる保護者的な権力だけでした。ところがその次の世代は、恨みから、誇りから、疲れから、焦りから、もはやそんな親など欲していません。彼らが掲げるのは、彼ら本来の帰属の徴《しるし》であって、ときには、自分たちの受け入れ先が敵の土地であるかのように振る舞うのです。目には見えなかったものの、かつては効率的なものであった統合の機械は停止してしまったのです。そして時には意図的に停止させられているのです。

私のように三十年以上ヨーロッパに暮らし、それぞれ非常に異なる移民政策を行なってきた多くの国々でじわじわと共存が崩れていくのを見てきた者にとって、諦めの誘惑はとても大きいのです。どのようなアプローチを取っても——きわめて厳格なものであれ、きわめて寛容なものであれ、建前としては個々の移民を完全な権利を持ったフランス人にする野心的な「共和国モデル」であれ、多様なコミュニティの特殊性を認めながらも、それらをイギリス人にしようとはしない、ドーバー海峡の向こうの現実的なモデルであれ――、望むような結果は得られないのだと気の滅入る思いをしているのは私だけではないはずです。

私のように深い関心を持たざるを得ない観察者は、イスラムに批判的だったオランダの映画監督テオ・ファン・ゴッホの殺害（二〇〇四年）、デンマークの新聞に掲載されたムハンマドの諷刺漫画に関連して起こった抗議運動（二〇〇五年）、そして、ほとんどどこの国でも生じている、物理的あるいは精神的な暴力をはらんだ何十、何百もの不吉な徴候に、ひどく心を痛めています。

そこから、イスラム世界やアフリカ出身の移民を統合したいと望んでも意味がない、という結論まではあと一歩なのです。この一歩を多くの者たちが、その反対を主張しなければならないと感じつつも、すでに踏み越えてしまっています。私は依然として調和の取れた共存は可能だし、もしも対立や嫌悪や暴力を生む分断を甘受するのではなく、多様な文化の所有者たちのあいだに強固な絆を作り上げたいと望むなら、調和の取れた共存はいずれにしても不可欠だと信じています。そうだとすると、二重の帰属を十全に引き受けている移民ほど、このような分断を打破するにふさわしい者はいないでしょう。

とはいえ、今日では統合は困難であり、来る数十年のうちにさらに困難になるだろうと感じています。いま予兆が感じられる災厄を避けるためには、よく考え抜かれた、繊細で、辛抱強く、断固として積極的な行動が必要になってくるでしょう。

フランスでは寛大な心の持ち主たちが、多かれ少なかれ確信を込めて、こう説明しています。かつて立て続けに起こった移民の波——イタリア人、ポーランド人、スペイン内戦の避難民——が完全に統合されるまでは敵意に満ちた偏見に直面しなければならなかった。だから、イスラム世界からやって来た移民たちも結局は同じ道を歩むことになるだろう、と。賞賛すべき発言ですが、説得力はありません。本当のところ、ヨーロッパのどの国であっても、現在のように不信と恨みが一般的な風潮となっている限りは、移民統合の問題を解決するのは困難でしょう。

それぞれの国で起こっていることは、かなりの部分はその国の政治によるものですが、より大きく見れば、個々の国には手に終えない要素に依存してもいます。たとえば、マグレブから男が一人オランダに移民してきます。彼はこの国について、すでにそこに移住している身近な者の話からある種のイメージを持っているわけですが、西洋全体について抱いているイメージもあり、それは、オランダの歴史そのものよりも、アメリカ合衆国の歴史やフランスの植民地主義の記憶に結びついたものです。こうした感覚には、肯定的な要素——それがなければ、わざわざ移住したりしないでしょう！——と同時に、否定的な要素もあり、後者のほうが三十年前に比べると比較にならないほど大きくなっているのです。

新しくやって来た者たちは、彼らを受け入れてくれた者たちの行動を観察しています。周囲から向けられる視線、身振り、言葉、ひそひそ話、沈黙によって、彼らは自分たちが敵意あるいは蔑視に満ちた環境にいることを痛感します。もちろん、反応の仕方は人それぞれです。「他者」から発せられるすべてを否定的に解釈する気難しい者もいれば、反対に、自分たちが受け入れられ、評価され、愛されていると感じさせてくれるものだけに気づくおめでたい人もいます。ときには、まったく同じ人がひどく移り気な態度を示すことがあります。友好的なほほえみを浮かべているので、心から感謝してそれに応じると、たちまち敵意や軽蔑、あるいは単に尊大さを浮かべた言葉や仕草が返ってきて、不意に、殴ってやりたい、すべてを壊したい、そして自分自身も傷つけたいと気持ちに駆られるのです。人は自分自身のイメージを、それを映す鏡と同じくらい嫌うものだからです。

移民と受け入れ社会との関係を危うくする、ゆえに共存そのものを危うくするのは、傷がずっとそこにあるという事実です。表面に形成されたかさぶたは決して固まらないのです。ちょっとしたことが痛みを甦らせます。ときには少しかいただけで、あるいは撫で方が悪かっただけでも痛いのです。西洋では、そうした傷つきやすさに多くの者たちが肩をすくめます。植民地主義、分離主義、黒人奴隷貿易、ブッシュマン［サン人］やタイノ族［カリブ海の島々に暮らしていた先住民］やアステカ人の殺戮《さつりく》、アヘン戦争、十字軍……どれもすでに終わってしまったことだ。死者たちを安らかに眠らせてやろうじゃないか、と。しかし過去が心のなかに占める大きさは、人によって、そして社会によって、まったく異なるのです。

7

過去が過去となるには、時間が経つだけでは不十分です。社会がその現在と過去のあいだに境界線を引けるようになるには、その仮定された境界線のこちら側に、みずからの尊厳や自尊心やアイデンティティの根拠となるだけのものを持っていなければなりません。新しい科学的発明、確かな経済的成功、他者から賞賛される文化的達成、あるいは軍事的な勝利といったものを手にしていなければなりません。

西洋の諸国民は、みずからを誇るに足る理由をはるか遠い過去にまで探し求める必要はありません。西洋の医学、数学、天文学への貢献は、朝刊を読むだけでわかります。イブン・スィーナー［九八〇－一〇三八。イスラムの哲学者、医学者］の同時代人を引き合いに出したり、「ゼロ」、「天頂」、「代数」、「アルゴリズム」といった語の語源をたえず思い起こす必要もないのです。軍事的な勝利に関しても、二〇〇三年、あるいは二〇〇一年、あるいは一九九九年とすぐに見つかるので、サラディンやハンニバルや、アッシュールバニパル［紀元前七世紀中頃に在位したアッシリア帝国の王］時代にまでさかのぼって探す必要はまったくないのです。このように西洋人には、たえず過去を振り返る必要がないのです。かりに過去を調べるとしたら、それは自分たちの歴史のよりよいヴィジョンを得るためであり、さまざまな傾向を明らかにし、理解し、未来を予測するためなのです。しかし、その作業は生きるために不可欠なことでも、アイデンティティを確立するために必要なことでもありません。自尊心を強固にするには、現在があれば十分なのです。

反対に、失敗、敗北、不満、屈辱にまみれた現在しか知らないような人々は、必然的に過去のなかに、みずからを信じ続ける理由を探すのです。アラブ人は今日の世界では亡命者のような気分で生きています。自国にいようが海外で暮らそうが、至るところで自分はよそ者だと感じています。打ち負かされ、見下され、侮辱されていると感じています。実際にそう言い、そう叫び、そう嘆いています。あからさまに、あるいは暗黙のうちに、どうすれば歴史の流れをひっくり返せるかとたえず自問しています。

東洋のすべての民族がこの数世紀のあいだ、似たような感情を味わってきました。あらゆる民族がときには西洋に立ち向かわなければならず、あらゆる民族が西洋の途方もないエネルギー、その恐るべき経済的・軍事的効率性、そしてその征服精神の犠牲になったのでした。程度や結果はともあれ、あらゆる民族が――アラブ人と同じくらい、中国人、インド人、日本人、イラン人、トルコ人、ベトナム人、アフガニスタン人、韓国人、インドネシア人が――西洋に憧れ、西洋を恐れ、嫌悪し、西洋と戦ったのです。そうした民族のすべてが、自分たちの辿ってきた道を語ろうとすれば、数世紀にも及ぶ西洋との出会いについて触れないわけにはいかないでしょう。中国のような大国の近代史の中心には、「いかにして白人の突きつけてくる途方もない挑戦に応答するか？」という問いがあります。義和団の乱であれ、毛沢東の権力の掌握であれ、「大躍進」政策であれ、鄧小平によって始められた新しい経済政策であれ、あらゆる激動は、大きく見れば、この問いに対する答えを模索するものだと解釈できるでしょう。この問いはまた、次のようにも言い替えられるでしょう。「尊厳を失うことなく近代世界を受け入れるためには、みずからの過去の何を保存し、何を捨てるべきなのか？」

この問いは、どんな人間社会の意識からも完全には消え去ることのないものですが、どこでも同じ激しさで問われるわけではありません。

ある民族《ネーション》が成功を収めると、他の民族の視線が変化し、その民族自体の見られ方に影響を与えます。とりわけ私の念頭にあるのは、世界が日本に対して、ついで中国に対して示した態度の変化です。批判され、恐れられ、しかしその戦う力によって尊敬され、とりわけその経済的な奇蹟によって賞賛されているこの二国の文化を構成するすべてに、いまでは高い評価が与えられています。言語、芸術作品、古典および近代文学、伝統医学、思想、料理、儀式的舞踊、武術、果てはその迷信までもが熱狂を引き起こすのです。ある民族が勝者のイメージを獲得したときから、その文明をかたち作るすべてが、世界中の関心と無条件の敬意を集めるのです。すると、この敬意が、ありがた迷惑というか、そっけない態度で報われることもあります。今日の中国人はしばしば自分たちの過去について無関心で、西洋の訪問者が古来から続く中国文明の「古物」を前に驚嘆している姿を、面白がるふりや理解できないふりをするのです。

アラブ人の場合はちがいます。たえず敗北に敗北を重ねてきたために、彼らの文明は世界から見下されています。その言語は軽蔑され、文学はほとんど読まれず、信仰は警戒を引き起こし、彼らが崇拝する精神的指導者は嘲弄《ちょうろう》されています。アラブ人たちは心の奥底まで他者の視線を感じており、それを内面化し、自分たちのものとするようになっています。彼らのあいだには、自己憎悪にほかならない破壊的な感情が広がっています。「彼ら」と書きましたが、「私たち」と書いてもよかったでしょう。「彼ら」「私たち」というこの二つの人称代名詞が、西洋とアラブ世界のあいだに生きる私には、すごく近くにもすごく遠くにも感じられるからです。おそらくこの二つのあいだで揺れる感覚には、私と同じ境遇にある者たちに固有の悲劇が反映されているのでしょう。

粗雑な精神分析など試みなくとも、こうした病的な態度が矛盾した衝動を引き起こすのは明らかです。残酷な世界を非難したいという意志と自己を破壊したいという意志。おのれのアイデンティティを捨て去りたいという欲望とこれを何がなんでも主張したいという欲望。過去への信頼を失いつつも、これにしがみつくこと。というのも過去は、嘲りを受けたアイデンティティにとっては、最後の命綱であり、避難所であり、駆け込み寺だからです。

避難所となるのは、過去、そしてしばしば宗教です。イスラムはアイデンティティにとってても尊厳にとってても聖域なのです。西洋人は指針を失って道に迷っているが、自分たちには真の信仰があり、よりよい世界が約束されているという確信は、自分がこの地上では不可触民、敗者、永遠に打ち負かされた者であるという恥辱と苦痛を和らげてくれます。今日では宗教こそ、イスラム教徒たちが自分たちは呪われ拒絶されているのではなく、創造者によって祝福され、「選ばれた」特別な存在なのだという感情を抱ける数少ない――いや、おそらく唯一の領域なのです。

地上におけるアラブ人の境遇が悪化すればするほど、彼らの軍隊が打ち負かされ、領土が占領され、民衆が迫害されたり辱められたりすればするほど、彼らの敵が強大となり傲慢になればなるほど、彼らが世界にもたらした宗教は、自尊心を守ってくれる最後の砦となるのです。この宗教を捨て去ることは、普遍的な歴史に対して彼らが行なってきた主要な貢献を断念し、いわばみずからの存在理由を放棄することになるのです。

したがって、この苦難の時代にイスラム世界が問われているのは、宗教と政治との関係というよりは、宗教と歴史との、宗教とアイデンティティとの、宗教と尊厳との関係なのです。イスラム教国でこの宗教がどのように生きられているかを見れば、人々がはまり込んだ歴史的な行き詰まりがどのようなものかよくわかります。そこから抜け出そうと思うなら、民主主義、近代、世俗主義、共存、知の優位、生命の尊重にかなった詩句を見つけるでしょう。彼らと聖典の文言との関係は、もっと寛大で、もっと穏やかで、もっと柔軟になるでしょう。しかし、聖典を読み直すだけで変化が生じるわけがありません。申し訳ないのですが、もう一度くり返しておきましょう。問題は聖典のなかにあるのではありません。解決策もまたしかりです。

イスラム世界のこの歴史的な袋小路が、人類全体が目隠ししたまま後退していることをもっとも如実に示す徴候のひとつであることは間違いありません。アラブ人やイスラム教徒のせいではないのか？　彼らの宗教の実践の仕方が間違っているのではないか？　部分的にはそのとおりです。同様に西洋人も悪いのではないか？　彼らの何世紀にも及ぶ他の諸民族との関係のあり方が間違っているのではないか？　部分的にはそのとおりです。ここ数十年間に限れば、アメリカ人とイスラエル人の責任がとりわけ大きいのではないか？　たぶんそうでしょう。もしも、中東という開いた傷に発して、じわじわと地球全体を蝕み、私たちの文明が獲得してきたすべてを台無しにしつつあるこの状況を終わらせたいと願うのなら、関係するすべての者たちが態度を根本から変えなければいけません。

実現不可能な祈りのように思えるかもしれませんが、やれやれと肩をすくめて無視することはできません。ユダヤ人の悲劇、パレスチナ人の悲劇、イスラム世界の悲劇、東方キリスト教徒の悲劇を、そして西洋がはまり込んだ袋小路のすべてを考慮する歴史的な妥協案を実行するには遅過ぎるのでしょうか？ たとえ、この二十一世紀初め、地平が暗くかげっているように見えるとしても、諦めずに解決の道を探らなくてはなりません。

展望を開いてくれるかもしれない道筋のひとつとして考えられるのは、海外在住のアラブ人とユダヤ人たちが、中東を衰退させる消耗的で不毛な対立を世界中で続ける代わりに、たがいに率先して歩み寄るということでしょう。

ベイルートやエルサレムやアレクサンドリアにいるよりも、パリやローマやグラスゴーやバルセロナやシカゴやストックホルムやサンパウロやシドニーに暮らしているときのほうが、アラブ人とユダヤ人は簡単に出会い、穏やかに打ち解けて話し合い、食事をともにし、友情で結ばれるのではないでしょうか。二つの民族の海外居住者たちが共に暮らす大きな世界でだったら、彼らは肩を並べて座り、関係を結び直し、中東に住む彼らの大切な人々の未来をいっしょに考えることができるのではないでしょうか？

すでにそうしているよ、と反論されるかもしれません。おそらくそうなのでしょう。でもまだまだ足りません。この重要な事柄については、他のことについてすでに言ったことをくり返しましょう。問題は、アラブ人とユダヤ人が以前よりももう少し話し合えるかどうかとか、個々人のあいだにさまざまな関係が取り結ばれるかどうかではないのです。問題は、彼らの人生を台無しにし、世界の混乱をもたらす、この終わりのない争いを彼らが解決できるかどうかなのです。

8

海外居住者の役割に関して、私がいま述べた願いは、どこにいようが、どこの出身であろうが、どのような人生を辿ってきたのであろうが、すべての移民にかかわる、より大きな希望と一体をなすものです。

移民たちは二つの世界とのあいだにさまざまな強力なつながりを持っており、両方向に対して伝達係というかインターフェイスの役割を果たします。ある移民が受け入れ国において、出身社会に由来する感受性を擁護するのが普通だとしたら、彼がその出身国において、受け入れ社会で暮らすうちに身につけた感受性を擁護するのもまた当然です。

ヨーロッパのアラブ・イスラム系移民でひとつの国を作ったら、ヨーロッパ連合のほとんどの国よりも巨大で、いちばん若く、まちがいなくもっとも急速に成長する国ができると言われます。見過ごされがちですが、もしこれらの人々の国が東洋に存在していたとしたら、かなり大きな人口になるでしょうし、教育レベル、先進の気性、表現の自由、近代の物質的・知的な道具への精通、共存の日常的な実践、きわめて多様な文化を深く知る能力といった点で、質的にもきわめてハイレベルな国になるはずです。その意味でこの移民たちは、西洋と東洋のいかなる国も持っていない潜在的な影響力を持つことになります。
　彼らはもっとその影響力を行使すべきなのです——自信と矜持《きょうじ》を持って、そして同時に「川の両岸」で。

　あまりによく忘れられがちなのですが、やって来る移民は、まず出て行く移民なのです。これはいわゆる言葉のニュアンスの問題などではありません。移民とは本当に二重の存在なのであり、自己の生をそのようなものとして生きているのです。移民は異なる二つの社会に属していますが、二つの社会でまったく同じ立場にあるわけではないのです。亡命先の都市では低い地位に甘んじている高学歴者が、出身地の村では名望を得ていたりします。フランス北部の建設現場では、伏し目がちでおずおずとしか話さないモロッコ人労働者が、故郷に戻ると、身振り手振りを交えて大きな声で雄弁に語る人であったりします。都市郊外の病院で夜勤をし、ぬるいスープと一切れのパンだけで生活しているケニア人の看護師が、故郷ではとても尊敬されています——毎月仕送りをして、一ダースほどの親族を養っているからです。

例を挙げればきりがありません。私が言いたいのは、「やって来る移民」の背後にある「出て行く移民」を見逃すたびに、本質を見逃してしまうということです。そして、やって来る移民の立場を、彼らが出てきた社会に対して果たしている――そしていまよりも百倍は果たしうる――役割、つまり近代化、社会的進歩、知的な解放、発展、和解の伝達者という役割からではなく、彼らが西洋の社会で占めている位置、たいていは社会の下層のほうになるその位置から評価するなら、致命的な誤りを犯すことになります。

というのも、くり返しますが、この影響はまるで反対の向きに行使されうるからです。ヨーロッパに暮らしながら、アルジェリアやボスニアや中東の紛争についてきりなく語れるのなら、逆に、中東やボスニアやアルジェリアに、この六十年間のヨーロッパの経験――すなわちフランスとドイツの和解、ヨーロッパ連合の構築、ベルリンの壁の崩壊の経験さらには独裁者や植民地征服の時代、戦争による殺戮、大量殺人、ジェノサイド、何世紀にわたる憎悪の時代から、平和、融和、自由、そして繁栄の時代へと移行することに成功したこの奇蹟的な経験――を伝えることもできるのです。

こうした影響の流れに変化が生じるには、何が必要でしょうか？　移民たちが自分の出てきた社会に建設的なメッセージを伝えたいと望み、それができるようになればいいのです。言うのは簡単ですが、実現は困難です。なぜなら私たちの思考と行動の習慣を根本的に変えなくてはならないからです。

したがって、移民たちがヨーロッパ的経験を伝える使徒になりたいと望むようになるには、彼らがヨーロッパの経験としっかり結びついていなければなりません。彼らがいかにも外国人の顔をしているからといって、外国の名前を持ち、言葉に外国語の訛りがあるからといって、差別や侮蔑や保護的で尊大な態度を向けられるようなことがあってはなりません。反対に、移民たちが彼らを受け入れてくれた社会に対して自然に一体感を覚え、そこに身も心も委ねてよいのだと感じるようでなくてはいけないのです。

とはいえ、移民が受け入れ社会に一体感を覚えるだけでは不十分なのです。出てきた社会に影響を与えられるようになるには、出身社会のほうもまた、この移民を認め、この人のうちに自分たちの姿を認め続けなくてはならないのです。そのためには、移民が可能な限りに心穏やかに自分の二つの帰属を受け入れることができなければなりません。しかしそうはなっていないのです。この問題についての象徴的な二つのモデルであるフランス的アプローチにおいてもイギリス的アプローチにおいても、そうなっていないのです。

フランスでは、移民の問題を扱う際の原則となる考えは、ちょうどかつて植民地の人々に対してそうであったように、誰もがフランス人になれるのであり、その人がフランス人になる手助けをしてやらなければならない、というものです。啓蒙の世紀に生まれた寛大な考え方であり、これがインドシナやアルジェリアやマダガスカルなどの領土でも誠実に適用されていたとしたら、おそらく世界のありようを変えていたでしょう。この考え方の本質的な部分は敬意に値するものですし、これまで以上に私たちにとって必要な考え方だとさえ言えます。ある人間が、自分の出身国ではない別の国に居を定めようと決意したときに、重要なのはその人が、自分と自分の子供たちはいつか完全にこの受け入れ国の一員となれると思えるかどうかです。このフランス的なアプローチには、この点で普遍的な価値があると思うのです。いずれにしても、これはその反対のメッセージ――移民は自分の文化と習慣を守り続けられるし、法による保護も受けられるが、受け入れ民族の外側にとどまるほかないのだ――よりははるかにましです。

とはいえ、現実には、こうしたアプローチのどちらも私たちの世紀にふさわしいとは思えないし、どちらも調和の取れた共存を長期間にわたって保証してはくれないように思えるのです。なぜなら、そのいくつもの相違にもかかわらず、これら二つの政治は同じ前提から出発しているからです。つまり、ひとりの人間は同時に二つの文化に完全に属することはできないというものです。

この新しい世紀に移民が聞きたいと思っているのは、そんなものとはまったくちがう言葉なのです。移民は、言葉で、態度で、政治的決定によって、こう言ってもらいたいのです。「あなたはたえずあなた自身でありながら、私たちの仲間になれるのです」。それはたとえばこういうことです。「あなたには私たちの言語を深く学ぶ権利と義務があります。しかしあなたには、あなたの元の言語を忘れない権利と義務もあるのです。なぜなら、あなたを受け入れた国である私たちは、自分たちのなかに、私たちの価値を共有し、私たちの懸念を理解してくれる人々を、そして私たちが世界中の人々の声を聞くことができるよう、トルコ語、ベトナム語、ロシア語、アラビア語、アルメニア語、スワヒリ語、ウルドゥー語、ヨーロッパやアジアやアフリカのすべての言語を、いっさいの例外なくすべての言語を完璧に話せる人々を必要としているからです。文化、政治、商業といったあらゆる領域で、あなたたちは世界の人々と私たちとを結ぶかけがえのない媒介者となるのです」

やって来る移民が何よりも欲しているのは、尊厳なのです。しかもより正確に言えば、文化的な尊厳なのです。宗教はその構成要素のひとつであり、信者が心穏やかにその信仰を実践したいと思うのは当然のことです。しかし文化的アイデンティティに関して、もっとも取り替えがたい要素は何かというと、言語なのです。なぜなら、移民の言語が、周囲からも移民自身からもぞんざいに扱われ、移民の文化が、周囲からも移民自身からも軽視されているからこそ、移民はおのれの信仰の徴を前面に押し出す必要を感じるのです。社会の全般的な雰囲気、熱心な活動家たちの活動、そしてまた受け入れ国の振る舞いのすべてが、移民にそうさせるのです。受け入れ国では、移民たちの宗教的帰属ばかりに目が行って、当局は移民たちの文化的に認められたいという渇望を考慮するのを忘れているのです。

ときには、もっとひどいことさえ起こります。というのも、害のない場合がほとんどの言語的多元主義が、あらゆる多元的社会においてたえず狂信や専制や崩壊の要因となってきた宗教的コミュニタリアニズム以上に、不信の目で見られるからです。

私は意図的に二つの用語を使い分けています。「コミュニタリアニズム」は私にとってネガティヴな意味合いを持っていますが、「多元主義」はポジティヴな意味合いがあります。宗教と言語という二つの強力なアイデンティティの構成要素のあいだには、本質的なちがいがあるからです。宗教的な帰属は排他的ですが、言語的な帰属はそうではありません。どんな人も人間である限り、自分のなかに複数の言語的、文化的な伝統を持てるのです。

私が宗教的コミュニタリアニズムを無条件で警戒してしまうのは多分に私の出自のせいです。そのことを否定するつもりはありません。私の生まれたレバノンは「宗派主義」によってバラバラになった国の典型例だと思います。そのため私は、この危険なシステムにまったく共感を覚えないのです。たぶんこれはかつては病の治療薬だったのでしょうが、長い目で見れば、病そのものよりも有害だと判明したのです。鎮痛のために処方される薬が、患者を取り返しのつかない依存症にして、毎日少しずつ体と知性を蝕んでいき、もともとその薬によって一時的に軽減されていた苦痛が百倍にもなって患者に「戻ってくる」のと同じです。

若いころであれば、このような問題についてくどくど論じたいとは思わなかったでしょう。コミュニタリアニズムはレバント地方の奇妙な遺制としか思えなかったからです。今日ではこの現象は一般化しており、不幸にももはや遺制どころではありません。人類全体の未来がこのようなおぞましい色合いを帯びかねないのです。

というのも、グローバル化のもっとも不吉な結果のひとつは、コミュニタリアニズムをグローバル化させてしまったことなのです。コミュニタリアニズムがグローバル化したまさにその時代に、宗教的な帰属意識が高まりを見せたために、人々は「地球規模の部族」――言葉としては一見矛盾していますが、それでも現実を忠実に反映している表現です――として再結集されることになったのです。とりわけイスラム世界がそうで、そこでは前例のないほど、共同体的な個別主義が猛威をふるい、それがイラクのスンニ派とシーア派とのあいだの衝突というきわめて血塗られた惨事として現われたのです。しかし、そこにはまた、国際的な側面も見受けられます。アルジェリア人が自発的にアフガニスタンに戦いに行って、そこで死ぬ、チュニジア人がボスニアに、エジプト人がパキスタンに、ヨルダン人がチェチェンに、インドネシア人がソマリアに戦いに行き、そこで死ぬということが起こってもいます。閉鎖性と脱閉鎖性の二重の運動は、私たちの時代の大きな逆説のひとつです。

このような不安な進み行きは、イデオロギーの破産（そのために、アイデンティティの主張とそれを掲げる人々の勢いが増すことになりました）と情報革命（そのおかげで、海や砂漠や山脈を越えて、あらゆる国境線を越えて、強固な絆が瞬時に結ばれるようになりました）、そして二つの陣営の均衡の崩壊（そのために、地球規模で権力とその正統性の問題が鋭く問われることになったのです）という、いくつかの大きな変動が組み合わさった結果だと考えられます。

こうした要素に照らし合わせて、母国であるレバノンに苦悩とともに思いを馳せながら、私はこうつぶやくのです。結局、コミュニタリアニズムは行き詰まりだった。私の祖先たちはそこに呑み込まれるべきではなかったのだ！　そして同じように、しかし今度は私が帰化した国であるフランス、今日では私の最後の希望の母国たるヨーロッパそのものに思いを馳せながら、こう付け加えるのです。移民たちに「コミュニティを作らせ」たところで、彼らの統合は容易にはならないし、その兆《きざ》しが感じられる「対立」からは逃れられない。そうではなくて、個々の人間にその社会的、文化的、言語的な尊厳を回復させ、一人ひとりが、そのアイデンティティの二重性とその結合記号《ハイフン》としての役割を心穏やかに引き受けられるよう励まさなければならないのだ、と。

これまでに折に触れて、一度ならず「文明の衝突」という考え方を批判してきましたが、よりバランスの取れた、より公正な評価をするためにしばらくこれについて考えてみるべきかもしれません。

9

大きな話題となったこの理論に関して問題なのは、その「臨床診断」ではありません。その分析のおかげで、たしかにベルリンの壁の崩壊後に起こった出来事についての理解は深まります。アイデンティティがイデオロギーよりも優先事項になって以来、人間社会はしばしば政治的な出来事に、自分たちの宗教的帰属にもとづいて反応するようになっています。ロシアは明らかに正教徒的になりましたし、ヨーロッパ連合は暗黙のうちに自分たちをキリスト教国家の集団だと考えています。イスラム教国はどこもかしこも戦闘を呼びかけています。してみると、今日の世界を、対立しあう「文明圏」にしたがって記述するのは不自然ではありません。

私の見るところ、この理論の支持者たちが間違いを犯すのは、彼らが現在の観察から歴史の一般理論を作り上げようとするときです。たとえば、現在の宗教的な帰属の優位は、人類の普通の状態であって、普遍主義的ユートピアを目指す長い迂回を経たあと、ようやくここに戻ってきたのだと説明するときです。あるいは、「文明圏」同士の対立は、過去を解読し、未来を予期するための鍵であると説明するときです。

歴史のあらゆる理論はその時代の産物なのです。現在を理解するためには、これはきわめて有用です。ところが過去に適用されると、大雑把で偏ったものになるのです。未来へと投影されると、あやふやで、ときには破壊的になります。

今日起こっているさまざまな紛争に、六つか七つある大きな「文明圏」――西洋、正教、中国、イスラム、インド、アフリカ、ラテンアメリカ――間の衝突を見るのは、きわめて刺激的な説ではありません。それを受けて無数の議論が巻き起こったことからもそれは明らかです。しかしそのような鍵概念は、人間の歴史における大きな争い、たとえば、二つの世界大戦――主に西洋人同士の争いであったとはいえ、それでも私たちがいま生きている世界を作り上げました――をあまり理解する助けにはなりません。そしてそれは、現代の私たちの道徳的意識に重くのしかかる恐ろしい現象――スペインからスーダン、中国からギリシア、チリ、そしてインドネシアに至るまで、あらゆる「文化圏」に属する諸社会を深く分断してきた、資本主義と共産主義とのあいだの地球規模の対立は言うまでもなく、右派と左派の両陣営における全体主義やホロコーストのような現象――を説明する助けともならないのです。

より一般的に言って、過去のさまざまなエピソードに目を向ければ、あらゆる時代に、ちょうど十字軍のような、たしかに文明同士の衝突だと言える出来事が見つかります。しかしまた、同じくらい意味するところの大きく、同じくらい悲惨な多くの出来事が西洋文化圏、アラブ・イスラム文化圏、アフリカ文化圏、中国文化圏のそれぞれの内部で生じているのもたしかなのです。

全体として、文明同士の衝突という教科書的な図式にはまっているように見える私たちの時代においてさえ、イラク戦争のような出来事には明らかに複数の側面があるのです。西洋とイスラムとの流血の争いという側面。イスラム世界内部におけるシーア派、スンニ派、クルドのあいだのやはり血塗られた争いという側面。そしてグローバルな覇権という問題をめぐって繰り広げられる列強間の力比べという側面などです。

歴史は無数の特殊な出来事からできているので、一般化には向いていません。それでも一般化しようとするなら、大きな鍵束が必要になります。ある研究者がその束に自分で作った鍵を加えたいと望むのは理解できます。しかしその鍵束のすべてを、たったひとつの鍵、どんな扉でも開けるとされる「万能鍵」に取り替えたいと望むのは間違っています。

二十世紀はマルクスに提供された道具をさんざん使ってきました。それがどんな混乱に行き着いたかはいまではよくわかっています。階級闘争はすべてを説明してくれません。

文明間の闘争も同じです。言葉そのものが曖昧で、人を欺くだけになおさらそうです。どんな人間のなかにも、「階級」の連帯へと至る社会的な帰属意識と、「階級」を嫌悪する傾向とが存在するとしたら、この概念の輪郭はぼやけてしまいます。産業革命の時代には、生まれつつあるプロレタリアートがみずからのアイデンティティを自覚して、ひとつのまとまった全体として、つまり「階級」として活動し、世界が終末へと至るまで歴史において決定的な役割を果たす、と信じて当然だったのです。

新しい「鍵」に関しても同じことが言えるでしょう。どんな人間にも、「文明」との連帯をもたらす民族的あるいは宗教的帰属意識と同時に、「文明」に対する嫌悪感が存在するのだとしたら、この概念の輪郭もまた「階級」と同じくらい曖昧なものなのです。こうした「文明」のそれぞれが他とは異なる全体として、みずからの特殊性をますます自覚しながら、人間の歴史において決定的な役割を果たそうとしている――そう私たちが思っているとしたら、それは現在の「時代精神」のせいなのです。

もちろんそこにはいくばくかの真実はあります。西洋文明を、中国文明ともアラブ・イスラム文明と混同できないというのは、誰にも否定できない事実です。しかし、いかなる文明も完全に閉じられているわけではないし、浸透不可能なものでもありません。今日では文明間を隔てる境界はかつて以上にゆるやかになっているのです。

何千年にもわたって、私たちの文明は生まれ、発展し、変化しています。隣りあい、対立しあい、真似しあい、たがいにちがいを示し、模倣しあっています。そして、ゆっくり、あるいは突然、消滅します。あるいはたがいに溶けあうのです。ローマの文明はある日、ギリシアの文明とひとつとなりました。各文明がおのれの個性を保持しつつ、独特な統合がなされ、それがヨーロッパ文明の主要な要素となったのです。それからキリスト教が現われました。キリスト教は、主としてユダヤ的なまったく別の文明のなかで、エジプト、メソポタミア、より一般的にはレヴァントのさまざまな影響を受けながら生まれたものですが、今度はこれが、西洋文明の本質的な構成要素となったのでした。そして、アジアからは蛮族と呼ばれた民が、フランク族、アラマン族、フン族、ヴァンダル族、ゴート族、ゲルマン諸族、アルタイ人、スラヴ人がやって来て、ラテン人やケルト人と融合して、ヨーロッパの諸民族を形成したのでした。

アラブ・イスラム文明も同じようにして成立しました。アラブ諸部族──そのなかに私の祖先もいるわけですが──は、ごつごつした地形で砂漠が多いアラビア半島から出たとき、ペルシア、インド、エジプト、ローマ、コンスタンティノープルの影響を受けました。そして、中国の辺境からトルコ系諸族がやって来て、その首長たちは私の父が生まれた直後くらいまでずっと私たちのスルタンでありカリフだったのです。しかし、その制度は人々をヨーロッパ文明に強く結びつけようとする近代主義的なナショナリズム運動によって廃止されることになります。

こんなことを言うのは、私たちの文明はどれもずっと昔から複合的で、たえず変化しながらたがいに浸透されあっているという当たり前の事実を思い出していただきたいからです。そして、かつてないほど文明同士が接触しあっているのに、文明はたがいにまったく異なり、そのまま変化しないなどと言う人がいまでもいることには驚かざるをえません。いま？　何千人もの中国の幹部がカリフォルニアで教育を受け、何千ものカリフォルニア居住者が中国に住みたいと願っているいま、世界中を駆け巡っているために、自分が目覚めたのがシカゴなのか、上海なのか、ドバイなのか、ノルウェーのベルゲンなのか、クアラルンプールなのか思い出すのも一苦労な時代となったいま、いくつかの常軌を逸した行動のせいで、文明はたがいにまったく違うものであって、その衝突こそが歴史の原動力なのだなどとうそぶく人がいるのですから！

　文明のそれぞれが声高にみずからの特殊性を主張する必要を感じているとしたら、それはまさにそうした特殊性が失われつつあるからです。

　今日私たちが目にしているのは、たがいに異なる諸文明の黄昏《たそがれ》なのであって、そうした文明の成就でも絶頂でもありません。なるほど、それらの文明はかつては栄えていましたが、乗りこえられるべき時が来たのです。個々の文明がもたらしたものを取り入れ、個々の文明の恩恵を世界全体に広め、それぞれの良くないところを減らしていく時代が到来したのです。そうやって、本質的な諸価値の普遍性と文化的表現の多様性という、二つの不可侵で分離しがたい原則にもとづく共通の文明を少しずつ作り上げていくのです。

誤解のないように言っておきましょう。私にとっては、文化を尊重するとは、それを伝達する言語の教育を促進することであり、その文化における文学、演劇、映画、音楽、絵画、建築、工芸、料理などの表現についての知識を大切にすることです。反対に、専制、弾圧、不寛容、カースト制に対して、強制結婚、クリトリス切除、「名誉」殺人［婚前・婚外交渉を行なった女性を、一族の名誉を傷つけたとして殺す風習］、女性の隷従に対して、無能力、無教養、門閥主義、蔓延する汚職に対して、異なる文化から来ていることを理由になされる外国人差別や人種差別に対して、理解のある態度を取ることは、他の文化を尊重することとはちがいます。それは隠された軽蔑であり、たとえ善意から発したものだとしてもアパルトヘイトにも等しい振る舞いです。こうしたことはすでに言ったことですが、この本も終わりに近づいたいま、私にとっての文化的多様性とはどういうもので、そうでないものはどのようなものかについて曖昧なところのないように、改めて言っておきたいと思います。

意味の広がりの大きな「文明」というこの語を、私は複数形でも単数形でも使い続けたいと思っています。実際、文脈に応じて「諸文明」、あるいは「文明」と使い分けるのはまったく問題ないと思います。さまざまな国家、民族、宗教、帝国が独自の歴史を辿ってきましたが、個人としても集団としても私たちの全員が参加している人類の冒険もまた存在するのですから。

この共通の冒険を信じる場合のみ、私たちが辿ってきた個々の特殊な歴史に意味が与えられるのです。そして文化というものはどれも同じ尊厳を持っていると信じる場合のみ、個々の文化を評価し、裁くことすらできるのです——まさに人類の冒険という共通の運命に結びつけられた諸価値、私たちのすべての文明、すべての伝統、すべての信仰の上位にある諸価値にもとづいて。なぜなら、人間存在の尊重、個人の身体的かつ精神的な全体性の保全、思考し表現する能力の保全、そして人間の生きるこの地球の保全以上に尊いものはないからです。

この魅惑的な冒険が続くことを望むのなら、文明や宗教についての部族的な考え方を乗りこえなければなりません。人々を民族の束縛から解放し、人々を堕落させ、蝕み、精神的かつ倫理的な使命を忘れさせるアイデンティティの毒を除去しなければなりません。

この世紀に生きる私たちは、二つの未来像のうちのどちらかを選ばなくてなりません。ひとつ目は、いくつもの地球規模の部族に分かれた人類というヴィジョンです。部族たちはたがいに争い、憎みあっていますが、グローバル化の影響で、誰もが日々ますます、同じ味つけのおかゆのような差異の消えた文化に養われて生きています。

二つ目は、自分たちの共通の運命を意識した人類というヴィジョンです。こちらは同じ本質的な諸価値を中心に結集し、かつて以上に、きわめて多様で、きわめて豊かな文化的表現を発展させながら、すべての言語、芸術的伝統、技術、感受性、記憶、知を保護しています。

したがって一方には、たがいに対立するものの、文化的には模倣しあい、画一化していく「諸文明」があって、他方には、唯一の文明があるわけですが、こちらは無限の多様性を通して発展しているのです。

二つのうちのひとつ目の道を進むには、いまもやっているように、揺れに身を任せて怠惰にさまよい続けていくだけで十分です。二つの目の道を進んでいくには、決断が必要です――私たちにその覚悟があるでしょうか？

10

ほかの章と同じようにこの章でも、私はたえず極端な不安と希望のあいだで揺れています。人類はどんなに暗い時代であってもつねに、たとえ非常に大きな犠牲を払っても、危機から脱する手だてを見出してきた、と思うときもあれば、そのたびに奇蹟を期待するのは無責任ではないか、と思うときもあります。

いま現在、解決への道はまちがいなく狭まりつつありますが、まだふさがってはいないと確信しています。したがって私たちはただ嘆くのではなく、ただちに行動を起こすべきなのです。しかも、まさにそこにこそ、最初のページから最後のページに至るまでこの本の存在理由があるのです。つまり、こう言いたいのです。たしかに遅いけれど、遅過ぎることはない。崩壊と後退を阻止するために全力を尽くさなければ、それは自殺行為、犯罪行為に等しい。私たちはなおも行動できるし、物事の流れをなおも変えられる。しかしそのためには、優柔不断で、臆病で、当たり障りのない態度ではなくて、大胆かつ想像的でなければならない。思考のルーティンと、行動の習慣をあえて揺さぶり、思い込みを捨て、優先順位を変えなければならないのだ、と。

この二十一世紀に私たちを待ち構えている危険のなかで、いまもっとも身近に感じられ、詳細な研究が進んでいるのは、地球温暖化の脅威です。温暖化のせいで、これから数十年のうちに計り知れないほどの大きな天変地異が生じるだろうと言われています。海水面が数メートルも上昇して、多くの港町と何億もの人々が暮らす沿岸地帯が水没し、その一方で、氷河の消失と雨量の変化によって河川が干上がり、多くの国が砂漠化に苦しむだろう、と。人口の大移動や、その混乱から生じる血塗られた争いといった悲劇的な出来事が生じかねません。

遠い漠然とした未来の話ではありません。私たちの子供や孫たちが劇的なほど大きな影響を受けるのはすでにわかっています。あえて言わせてもらえば、二十世紀の後半に生まれた世代もきっとまだ生きていて、ずいぶん苦しむことになるでしょう。

私は元来疑り深い性格です。声高な警告を耳にすると、思わず警戒して距離を取ります。他の人たちと一緒に私自身が何らかの意図的な操作の対象となっていないかどうか冷静に確かめようとします。未曾有の天変地異が起こるとはこれまでもよく言われてきました。しかしありがたいことにも、そんな噂は数カ月後、いや数週間後には跡形もなく消えていたのです。地球温暖化にも同じではないか？　なぜなら、ほんの数十年前までは、地球はむしろ新しい氷河期に入るだろうと予測されていたのです。このテーマで作家や映画監督はどちらかというと嬉しそうに作品を作っていました。

言い添えておけば、地球の気温低下ではなくて、地球温暖化が警告されはじめたころ、もちろん私は興味を惹かれましたが、だからといって私の懐疑的な態度が揺らぐことはありませんでした。

学者たちの研究の数が増え、その結果がだんだんと一致し、より強調されるようになってきたために、この件について私はさらに知りたいと思うようになりました。

科学的な教養と呼べるようなものは何もないので、言われていることを理解するために、非常に初歩的な著作から読まなければなりませんでした。つまり、これほど話題になっている「温室効果」とは何なのか。それはどのようにして生まれるのか。数年くらい前から人々がこんなに不安を感じているのはどうしてなのか。大気中の二酸化炭素量の増加が何を意味するのか。それはどのような原因によるもので、どのような結果を引き起こしうるか。グリーンランドと南極の氷河の溶解はひどく恐れられているのに、北極海の氷河の減少――何千年ぶりかで夏の数カ月のあいだなら端から端まで船で横断できるようになったのです――には、人々があまり不安を感じていないのはどうしてなのか……。私はこうしたことを理解したかったのです。

いろいろと調べた結果、これは深刻な現象であり、人類の文明にとって脅威であることは間違いない――そう私は言いたいのでしょうか？　実際、そのように心底確信するに至りました。しかし正直に言いますが、この件に関する私の意見になどたいした意味はありません。科学的な問題においては、私のようなド素人の意見を考慮する価値はありません。この本の分析のなかでたびたび出てくる用語を使うなら、この分野では私にはなんの知的正統性もありません。しかし、自分の大切な人々の幸福を心から願う人間として、人類の冒険の混迷を心配する責任ある一市民として、そして同時代人にとって重要な問題に注意を向ける作家として、私はただ肩をすくめて、次のように言うわけにはいかないのです。私たちが過剰に反応しすぎていたのか、それとも逆に、あまりにも疑り深く臆病だったのか、いずれにしても未来が決めてくれる。三十年もすれば、誰が正しくて誰が間違っていたかはっきりする、と。

　未来の裁定を待つことは、すでに相当の危険を犯すことになります。三十年後、気候変動が引き起こす損害が修復不可能になっていたとしたら、「地球号」の舵《かじ》がきかなくなり、その機能に混乱が生じて、まったく制御不能になっていたとしたら、未来が解決するまで待つというのは、馬鹿げた自殺的行為であり、犯罪的でさえあります。

　ではどうすればよいのでしょうか？　危険が現実的かどうか確信が持てずとも行動すべきでしょうか？　三十年後に予測は間違っていたとわかるのだとしても、行動すべきでしょうか？　逆説的かもしれませんが、そうだ、行動すべし、というのが私の答えです。かりにまだ疑いをぬぐい切れないとしても、疑いなどないかのように振る舞うべきなのです。

　とても理性的とは思えない態度です。しかし、断固としてそう主張したいと思います。この意見は、私が持つに至ったきわめて個人的な確信にもとづくものではありません。単に、圧倒的多数の学者たちが、温暖化は確実に生じており、その原因は人間の活動にあり、さらにまた、このような変化は地球とその住人にとって致命的な脅威になると確信しているからでもありません。ほとんど全会一致の合意は無視できないものですし、それを当然考慮してはいますが、だからといってそれが絶対的な論拠となるとは思いません。真実は多数決では決まりません。学者も間違うことはあります。

そうは言いつつも、気候変動に関しては学者たちを信じるべきです。そしてだからこそ、学者たちが正しかったことが確実になる前に行動を起こさなければならないのです。

私の立場を説明するために、かつてまったく別の領域で、あの比類なきブレーズ・パスカルが行なった賭けからヒントを得たひとつの賭けを行なってみたいと思います。しかし規模はだいぶちがいます。パスカルの賭けの結果は、来世でしか検証しえないものでした。他方、私たちの賭けはこの地球上で、比較的近い未来に――というのも、そのときもまだ、いま現在この地球に暮らしている者たちはまだ生きているでしょうから――検証されるものです。

要するに、地球温暖化の脅威に対する主要な二つの態度――不適切な対応、ついで適切な対応――について、それぞれが引き起こしうる結果を想像しながら考察してみたいのです。

まず、ひとつ目の仮説は、本気で変えようという変化は起こらないというものです。温室効果ガスの排出を制限しようと努力する国が出てくる一方で、クラスの落ちこぼれと思われないように、「表面的な」措置をいくつか取るだけの、手ぬるい対応しかしない国もあるでしょう。経済活動が妨げられるのを恐れ、あるいはそれまでの消費のありようを変えるのをいやがって、まったく何もせず、嬉々として地球を汚染しつづける国もあるでしょう。その結果、大気中の二酸化炭素量は増えつづけるでしょう。

このシナリオにしたがえば、三十年後の地球はどうなっているでしょうか？　たえず警鐘を鳴らしている大多数の学者や国連や多くの国際機関の言葉を信じるならば、そのとき私たちは終末の一歩手前にまで達しているというのです。その時点ではもはや地球の「惑乱」を抑えられないからです。ここでは細部には立ち入らず、とりわけ懸念を生じさせる二つの要素についてだけ指摘しておきます。

ひとつ目は、温室効果による地球気温の上昇です。これは海水の蒸発を引き起こし、それがさらなる温室効果を生じさせます。別の言い方をすれば、温暖化の悪循環が生じ、人間の活動による炭素ガスの排出とは無関係に、それ自体で加速していきます。これを阻止するのは現実的には不可能です。とり返しのつかなくなるこの地点に、私たちはいつ到達するのでしょうか？　意見は割れています。二十一世紀の最初の四半世紀にはそうなると考えている人もいます。確実なのは、対応が遅れれば遅れるほど、投入すべき努力は甚大になり、コストもかかるでしょう。

二つ目の要素は、同じ類いのものですが、気候の変動がこれまで考えられてきた以上に急速に生じる、というものです。たとえば、ほぼ一万一千五百年前に生じた氷河期から温暖期へのいちばん最近の移行は、数世紀あるいは何千年もかけてゆっくりと生じたのではなく、せいぜい数十年のうちにいきなり生じたと考えられています。しかも、ここ数年来気候にかかわるあらゆる現象を調べてきた数多くの研究者が、信頼度の高い予想をはるかに超える変化のスピードにしばしば驚かされています。つまり、私たちがいま話題にしている出来事の結果は、今世紀末や数世紀先でなければわからないなどと考えてはいけないのです。何ひとつ確かなことがわからないのであれば、いますぐ最悪の事態に備えておくのが賢明でしょう。

三十年後――この数字にこだわるのは、これが一人の人間の人生においてはかなりの先のこととはいえ、それでもまだ私の世代が「私たち」と言えるくらいは生き残っていると思うからです――、私たちはたぶん、いまその予兆が感じられる混乱のすべてには直面していないかもしれません。しかし、そのときまでにはすでに大きな被害をいくつか経験しているでしょう。さらにひどい場合には、何十年ものあいだ人類全体が緊急事態下に置かれ、苦痛を伴う耐えがたい犠牲を強いられることになるでしょう。しかしだからといって、地獄に堕ちるのを阻止できる保証はないのです。

多数派の意見が間違っていたとしたら？　少数の反対派のほうが正しかったとしたら？　天変地異がもたらされるという予想を拒絶し、その警告をあざ笑い、二酸化炭素ガスの排出と地球の温暖化との関係を疑っている少数派、ときには温暖化という現実そのものを信じようとせず、むしろこれは、人間の活動よりも太陽の活動に由来するさまざまな原因によって上昇と下降をくり返す気温の自然なサイクルなのだと考える少数派が正しかったとしたら？

言うまでもありませんが、私にはこうした議論に反駁できるような資格はありません。少数派が正しければいいのにと思いたいくらいです。もしそうだとしたら嬉しいかぎりです。多かれ少なかれ感謝を込めて「脱帽」すべきでしょう。学者、政治的指導者、国際機関の職員、そして彼らを信じ、その不安を共有してきた者たちすべてが、そしてまだ生きていたとしたら私自身も含めて、そうすべきでしょう。

さて、ようやく二つ目の仮説です。これは人類が行動を起こす、というものです。アメリカ合衆国で政治的な変化が生じ、私たちは真の決断に立ち会うことになるかもしれません。その場合、化石燃料の消費と大気中への二酸化炭素の排出を大幅に減らすための厳格な措置が取られるでしょう。温暖化は緩和され、海水面は上昇せず、気候変動に起因する大きな悲劇が生じることはないでしょう。

その場合、三十年後に、二人の学者のあいだで論争が起きるかもしれません。一方は、「大多数の意見」の賛同者で、この決断のおかげで、人類はその生存を危うくする地球規模の災厄から逃れたと考えています。他方は、「少数の反対派」で、危険は誇張されすぎていた、それどころかそんな危険は幻だったのだと、かたくなに信じつづけています。どちらが正しいのか決めかねるところです。地球という「病人」はまだ生きているのです。どうやって、彼が死の危険にあると確実に証明できるでしょうか？　病人のベッドの上に身を乗り出した二人の「医者」の議論が終わる気配はありません。

しかし議論しているうちに、一人目の学者が相手に向かって言うかもしれません。「むかしの言い争いは水に流そうじゃないか。そしてただこんなふうに問うてみよう。我々の地球は、治療を受けたおかげでずいぶんと元気になったんじゃないか？　たしかに私のほうは相変わらず、地球が死の危機にあると思っているし、あなたのほうは相変わらずそんなことはないと思っている。それでも地球上の国々が化石燃料の消費を減らし、工場や火力発電所からの汚染を減らすのはやっぱり正しかったんじゃないだろうか？」

これが、地球の温暖化に関して私が述べた賭けの前提なのです。つまり、私たちが振る舞いを変えられなかったとしたら、そして危機が現実のものだったとしたら、私たちはすべてを失います。もしも私たちが振る舞いを根本的に変えられたら、そして危機が現実には存在しなかったとしたら、その場合私たちは何ひとつ失いません。なぜなら、よく考えてみれば、気候変動の脅威に対処するための措置というものは、いずれにしても取られるべきものだからです——それは、大気汚染と、これに起因する健康への悪影響を減少させ、エネルギー枯渇の危険と、これが引き起こしうる社会的混乱を減少させるでしょう。それはまた、油田地帯や鉱山地帯をめぐる、そしてまた水資源の管理をめぐる激しい争いを回避させてくれるでしょうし、そうやって人類はもっと心安らかに前進を続けることができるでしょう。

したがって、危機が現実のものだと示さなければならないのは、多数派の学者たちではないのです。むしろ少数派の反対派こそが、危機などまったく存在しないのだと、反駁の余地のないやり方で証明しなくてはならないのです。法学者たちが言うように、「証明責任が転換される」のです。致命的な危険は存在しないという絶対的な確信がある場合のみ、心の底から安心して、これまで通りの生き方を続ける権利が得られるのです。

もちろん、そのような確信など持てるはずがありません。問題はあまりに巨大すぎて、誰ひとりとして――いかなる研究者も、いかなる企業家も、いかなる経済学者も、いかなる政治指導者も、いかなる知識人も、そしてまともな分別を持った人ならどんな人であれ――、圧倒的多数の科学者たちの意見に逆らって、地球温暖化に結びついた危険など存在しないし、そんなものは単に無視すればよいのだ、などと断言できるものではありません。

この件に関しても他の事柄についてと同様に、苦悩を覚えながら、こう自問するほかないのです。人間はどちらの道を選ぶべきなのか――思い切った決断の道なのか、それとも何もしないという道なのか。

私たちの生きる時代は矛盾した徴候で満ちています。一方には、現実的な意識の目覚めがあります。あまりに長いあいだ間違った側に向けられていたアメリカの重圧はいまこそ、正しい方向に向けられるべきだと多くの者が考えています。しかし、望まれているような思い切った決断が可能になるには、さまざまな国々がある程度連帯し、ときには深い共犯関係を結ぶ必要がありますが、それは容易なことではありません。それは多くの犠牲を必要とします。北半球の国々は生活様式を一変する準備ができているでしょうか？　新興国は、とりわけ中国とインドは、みずからの経済的発展を、数世紀来はじめて訪れた、低開発からの脱出の好機を危険にさらす準備ができているでしょうか？　少なくとも各国が協調して世界規模で大きな行動を起こさねばなりません。そしてそこでは、誰もが得《とく》をし、誰ひとりとして損をしたと感じてはなりません。

　このような飛躍は実現可能であると私は信じたいのです。しかし、私たちの世界を眺めやるとき、不安はなかなか消えません。というのも私たちの世界は、ひどく不均衡な国際関係に特徴づけられた世界、偏狭なアイデンティティ意識と神聖化された利己主義の餌食となって、道義的な信用が希有なものになってしまった世界、そしていくつもの巨大な危機によって、国も社会集団も会社も個人も、連帯や寛容を示すより先に、おのれの利益を守ることに汲々となった世界だからです。

エピローグ　長過ぎた前史

1

この二十一世紀の初めに、私たちの目の前で起こっているのは、普通の混乱ではありません。それは、冷戦の残骸から生まれたグローバル化した世界の核をなすものであり、私たちが長過ぎた前史から抜け出せるよう、私たちの意識と知性に揺さぶりをかけるものです。しかしこの混乱は破壊や解体をもたらし、苦痛を伴う衰退の兆でもあるのかもしれません。

宗教、肌の色、言語、歴史、伝統は異なるものの、隣りあわせで暮らすことになった実にさまざまな人々が、平和と調和を保ちながら共に暮らしていくことができるでしょうか？　それがいま、どの国でも、どの町でも、それどころか世界全体で問われています。その答えはなおも不確かです。何世紀にもわたって異なるコミュニティが共存している土地であれ、何十年ものあいだかなりの数の移民の集団を受け入れている土地であれ、不信と無理解が拡大し、あらゆる統合政策が、それどころか単なる共存でさえ、損なわれているほどです。投票のたびに、議論のたびに、この厄介な問題が争点となって、アイデンティティをめぐって緊張が走り、外国人嫌悪の逸脱が生じるのです！　とりわけヨーロッパで、もっとも寛容な社会のいくつかが苛立ち、辛辣になり、態度を硬化させるのを私たちは目の当たりにしました。しかし同時に、他者の捉え方に驚くような転換が生じ、私たちには見えていなかった道を指し示しています——そのもっとも啓示的で、もっともはなばなしい例が、バラク・オバマの大統領就任でしょう。

共存についてのグローバルな議論が尽きることはないでしょう。激しいものであれオブラートに包んだものであれ、明示的であれ暗黙のうちにであれ、この議論は今世紀のみならず将来数世紀にわたって私たちについて離れないでしょう。私たちの地球は、異なる人々によって密に織りなされたものです。その誰もがおのれのアイデンティティを、他者から向けられる視線を、獲得し守るべき権利を自覚しており、自分には他者が必要であるが、同時に他者から自分を守る必要があるとも確信してもいます。時間が経てばそうした人々のあいだの緊張は緩和されていくと考えるのは大間違いです。何世紀ものあいだ隣りあってきたものの、一度としてたがいに尊重しあい、調和のとれた共存を行なうまでに至らなかった人々を私たちは目にしてこなかったでしょうか？　偏見と嫌悪を乗りこえるのは、もともと人間の本性ではないのです。他者を受け入れることもまた、他者を拒絶するのと同様に自然なことではありません。和解する、ひとつになる、仲間にする、なじむ、平和をもたらすといった行為は、意図的になされる文明的な行為なのであり、明晰さと努力を必要とするのです。それは、獲得され、教えられ、育《はぐく》まれる行為なのです。人間に共に暮らすことを教えるというのは、長い戦いであり、私たちはその戦いにまだ完全に勝利したことはないのです。冷静な考察とていねいな教育、それにふさわしい法律と制度を必要とするのです。そのような戦いが断固かつ繊細に行なわれる場合と、適当に、あるいは不器用に、一貫性を欠いて行なわれる場合とでは、どれだけちがう結果になるか、ヨーロッパに移住する前はレバント地方に住んでいたおかげで、私はしばしば目にする機会に恵まれました。

いま、この戦いは個々の国や社会のなかでと同様、人類全体において行なわれなければなりません。しかし、まだ十分にはそうなっていないのは明らかです。よく「地球村」という言葉を耳にします。たしかにコミュニケーションの分野で実現された進歩のおかげで、私たちの地球は経済的、政治的、メディア的に同じひとつの空間となりました。ところが相互の嫌悪もまたかつて以上に顕著になっています。

とくに、西洋とアラブ・イスラム世界との亀裂はこの数年のあいだひどくなる一方で、いまではほとんど修復不可能にさえ思えるほどです。私はそのことを日々残念に感じているのですが、多くの者がこれを当たり前とみなし、ときには理解ある態度を示して、この対立が私たちにもたらしうる、そして何よりも私たちの未来を暗澹《あんたん》たるものにする巨大な潜在的暴力の計り知れなさを想像してみようとさえしないのです。私たちはこの数年のうちに、この暴力が衝撃的な殺人テロとして発現するのを次々と目の当たりにしました。二〇〇一年九月十一日のテロは、おぞましい出来事として新しい世紀の歴史に刻み込まれることとなりました。同じような発想の事件が、ナイロビからマドリッド、インドネシアのバリからロンドンに至るまで、チュニジアのジェルバ、アルジェ、カサブランカ、ベイルート、アンマン、エジプトのターバ、エルサレム、ロシア北オセチア共和国のベスラン、ムンバイを経由して——バグダッドは言うまでもなく——世界中で起こりました。

なるほど、いかに暴力的なものとはいえ、このようなテロは、冷戦時代のソ連とアメリカの核兵器のケースのように地球全体を消滅の危機にさらすものではありません。しかし、それでもきわめて殺人的なものとなりうるし、とりわけテロに、化学、生物、原子力といった「非条約的」と呼ばれる兵器が用いられたりすれば、多くの命が失われるでしょう。しかも、それが生じさせる社会的、政治的、経済的な混乱は破壊的なものとなるはずです。

しかし、新たな大きなテロは避けられると私は考えたいし、幸運にもいまのところはそうなっています。もっとも危険にさらされた国々において、当局は厳しく効果的に対処しています。不意をつかれないように、どんな小さな危険も見つけ出し、手を打っています。それを非難するのは無責任というものでしょう。しかし当然ながら、何のためらいもない敵からたえず身を守る必要を感じている社会は、どうしても法や原理原則の遵守がおろそかになりがちです。したがってテロリストの脅威が執拗に続けば、結局のところ民主主義が機能しなくなってしまうのです。

私たちはいつの日か、世界でもっとも文明的な警察がロンドンの地下鉄で、まったく無実の、ただ少しだけ色が黒かったブラジルの若い旅行者を地面に押さえつけ、有無を言わせず七発の弾丸を頭に打ち込んだ呪われた時代を思い出すことになるのでしょう。

文明の衝突とは、エラスムスやイブン・スィーナーの功績について、アルコールやヴェールの意義について、あるいは聖典の価値について議論を戦わすことではありません。それは、外国人嫌悪、差別、民族的な怒り、相互殺戮に向かって、すなわち、文明というものの道徳的尊厳を構成するすべての崩壊に向かって突き進む、世界全体を巻き込んだ逸脱行為なのです。

こうした空気が支配的になると、蛮行と戦おうとしている者たちでさえ、そこに陥ってしまうのです。テロの暴力は、反テロの暴力を引き起こし、それがまた恨みを大きくして、狂信主義者が支持者を集めることを容易にし、新たなテロが準備されるのです。爆弾を仕掛けたから疑いの目で見られているのでしょうか、それとも疑いの目で見られているから爆弾を仕掛けるのでしょうか？　これはあの永遠の「卵が先かにわとりが先か」問題ですが、正解を求めたところで無駄です。そんなものは存在しないからです。各自が、みずからの恐怖、偏見、出自、傷の命ずるところにしたがって答えを見つけるのです、悪循環を断ち切ることができるようにならなければなりません。しかし連鎖反応がいったん始まってしまうと、手を引くのはむずかしいのです。

このような状況下で、後退するのをどうして恐れずにいられるでしょうか？　地球規模のさまざまな「部族」間の敵意がなおも続き、ありとあらゆる分野で混乱が続かなければならないとしたら、今世紀のうちに地球は、民主主義、法の支配、そしてあらゆる社会的規範の崩壊を経験することになるでしょう。

私としては、このような逸脱が必然だと考えたくはありません。しかし、これを避けるチャンスを手にしようと思うなら、あらんかぎりの誠実さと洞察力と決意をもって惜しむことなく努力しなければならないでしょう。

2

この本を書きはじめてから、頭について離れないイメージがあります――登山家のグループが断崖を登攀しています。何かしらの揺れが起こって足場を失いつつあります。もしも崖から落ちてしまったらどうなるのかはあまり考えないようにして、私はこの人たちがどうして転落しそうになっているのか、どうやれば岩肌に再び貼りついて登攀を再開できるのか想像しようとします。

この山での事故のたとえは、地球の進み行きを考えるときに、私が感じていることに若干近いのです。歴史においては「事故」という概念が、しばしば人を誤らせることを知らないわけではありません。しかし、これを完全に無視することもできません。過去や現在の教訓家たちが何と言おうと、人類はこれから数十年のうちに課されるかもしれない罰には値しません。無実だとか、運が悪いとか、運命の悪戯のせいだとか言うつもりはありません。しかし、私たちの身に起こっていることは、私たちの失敗と欠如の結果である以前に、何よりも私たちの成功、達成、然るべき野心と自由、そして人類の比類なき才能がもたらしたものなのです。

苛立ちと不安を覚えつつも、相変わらず私は人類の冒険に魅惑され続けています。これを大切にし、崇め、どんなものとも交換するつもりはありません。私たちはプロメテウスの子供であり、創造の保持者であり、継承者なのです。私たちは宇宙を作り直そうとしてきたのです。そして私たちの頭上に至高の創造者がいるとしたら、私たちはその創造者の怒りと同じだけ、その誇りにも値するのです。

私たちはまさにあのプロメテウス的な無謀さの、つまり頂上を目指してやみくもに登っていったことの代償を払っているところなのでしょうか？　たぶんそうなのかもしれません。しかし悔いる必要はありません。私たちの発明してきたものを、それがきわめてとんでもない発明であっても悔いる必要はないし、私たちが獲得してきた自由を悔いる必要もありません。もしも過去においてよりもはるかに真剣に、そしてきわめて切迫した調子で、「こんなに急いで私たちはどこに行くのか?」と自問するときが来たとしても、後悔や非難のにじんだ口調になってはならないし、「早く行き過ぎだ!」、「道から逸れてしまった!」、「道標を失ってしまった!」とにおわせる必要もありません。ただまっすぐに疑問を投げかければよいのです。

この二十一世紀にはきわめて懐古的な言葉が飛び交っています。ずっと長いあいだ、人間の解放を、そしてそれ以上に女性の解放を嫌悪してきた者たち、科学、芸術、文学、そして哲学を不信の目で見てきた者たち、道に迷った多くの人々を従順な家畜の群れのように、古い道徳的価値観の支配する安全な囲いのなかに連れ戻したいと思っている者たちにとって、ついに復讐のときがやって来たかのようです。しかし、迷走が見られるとしたら、それは私たちの先祖たちが作り上げてきた道ではなくて、私たち自身が子供たちのために作り上げなければならない道――私たち以前のいかなる世代も思い描けなかった、しかもいかなる世代もこれほど切実には必要としていなかった道――のほうなのです。

このエピローグでもそのことを、ちょうど本書の冒頭でと同じように強調したいと思います。というのも、私たちの時代の混迷に対する反応は、きわめて多様な誘惑に左右されているからです。そのうちの三つを取り出して、登山のたとえを使って名づけてみましょう。絶壁の誘惑、岩肌の誘惑、そして頂上の誘惑となりましょうか。

「絶壁の誘惑」は私たちの時代に特徴的なものです。毎日、多くの人々が自分と同じ綱でつながれた人たちすべてを道連れにしようと、奈落の底に飛び込んでいます——これは歴史上、本当に例のない現象です。こうした人たちは大多数にのぼるのですが、いまのところは巨大な絶望の火薬庫へと続く発火した導火線でしかありません。イスラム世界、そして他の地域で、何億もの人々が同じ誘惑に駆られているのですが、幸運にも圧倒的大多数の者たちはこの誘惑に屈せずにいます。

彼らの悲惨を生み出しているのは、貧困というよりは、屈辱と無意味さ、つまりこの世界に自分の居場所がないという感覚、敗者として、抑圧された者として、排除された者としてしか世界に居場所がないという感覚なのです。だからこそ、自分たちが呼んでもらえないパーティーを台無しにしてやりたいと思うのです。

「岩壁の誘惑」は私たちの時代をさほど特徴づけるものでありませんが、そこには新しい意味が見出されます。これは、嵐が過ぎ去るのを待ちながら、ひたすら背中を丸め、安全な場所で身を守ろうとする態度のことです。現在のような時代でなければ、きわめて思慮深い態度だと言えるでしょう。しかし私たちの時代、そしてこれに続く時代の悲劇は、この嵐が過ぎ去らないということなのです。吹きつのる歴史の風はますます激しくなる一方で、誰もこれをやわらげたり鎮めたりすることはできないでしょう。

この誘惑は私たちの誰のなかにも存在するものですから、こうした態度を取る人たちは、人類のうちのごく少数に限られるものでありません。しかし次のような考え方を受け入れるのは面倒くさいのです。「世界を根本から考え直さなければならないし、未来への道は私たち自身の手で描かれなければならない。たとえば、私たちのごくありきたりの何ということもない行為が、気候変動による大きな災害を引き起こしうるのであって、それは結局のところ深淵に身を投じるのと同じくらい自殺的な行為である。昔から続くアイデンティティへの執着が人類の前進を妨げてしまう」。それで私たちは、日の下に新しいものは何ひとつないのだと自分に言い聞かせ、馴れ親しんだ道標に、昔から受けついできた帰属に、いつもくり返される論争に、根拠のない確信に、しがみつき続けるわけです。

「頂上の誘惑」はまさしくその反対の考え方にもとづくものです。つまり人類は発展しながら、旧来のやり方がもう何の役にも立たない劇的なほど新しい段階に達したのだという考え方です。それは、共産主義が崩壊したときに時期尚早にも叫ばれていたのとちがって、歴史の終わりなどではなく、おそらくはある種の歴史の黄昏なのです。そして、私はあえてそう信じ、そうなることを願っていますが、それはまったく別の歴史の曙なのです。

繁栄を経験し、いま終わりつつあるのは、人類の部族的な歴史、「文明」間の闘争と同じような、国家間の、民族的あるいは宗教的な共同体間の闘争の歴史なのです。私たちの目の前で完遂しつつあるのは、人類の前史なのです。そうです、それが愛国的なものであれ、共同体的なものであれ、文化的なものであれ、イデオロギー的なものであれ、その他のものであれ、それは、私たちのアイデンティティへの執着、盲目的な自民族中心主義、神聖なものに祭り上げられたエゴイズムから作られた、長過ぎた前史なのです。

ここで必要なのは、太古の歴史から続くこうしたメカニズムについて倫理的な評価を下すことではなくて、新しい現実がそこから一日も早く抜け出ることを必要としているという事実を確認することなのです。そうやって、人類の冒険のまったく新しい段階へと、もはや他者——敵対する民族、敵対する文明、敵対する宗教、敵対する共同体——とではなく、人類全体を脅かすもっと大きくもっと恐るべき敵たちと戦う段階へと入っていかなければなりません。

この「前史」のあいだに身につけた悪習を別にすれば、これからの数世紀のあいだに人類が行なうに値する唯一の戦いは、科学と倫理にかかわるものでしょう。病気を治癒し、老化の進行を遅らせ、寿命を何十年も、そしてうまく行けば、将来的には何世紀も伸ばすこと。人々を無知からと同様に欲求からも解放すること。芸術や知、文化の力を借りて、人間が長くなる一方の人生を充実させることができるような内面的な豊かさをもたらすこと。私たちが握っている命綱を失なわないように注意しながら、この巨大な宇宙を辛抱強く豊かにしていくこと。こういったことこそ、私たちの子供たち、そしてその子孫たちがそのエネルギーのすべてを動員して征服に乗り出すべき唯一のことなのです。これは、どんな愛国的な戦争よりもはるかに熱意を傾けるに値する冒険であり、神秘体験と同じくらい精神にとって刺激的な挑戦です。こうした願いの実現に向かって私たちは努力していくべきなのです。

叶うことのない願いだ、と言われるかもしれません。そんなことはありません。これは、人類が生き残るために必要なことなのです。つまり唯一の現実的な選択なのです。世界の統合がここまで高度に実現されるという発展段階にまで達した人類には、自爆してしまうか、変身を遂げるか、二つにひとつしかないのです。

3

私がいま言及した「発展段階」は、抽象的な概念ではありません。人類が自分たちを包囲する数多くの危険に立ち向かうために、現実的な連帯と連携のとれた行動をこれほどまで必要としたことはありませんでした。科学技術の進歩、人口の増大、そして経済の発展から生まれた巨大な危険が、この始まったばかりの世紀において、何千年もかけて確立されてきたすべてを無化しようとしています。核兵器や他の殺人兵器のことを私は考えます。天然資源が枯渇し、かつてのように疫病が広まる危険性もあります。もちろん、気候変動を忘れてはいけません。これは、私たちの最初期の文明が誕生して以来、人類が直面したもっとも深刻な危険かもしれません。

しかしこうした数々の危険はまた、私たちにとって好機ともなりうるのです。こうした危険のおかげで、私たちは目を開き、立ち向かわなければならない試練の大きさを知るからです。私たちが生き方を変えないままで、人類が到達したこの発展段階において必要とされる水準にまでみずからを精神的、とりわけ道徳的に高めることができない場合に生じる致命的な危険が理解できるからです。

人類の集団的な生存本能に全幅の信頼を寄せていると言えば、私は嘘をつくことになります。かりに個々人にそのような本能が存在しているのだとしても、それが人類全体に存在しているかどうかは疑問です。ただ少なくとも、私たちが日々感じているさまざまな危機から判断するに、あえて言うなら、私たちは「二者択一」を迫られているのです。人類にとって、この世紀は後退の世紀となるか、あるいは決断の世紀、有益な変身の世紀となるかのどちらかなのです。私たちが全力を尽くして私たちの持つ最良のものを動員するために、「緊急事態」を必要としているとしたら、まさにいまがそのときなのです。

私自身は不安を感じながらずっと待ちつづけています。しかしまた、希望を抱くいくつかの理由もあります。それらは性質も効果も異なりますが、全体として見ると、ちがう未来を想像させてくれます。

最初の理由として挙げたいのが、さまざまな緊張、危機、衝突、変動にもかかわらず、科学が加速度的に進歩しつづけているという事実です。今日見受けられるポジティヴな徴候のなかで、これまでもう何世代にもわたって歴史的に観察されてきたこのような傾向にいまさら言及するのは場違いだと思われるかもしれません。ただそれでもこのことに触れたいのは、科学のこうした恒常的な進歩が、私たちがこの二十一世紀の混乱を乗りこえるのを助けてくれると思うからです。科学の進歩が後退の解毒剤だとまでは言いませんが、解毒剤の成分のひとつであることは間違いありません。もちろん、私たちがそれを正しく使えたらの話ですが。

たとえば、これから数十年のうちに、科学者たちが大気中への二酸化炭素放出量を抑制しうる一連の「クリーンな技術」を開発し、私たちが温暖化プロセスの悪循環から抜け出す、ということは十分に考えられます。とはいえ、こうした案件を科学者たちに任せておけば、安穏と現在の生き方を続けられると考えるべきではありません。とても科学者たちだけでは、この二十一世紀の前半に地球に悪影響を及ぼしうる気候変動から私たちを守れないでしょう。私たちはまず「手持ちの方法」でこの難局を突破しなくてはならないのです。そのとき初めて、科学は私たちに長期的な解決策を提示できるのです。

私の科学への信頼は無限であると同時に限定されたものでもあります。科学の領分にある問題に関しては、科学は時間はかかってもそのすべてに解答を見出し、そうやって私たちのもっとも極端な夢ですら実現する手段を提供してくれると信じています。それは心躍ることですが、恐ろしくもあります。なぜなら、人間の夢のなかにはあらゆるものが、最善のものも最悪なものも含まれていて、その選択については科学をあてにはできないからです。科学は道徳的には中立のものであって、人間の叡智にも、狂気にも奉仕します。かつてそうであり、今日そうであるように、将来においても、科学にはつねに専制や貪欲、懐古主義のために流用される危険があるのです。

私が希望を抱く二つ目の理由もまた、不安が伴わないものではありません。それは、すでに話したように、地球でもっとも人口の多い国々が低開発から確実に脱しつつあるという事実です。近い将来、発展が減速したり、大きな騒乱が生じたり、軍事的な衝突が勃発することもあるかもしれません。それでも、いまや低開発は運命ではないし、貧困や飢饉や疫病や非識字といった大昔からある災いの解消ももはや叶わぬ夢ではありません。三十から四十億の人々のため実現されたことは、数十年のうちに六十から七十億の人たちのためにも実現されるはずです。

未来へと開かれた連帯した人類という考え方にとって、これがとても重要な段階だということが理解されるでしょう。

私が希望を抱く三つ目の理由の源となっているのは、現代ヨーロッパの経験です。現代のヨーロッパは、私が心からの願いとして「前史の終わり」と呼んでいるものの具体的な意味を体現していると私には見えるからです。つまり、積年の恨み、国境をめぐる論争、何世紀にも及ぶ敵対関係を少しずつ水に流すこと。たがいに殺しあっていた者らの子供たちが手を取り合い、未来をいっしょに思い描くようになること。まずは六つ、次いで九つ、そして十二あるいは十五、さらには三十近い国々がひとつになって生きていけるように心を配ること。諸文化の多様性を超越しながらも、これを尊重すること。すべては、いつかこのいくつもの民族《エトゥニック》の母国の集合から、ひとつの倫理的《エティック》の母国が生まれるためなのです。歴史を通じてずっと、地球上のさまざまな国民はたがいに和解して歩み寄るべきだ、共通の空間を協力して管理しながら、共通の未来を思い描くべきだ、と声が上がるたびに、そのようなユートピアは夢物語だと言われてきたものです。ところが、ヨーロッパ連合はまさにそのユートピアが実現されることを示してくれたのです。その意味でもヨーロッパ連合は先駆的な経験であり、和解を遂げた人類が将来きっとそうなるであろう姿を予見させてくれます。そしてまた、きわめて野心的なヴィジョンは必ずしも素朴過ぎるわけではないということを証明してもいます。

とはいえ、この企ては完璧なものでありません。そこに参加する者たちのすべてが時おり疑念を表明しています。私自身もまた苛立ちを感じています。ヨーロッパが、それを作り上げた人々に対してと同様に、受け入れている移民たちに対しても共存の模範を示してくれたら、と思います。文化的な側面にもっと注意を傾け、その言語的な多様性をもっと手際よく組織すればよいのに、と思います。ヨーロッパが、白人中心で豊かなキリスト教の国々だけから成る「クラブ」になる誘惑に屈せず、他の人類すべてのモデルとなる勇気を持つことを望みます。ヨーロッパが制度的にも、ひとつの民主的な全体としてヨーロッパ版のアメリカ合衆国となることを望みます。この民主的ヨーロッパは、それぞれがきわめて大きな文化的独自性を持ち、これを守り、発展させることに心を配る諸国家から構成されたものであり、この連邦の指導者たちは同じ日に大陸全体で選出され、その権威は誰からも承認されたものとなるでしょう。そうです、私を不安にするのは、周囲に見受けられる臆病な態度であり、ある種の道徳的に近視眼的な態度なのです。

しかしこのような留保を表明するとしても、人類史の重大な段階においてヨーロッパの建設という事業が持つ、「実験場」としての模範的価値に対する私の信頼はいささかも揺らぎません。

私が希望を抱く四つ目の要素は、あの驚くべき二〇〇八年の始まり以来、新世界で起こったことなのです。すなわち、シンボルとしての、人間としてのバラク・オバマの栄光です。忘れられていたアメリカが、エイブラハム・リンカーンの、トマス・ジェファソンの、そしてベンジャミン・フランクリンのアメリカが戻ってきたのです。別の言い方をすれば、巨大な国民が、経済危機とその軍事的泥沼の結果、跳び上がるようにして目覚めたのです。

それに比肩しうる唯一の巨大な危機、すなわち一九二九年に始まった大恐慌に対処するため、フランクリン・D・ルーズベルトはニューディール政策を実行しました。そしてまさにいま、アメリカと世界全体が必要としているのは、ニューディール政策なのです。しかしそれは、一九三〇年代に比べてもっとはるかに巨大で、もっとはるかに野心的なものでなければならないでしょう。このニューディールがやらなければならないのは、単に景気を回復させ、いくつかの社会政策を復活させるだけではなく、新しいグローバルな現実を、諸国家間の新しい関係を、そして戦略的、金融的、民族的、気候的な混乱の数々に終止符を打つような地球の新しいあり方を築き上げることなのです。そしてこの超大国はこうした巨大な仕事に取り組めるよう、何よりも準備段階として、その世界規模の役割の正統性を取り戻さなければなりません。

前にも述べましたが、人々は自分といっしょに戦ってくれる指導者を信頼するものです。同じことは地球規模でも言えるのです。さまざまな国家が、あるひとつの国の優位を受け入れるためには、そのような特権が自分たちを犠牲にしてではなく、自分たちの利益のために行使されているという確信が必要です。

もちろん、アメリカはつねに敵対者に、ライバルに、手強い敵に出会うでしょう。そうした敵は、アメリカを支持する国が増えていけば、さらに激しくアメリカと戦うことでしょう。しかし、ヨーロッパ、アフリカ、アジア、ラテンアメリカの指導者と国民の大多数は、アメリカの行動を見て判断するでしょう。もしアメリカが国際舞台で繊細かつ公正に行動し、諸国家にあれこれ強制するのではなく、敬意をもってそれぞれの意見を求めるのなら、他の国々に求めていることをまず自分自身に課すのなら、しばしば世界中でアメリカの行ないに汚点をつけてきた非道徳的な活動をきっぱりとやめるのなら、そして世界の先頭に立って、経済危機、地球温暖化、疾病、風土病、貧困、不正、差別と戦うのなら、そのときこそ、世界最強国としてのアメリカの役割は受け入れられ、喝采を浴びるでしょう。軍事力の行使にしても、それが常套的な手段とならず、例外的なものにとどまり、誰もが承認しうる原則にしたがっているのなら、そしてそれに伴って流血の「失敗」が次々と生じたりしなければ、これまでと同じような拒絶反応を引き起こすことはないでしょう。

これまでになく世界はアメリカを必要としていますが、そのアメリカはあくまでも、世界とも自分自身とも和解したアメリカです。みずからの世界的な役割を、他者とみずからの諸価値を尊重しながら——正直に、公正に、寛大に、いや、そればかりか、美しく優雅に——果たすアメリカなのです。

希望を持ち続けることを可能にするいくつかの要素について書いてみました。しかし達成すべき課題はとてつもなく巨大であり、かりに明晰で説得力に富む人であったとしても、ただ一人の指導者だけに任せることはできません。どれほど強力であっても、ただひとつの国家だけに、ただひとつの大陸だけに任せることもできません。

なぜなら、やらなくてはならないは、経済と金融の新しい仕組みや新しい国際関係のありようを構築したり、誰の目にも明らかな混乱を正したりすることだけはないからです。手遅れになる前に、政治、経済、労働、消費、科学、技術、進歩、アイデンティティ、文化、宗教、歴史についてのまったく別のヴィジョンを思い描き、これをしっかりと心に刻まなければなりません。それは、私たちは何者なのか、他者とは何者なのかについての、そして私たちに共通のこの地球の運命についての成熟したヴィジョンでなければなりません。要するに、私たちが受け継いできた偏見を単に現代に翻訳したものではなく、いまその兆しが感じられる衰退を遠ざけることを可能にしてくれる考え方を「発明する」必要があるのです。

二十一世紀の初めという、この奇妙な時代に生きている私たちには、この救済の企てに貢献するという務めがあります。そして先行するどの世代にも増してそのための手段があります。賢明に、明晰に、しかし同様に情熱的に、ときには怒りすらもって、この企てに貢献すべきなのです。

そうです、正義の人々の激しい怒りをもって――。

注記

本書で私が取り組んだ主題に関しては、すでに多くの著者によって扱われています。そうした著作のいくつかを私はここ数年来読んできましたし、本書の執筆を終えたあとでも、さらに読み続けるつもりです。したがって、参考にした著作や、私の注釈や、さらなる読書案内を、印刷された本書に収めるよりは、ネット上、つまり私の出版社のサイトに掲載したほうがよいだろうと考えました。そうすれば参考文献を随時更新できるし、資料や報告書、講演録、新聞記事などもすべて付け加えられるからです。

ここでは、そこに私自身も含まれる読者に対して、その研究と考察の成果を惜しみなく提供してくれたすべての著者に、私の意見との相違はともかくも、心からの謝意を示したいと思います。それぞれの著作から具体的に何を得たのかを語るのはむずかしいのですが、彼らの仕事に私は実に多くを負っています。そして言うまでもありませんが、本書に書かれてあることに関しては、結論も含め、いっさいの責任はこの私にあります。

A・M

＊

www.bibilographiemaalouf.com

＊訳注：現時点（二〇一九年七月）では、このリンクは閲覧できない。

本書は、ちくま学芸文庫オリジナルである。

ニーチェ
オンフレ／ロワ
國分功一郎訳
現代哲学の扉をあけた哲学者ニーチェ。激烈な思想に似つかわしくも激しいその生涯を描く。フランス発のオールカラー・グラフィック・ノベル。

空間の詩学
ガストン・バシュラール
岩村行雄訳
家、宇宙、貝殻など、さまざまな空間が喚起する詩的イメージ。新たなる想像力の現象学を提唱し、人間の夢想に迫るバシュラール詩学の頂点。

リキッド・モダニティを読みとく
ジグムント・バウマン
酒井邦秀訳
変わらぬ確かなものなどもはや何一つない現代世界。社会学の泰斗が身近な出来事や世相から〈液状化〉の具体相に迫る真摯で痛切な論考。文庫オリジナル。

社会学の考え方〔第2版〕
ジグムント・バウマン／ティム・メイ
奥井智之訳
日常世界はどのように構成されているのか。日々変化する現代社会をどう読み解くべきか。読者を〈社会学的思考〉の実践へと導く最高の入門書。新訳。

コミュニティ
ジグムント・バウマン
奥井智之訳
グローバル化し個別化する世界のなかで、コミュニティはいかなる様相を呈しているか。安全をとるか、自由をとるか。代表的社会学者が根源から問う。

ウンコな議論
ハリー・G・フランクファート
山形浩生訳／解説
ごまかし、でまかせ、いいのがれ。なぜ世の中、こんなものがみちるのか。道徳哲学の泰斗がその正体とカラクリを解く。爆笑必至の訳者解説を付す。

世界リスク社会論
ウルリッヒ・ベック
島村賢一訳
迫りくるリスクは我々から何を奪い、何をもたらすのか。『危険社会』の著者が、近代社会の根本原理をくつがえすリスクの本質と可能性に迫る。

民主主義の革命
エルネスト・ラクラウ／シャンタル・ムフ
西永亮／千葉眞訳
グラムシ、デリダらの思想を摂取し、根源的で複数的なデモクラシーへ向けて、新たなヘゲモニー概念を提示した、ポスト・マルクス主義の代表作。

鏡の背面
コンラート・ローレンツ
谷口茂訳
人間の認識システムはどのように進化してきたのか、そしてその特徴とは。ノーベル賞受賞の動物行動学者が試みた抱括的知識による壮大な総合人間哲学。

プラトンに関する十一章　アラン　森進一訳

『幸福論』が広く静かに読み継がれているモラリスト、アラン。卓越した哲学教師でもあった彼が平易かつ明快にプラトン哲学の精髄を説いた名著。

コンヴィヴィアリティのための道具　イヴァン・イリイチ　渡辺京二／渡辺梨佐訳

破滅に向かう現代文明の大転換はまだ可能だ！　人間本来の自由と創造性が最大限活かされる社会をどう作るか。イリイチが遺した不朽のマニフェスト。

重力と恩寵　シモーヌ・ヴェイユ　田辺保訳

「重力」に似たものから、どのようにして免れればよいのか……ただ「恩寵」によって。苛烈な自己無化への意志に貫れた、独自の思索の断想集。ティボン編。

工場日記　シモーヌ・ヴェイユ　田辺保訳

人間のありのままの姿を知り、愛し、そこで生きたい——女工となった哲学者が、極限の状況で自己犠牲と献身について考え抜き、克明に綴った、魂の記録。

青色本　L・ウィトゲンシュタイン　大森荘蔵訳

「語の意味とは何か」。端的な問いかけで始まるこのコンパクトな書は、初めて読むウィトゲンシュタインとして最適な一冊。　（野矢茂樹）

法の概念〔第3版〕　H・L・A・ハート　長谷部恭男訳

法とは何か。ルールの秩序という観念でこの難問に立ち向かい、法哲学の新たな地平を拓いた名著。批判に応える「後記」を含め、平明な新訳でおくる。

解釈としての社会批判　マイケル・ウォルツァー　大川正彦／川本隆史訳

社会の不正を糺すのに、普遍的な道徳を振りかざすだけでは有効でない。暮らしに根ざしながら同時にラディカルな批判が必要だ。その可能性を探究する。

ポパーとウィトゲンシュタインとのあいだで交わされた世上名高い10分間の大激論の謎　デヴィッド・エドモンズ／ジョン・エーディナウ　二木麻里訳

このすれ違いは避けられない運命だった？　二人の思想の歩み、そして大激論の真相に、ウィーン学団の人間模様やヨーロッパの歴史的背景から迫る。

大衆の反逆　オルテガ・イ・ガセット　神吉敬三訳

二〇世紀の初頭、《大衆》という現象の出現とその功罪を論じながら、自ら進んで困難に立ち向かう《真の貴族》という概念を対置した警世の書。

1492 西欧文明の世界支配
ジャック・アタリ
斎藤広信訳

1492年コロンブスが新大陸を発見したことで、アメリカをはじめ中国・イスラム等の独自文明は抹殺された。現代世界の来歴を解き明かす一冊。

憲法で読むアメリカ史（全）
阿川尚之

建国から南北戦争、大恐慌と二度の大戦をへて現代まで。アメリカの歴史は常に憲法を通じ形づくられてきた。この国の底力の源泉へと迫る壮大な通史！

専制国家史論
足立啓二

封建的な共同団体性を欠いた専制国家・中国。歴史的にこの国はいかなる展開を遂げてきたのか。中国の特質と世界の行方を縦横に考察した比類なき論考。

暗殺者教国
岩村忍

政治外交手段として暗殺をくり返したニザリ・イスマイリ教国。広大な領土を支配したこの国の奇怪な活動を支えた教義とは？（鈴木規夫）

増補 魔女と聖女
池上俊一

魔女狩りの嵐が吹き荒れた中近世、美徳と超自然的力により崇められる聖女も急増する。女性嫌悪と礼賛の熱狂へ人々を駆りたてたものの正体に迫る。

ムッソリーニ
ロマノ・ヴルピッタ

統一国家となって以来、イタリア人が経験した激動の歴史。その象徴ともいうべき指導者の実像とは。既成のイメージを刷新する画期的ムッソリーニ伝。

中華人民共和国史十五講
王丹
加藤敬事訳

八九年天安門事件の学生リーダー王丹。逮捕・収監後、亡命先で母国の歴史を学び直し、敗者たちの透徹した認識を復元する、鎮魂の共和国六〇年史。

増補 中国「反日」の源流
岡本隆司

「愛国」が「反日」と結びつく中国。この心情は何に由来するのか。近代史の大家が20世紀の日中関係を解き、中国の論理を描き切る。（五百旗頭薫）

ツタンカーメン発掘記（上）
ハワード・カーター
酒井傳六／熊田亨訳

黄金のマスク、王のミイラ、数々の秘宝。エジプト考古学の新時代の扉を開いた世紀の発見の全記録。上巻は王家の谷の歴史と王墓発見までを収録。

ヨーロッパの帝国主義　アルフレッド・W・クロスビー　佐々木昭夫訳

15世紀末の新大陸発見以降、ヨーロッパ人はなぜ次々と植民地を獲得できたのか。病気や動植物に着目して帝国主義の謎を解き明かす。（川北稔）

民のモラル　近藤和彦

統治者といえど時代の約束事に従わざるをえなかった18世紀イギリス。新聞記事や裁判記録、ホーガースの風刺画などから騒擾と制裁の歴史をひもとく。

台湾総督府　黄昭堂

清朝中国から台湾を割譲させた日本は、新たな統治機関として台北に台湾総督府を組織した。抵抗と抑圧と建設。植民地統治の実態を追う。（檜山幸夫）

増補 大衆宣伝の神話　佐藤卓己

祝祭、漫画、シンボル、デモなど政治の視覚化は大衆の感情をどのように動員したか。ヒトラーが学んだプロパガンダを読み解く「メディア史」の出発点。

ユダヤ人の起源　シュロモー・サンド　高橋武智監訳　佐々木康之／木村高子訳

〈ユダヤ人〉はいかなる経緯をもって成立したのか。歴史記述の精緻な検証によって実像に迫り、そのアイデンティティを根本から問う画期的試論。

中国史談集　澤田瑞穂

皇帝、彫青、男色、刑罰、宗教結社など中国裏面史を彩った人物や事件を中国文学の碩学が独自の視点で解き明かす。怪力乱「神」をあえて語る！（堀誠）

同時代史　タキトゥス　國原吉之助訳

古代ローマの暴帝ネロ自殺のあと内乱が勃発。絡みあう人間ドラマ、陰謀、凄まじい政争を、臨場感あふれる鮮やかな描写で展開した大古典。（本村凌二）

秋風秋雨人を愁殺す　武田泰淳

辛亥革命前夜、疾風のように駆け抜けた美貌の若き女性革命家秋瑾の生涯。日本刀を鍾愛した烈女秋瑾の思想と人間像を浮き彫りにした評伝の白眉。

歴史（上・下）　トゥキュディデス　小西晴雄訳

野望、虚栄、裏切り——古代ギリシアを殺戮の嵐に陥れたペロポネソス戦争とは何だったのか。その全貌を克明に記した、人類最古の本格的「歴史書」。

日本陸軍と中国　戸部良一

中国スペシャリストとして活躍し、日中提携を夢見た男たち。なぜ彼らが、泥沼の戦争へと日本を導くことになったのか。真相を追う。（五百旗頭真）

カニバリズム論　中野美代子

根源的タブーの人肉嗜食や纏足、宦官……。目を背けたくなるものを冷静に論ずることで逆説的に人間の真実に迫る血の滴る異色の人間史。（山田仁史）

帝国の陰謀　蓮實重彦

一組の義兄弟による陰謀から生まれたフランス第二帝政。「私生児」の義弟が遺した二つのテクストを読解し、近代的現象の本質に迫る。（入江哲朗）

交易の世界史（上）　ウィリアム・バーンスタイン　鬼澤忍訳

絹、スパイス、砂糖……。新奇なもの、希少なものへの欲望が世界を動かし、文明の興亡を左右してきた。数千年にもわたる交易の歴史を一望する試み。

交易の世界史（下）　ウィリアム・バーンスタイン　鬼澤忍訳

交易は人類そのものを映し出す鏡である。圧倒的な繁栄をもたらし、同時に数多の軋轢と衝突を引き起こしてきたその歴史を圧巻のスケールで描き出す。

戦争の起源　アーサー・フェリル　鈴木主税／石原正毅訳

人類誕生とともに戦争は始まった。先史時代からアレクサンドロス大王までの壮大なるその歴史をダイナミックに描く。地図・図版多数。（森谷公俊）

近代ヨーロッパ史　福井憲彦

ヨーロッパの近代は、その後の世界を決定づけた。現代をさまざまな面で規定しているヨーロッパ近代の歴史と意味を、平明かつ総合的に考える。

ルーベンス回想　ヤーコプ・ブルクハルト　新井靖一訳

19世紀ヨーロッパを代表する歴史家ブルクハルトが、「最大の絵画的物語作者」ルーベンスの絵画の本質を、作品テーマに即して解説する。新訳。

売春の社会史（上）　バーン&ボニー・ブーロー　香川檀／家本清美／岩倉桂子訳

売春の歴史を性と社会的な男女関係の歴史としてとらえた初の本格的通史。図版多数。「売春の起源」から「宗教改革と梅毒」までを収録。

売春の社会史(下)
バーン&ボニー・ブーロー
香川檀/家本清美/岩倉桂子訳

様々な時代や文化的背景における売春の全体像を十全に描き、社会政策への展開を探る。「王侯と平民」から「変わりゆく二重規範」までを収録。

イタリア・ルネサンスの文化(上)
ヤーコプ・ブルクハルト
新井靖一訳

中央集権化がすすみ緻密に構成されていく国家あってこそ、イタリア・ルネサンスは可能となった。ブルクハルト若き日の着想に発した畢生の大著。

イタリア・ルネサンスの文化(下)
ヤーコプ・ブルクハルト
新井靖一訳

緊張の続く国家間情勢の下にあって、類稀な文化と個性的な人物達は生みだされた。近代的な社会に向かう時代の、人間の生活文化様式を描ききる。

はじめてわかるルネサンス
ジェリー・ブロトン
高山芳樹訳

ルネサンスは芸術だけじゃない! 東洋との出会い、科学と哲学、宗教改革など、さまざまな角度から光をあてて真のルネサンス像に迫る入門書。

増補 普通の人びと
クリストファー・R・ブラウニング
谷喬夫訳

ごく平凡な市民が無抵抗なユダヤ人を並べ立たせ、ひたすら銃殺する——なぜ彼らは八万人もの大虐殺に荷担したのか。その実態と心理に迫る戦慄の書。

匪賊の社会史
エリック・ホブズボーム
船山榮一訳

抑圧的権力から民衆を守るヒーローと讃えられてきた善きアウトローたち。その系譜や生き方を追い、暴力と権力のからくりに迫る幻の名著。

20世紀の歴史(上)
エリック・ホブズボーム
大井由紀訳

第一次世界大戦の勃発が20世紀の始まりとなった。この「短い世紀」の諸相を英国を代表する歴史家が渾身の力で描く。全二巻、文庫オリジナル新訳。

20世紀の歴史(下)
エリック・ホブズボーム
大井由紀訳

一九七〇年代を過ぎ、世界に再び危機が訪れる。不確実性がいやますなか、ソ連崩壊が20世紀の終焉を印した。歴史家の考察は我々に何を伝えるのか。

アラブが見た十字軍
アミン・マアルーフ
牟田口義郎/新川雅子訳

十字軍とはアラブにとって何だったのか? 豊富な史料を渉猟し、激動の12、13世紀をあざやかに、しかも手際よくまとめた反十字軍史。

シュタイナー経済学講座
ルドルフ・シュタイナー
西川隆範訳
利他主義、使用期限のある貨幣、文化への贈与等々。シュタイナーの経済理論は、私たちの世界をよりよくするヒントに満ちている！　（福田邦夫）

発展する地域　衰退する地域
ジェイン・ジェイコブズ
中村達也訳
地方はなぜ衰退するのか？　日本をはじめ世界各地の地方都市を実例に真に有効な再生法を説く、地域経済論の先駆的名著！　（片山善博／塩沢由典）

市場の倫理　統治の倫理
ジェイン・ジェイコブズ
香西泰訳
環境破壊、汚職、犯罪の増加――現代社会を蝕む病理にどう立ち向かうか？　二つの相対立するモラルを手がかりに、人間社会の腐敗の根に鋭く切り込む。

アマルティア・セン講義
経済学と倫理学
アマルティア・セン
徳永澄憲／松本保美／青山治城訳
経済学は人を幸福にできるか？　多大な学問的・社会的貢献で知られる当代随一の経済学者、セン。その根本をなす思想を平明に説いた記念碑的講義。

アマルティア・セン講義
グローバリゼーションと人間の安全保障
アマルティア・セン
加藤幹雄訳
貧困なき世界は可能か。ノーベル賞経済学者が今日のグローバル化の実像を見定め、個人の生や自由を確保し、公正で豊かな世界を築くための道を説く。

日本の経済統制
中村隆英
戦時中から戦後にかけて経済への国家統制とはどのようなものであったのか。その歴史と内包する論理を実体験とともに明らかにした名著。　（岡崎哲二）

第二の産業分水嶺
マイケル・J・ピオリ／チャールズ・F・セーブル
山之内靖／永易浩一／菅山あつみ訳
資本主義の根幹をなすのは生産過程である。各国の産業構造の変動を歴史的に検証し、20世紀後半から成長が停滞した真の原因を解明する。　（水野和夫）

ポランニー・コレクション
経済と自由
カール・ポランニー
福田邦夫ほか訳
二度の大戦を引き起こした近代市場社会の問題点をえぐり出し、真の平和に寄与する社会科学の構築を目指す。ポランニー思想の全てが分かる論稿集。

経済思想入門
松原隆一郎
スミス、マルクス、ケインズら経済学の巨人たちは、どのような問題に対峙し思想を形成したのか。その今日的意義までを視野に説く、入門書の決定版。

無量寿経　阿満利麿注解

なぜ阿弥陀仏の名を称えるだけで救われるのか。法然や親鸞がその理解に心血を注いだ経典の本質を、懇切丁寧に説き明かす。文庫オリジナル。

道元禅師の『典座教訓』を読む　秋月龍珉

「食」における禅の心とはなにか。道元が禅寺の食事係である典座の心構えを説いた一書を現代人の日常の視点で読み解き、禅の核心に迫る。（竹村牧男）

原典訳 アヴェスター　伊藤義教訳

ゾロアスター教の聖典『アヴェスター』から最重要部分を精選。原典から訳出した唯一の邦訳である。比較思想に欠かせない必携書。（前田耕作）

書き換えられた聖書　バート・D・アーマン　松田和也訳

キリスト教の正典、新約聖書。聖書研究の大家がそこに含まれる数々の改竄・誤謬を指摘し、書き換えられた背景とその原初の姿に迫る。（筒井賢治）

カトリックの信仰　岩下壮一

神の知恵への人間の参与とは何か。近代日本カトリシズムの指導者・岩下壮一が公教要理を詳説し、キリスト教の精髄を明かした名著。（稲垣良典）

十牛図　上田閑照　柳田聖山

禅の古典「十牛図」を手引きに、自己と他、自然と人間、自身への関わりを通し、真の自己への道を探る。現代語訳と詳注を併録。（西村惠信）

原典訳 ウパニシャッド　岩本裕編訳

インド思想の根幹であり後の思想の源ともなったウパニシャッド。本書では主要篇を抜粋、梵我一如、輪廻・業・解脱の思想を浮き彫りにする。（立川武蔵）

世界宗教史（全8巻）　ミルチア・エリアーデ

宗教現象の史的展開を膨大な資料を博捜し著された人類の壮大な精神史。エリアーデの遺志にそって共同執筆された諸地域の宗教の巻を含む。

世界宗教史 1　ミルチア・エリアーデ　中村恭子訳

人類の原初の宗教的営みに始まり、メソポタミア、古代エジプト、インダス川流域、ヒッタイト、地中海地域、初期イスラエルの諸宗教を収める。

ちくま学芸文庫

世《せ》界《かい》の混乱《こんらん》

二〇一九年九月十日　第一刷発行

著　者　アミン・マアルーフ
訳　者　小野正嗣（おの・まさつぐ）
発行者　喜入冬子
発行所　株式会社　筑摩書房
東京都台東区蔵前二―五―三　〒一一一―八七五五
電話番号　〇三―五六八七―二六〇一（代表）
装幀者　安野光雅
印刷所　大日本法令印刷株式会社
製本所　株式会社積信堂

ISBN978-4-480-09935-8 C0198